# The First Bad Man

Miranda July

# 最初の悪い男

ミランダ・ジュライ

岸本佐知子 訳

C R E S T
BOOKS
Shinchosha

マイケル・チャドボーン・ミルズに

THE FIRST BAD MAN

by

Miranda July



First Japanese edition published in 2018 by Shinchosha Company

Japanese translation rights arranged with

Miranda July

c/o the Wylie Agency UK, LTD

Jacket design by Mike Mills

Design by Shinchosha Book Design Division

# 最初の悪い男

# 1

ドクターのところに向かう道のりを、わたしはフィリップが観ている映画の主人公になったつもりで運転した——窓を開けて髪をなびかせ、ハンドルに片方の手だけのせて。赤信号で停まっても、顔は意味ありげにまっすぐ前を向いたままだ。**何者だろう？**　みんなそう思っているかもしれない。**青いホンダに乗った、あの中年女性はいったい誰？**　ビルの駐車場をゆったり横切ってエレベーターに乗ると、はずむ指先で無造作に十二階のボタンを押す。いつでも何か楽しいことをたくらんでいるような指だ。ドアが閉まるとすぐに天井の鏡をチェックして、フィリップと待合室で出会ったときにする表情の練習をした。ちょっと驚いたような顔、でもやりすぎはだめ。だいいちフィリップは天井にいるわけじゃないから、首もこんなに上にねじ曲がってはいないはず。廊下を歩きながら、わたしはずっとその顔をしつづけた。あら！　あら、ハイ！　目指すドアがあった。

Dr.イエンズ・ブロイヤード
色彩療法医

ドアを開ける。

フィリップはいなかった。

立ち直るのに数秒かかった。回れ右をしてそのまま帰ってしまおうかと思った——でもそれだと紹介してくれてありがとうと、電話で彼に言えなくなる。受付でクリップボードにはさんだ初診時の問診票を渡されて、布張りの椅子に腰をおろした。「紹介者」の欄がなかったので、いちばん上に〈フィリップ・ベテルハイムからの紹介〉と書いた。

「まあ世界一の名医とまでは言えないがね」——〈オープン・パーム〉の資金集めパーティで、フィリップはそう言ったのだ。あごひげと同じ色の、グレーのカシミアセーターを着ていた。「チューリッヒにも一人、同じくらいいいカラードクターがいるから。でもロスじゃイェンズが一番だし、まちがいなく西側で一番だと思うな。僕もあそこで水虫を治してもらってさ」そう言って片足を上げてみせたが、わたしがにおいをかぐ前に下ろしてしまった。「一年のほとんどはアムステルダムにいて、こっちでは一見《いちげん》さんお断りなんだ。フィル・ベテルハイムからの紹介って言うといい」彼は紙ナプキンに電話番号を書くと、サンバに合わせて踊りながら向こうに離れていった。

「フィル・ベテルハイムからの紹介」

「そう！」彼は振り返らずに言った。その後はずっとダンスフロアで踊っていた。

わたしは受付の女性を見た。この人はフィリップを知っているのだ。もしかしたらたったいま帰ったところかもしれない。もしかしたらいま診察室の中にいるのかもしれない。そうだ、その可能性もあるんだった。わたしは髪を両耳にかけて、診察室のドアをじっと見た。しばらくすると、細身の女の人が男の赤ちゃんを抱いて出てきた。赤ちゃんは、ひもの先にクリスタルがついたものを持って振っていた。わたしはその子がわたしと、母親よりも強い特別の絆《きずな》で結ばれているかどうか確かめた。ちがった。

ブロイヤード先生は北欧ふうの顔だちで、厳格そうな小さい眼鏡をかけていた。先生が問診票を読むあいだ、わたしは日本の紙の衝立《ついたて》の横にあるむっちりしたレザーのカウチに座って待った。見たところ魔法の杖とか水晶玉とかはないようだったけれど、そっち方面のことにも心の準備はできていた。フィリップが色彩療法を信じているというだけで、わたしにはじゅうぶんだった。ブロイヤード先生が眼鏡を下げてこちらを見た。

「ヒステリー球、ですか」

わたしが説明しようとすると、先生がさえぎって言った。「私は医者ですから」

「すいません」でも本物の医者が「私は医者です」なんて言うだろうか。

先生は淡々とわたしの頬を調べては、赤ペンで紙を鋭くつついた。紙には無個性な顔の絵が描いてあって、〈シェリル・グリックマン〉とラベルが貼ってあった。

「その点々は……？」

「酒皶《ロゼーシア》です」

紙の顔は目が大きくてぱっちりしていたけれど、わたしの目は笑うとなくなってしまうし、鼻ももっとジャガイモっぽかった。ただし各パーツの配置は完璧だ。これはまだ誰も気づいてくれていない。それに耳もだ、貝殻みたいに小さくてかわいらしい耳をしている。だから人がたくさんいる部屋に入っていくときは、いつも髪を耳にかけて、体を横にして耳から入るようにしている。先生が絵の喉のあたりを丸で囲み、きっちり斜線で塗りつぶした。

「ヒステリー球は、どれくらい前からですか？」

「三十年ぐらい前から、出たり消えたり。三十年、もしかしたら四十年かもしれません」

「今までに何か治療はしましたか？」

「手術してくれるところを探したことはあります」

「手術」

「球を取ってもらうための」

「本当に球というわけではありませんよ」

「そう言いますね」

「心理セラピーがもっとも一般的な治療法です」

「ええ」独身だということは黙っていた。セラピーはカップル単位だ。クリスマスも。キャンプも。海辺のキャンプも。ブロイヤード先生は小さなガラス瓶がたくさん入った引き出しをガチャガチャと開け、〈赤〉とラベルの貼ってある瓶を出した。わたしは目を細めて、完璧に透き通ったその液体を見た。すごく水に似ていた。

「赤のエッセンスです」先生が冷やかに言った。わたしの半信半疑が伝わったらしい。「赤はエネルギーで、エネルギーは未加工の状態でしか色としてあらわれないのです。今ここで三十ミリ飲んで、あと毎朝最初の排尿の前に三十ミリ飲んでください」わたしはスポイトからそれを飲んだ。

「なぜ最初の排尿の前なんでしょう」

「起きて体を動かす前にということです。動くと基礎体温が上がってしまいますから」

わたしは考えた。もしも起きて、おしっこに行くより先にセックスしたら？　それだって基礎体温は上がるはずだ。もしわたしが四十代前半じゃなく三十代前半だったら、この人は「最初の排尿の前」ではなく「性交の前」と言ったんじゃないだろうか。この歳になるとこういう問題が起こる。自分のほうが相手の男より年上なのだ。その点フィリップは六十代だから、わたしのことを若い女だと思ってくれているかもしれない。若い娘といったってていい。まあ、わたしのことなんてまだ何とも思っていないかもしれないけど――〈オープン・パーム〉の職員という以外には。でも、それだって変わるときは変わる。もしかしたら今日、待合室で変わっていたかもしれない。いやまだ可能性はある、このあと電話をかければ。ブロイヤード先生がわたしに紙を渡した。

「これを受付のルーシーに渡してください。いちおう再診の予定を入れておきますが、もしその前にヒステリー球がひどくなるようでしたら、カウンセリングに行かれたほうがいいかもしれません」

「あのクリスタルはいただけますか?」わたしは窓のところに束にして吊り下げてあるのを指さして言った。

「サンドロップですか? それはまた次回」

受付のルーシーはわたしの保険証のコピーをとりながら、色彩療法は保険がきかないと説明した。

「次にお取りできる日は六月十九日になります。午前と午後と、どちらにしますか?」白髪まじりの髪を腰まで伸ばしているのがちょっと不気味だった。わたしも白髪まじりだけれど、もっときちんとしている。

「ええと――じゃあ、午前?」今はまだ二月だ。六月にはもうフィリップとカップルになっているかもしれない。二人で手に手を取ってここに診察に来るかもしれない。

「もっと早くなりません?」

「先生は年に三回しかこちらにいらっしゃらないんですよ」

わたしは待合室を見まわした。「じゃあ、この鉢植えには誰が水をやるんです?」わたしはかがんでシダの土に指を入れてみた。湿っていた。

「べつのドクターがここを使うんです」そう言って彼女は二種類のカードを立てたアクリルのカード立てを指で叩いた。〈Dr.ブロイヤード〉、それから〈Dr.ティベッツ、医療ソーシャルワーカー〉。わたしはなんとか汚れた指を使わずに一枚ずつ取ろうとした。

「九時四十五分でいいですか?」ルーシーはそう言いながら、ティッシュの箱を差し出した。


両手で携帯を握りしめ、駐車場を小走りに急いだ。ドアを閉め、エアコンをつけ、フィリップの番号を九ケタまで打って、そこで手が止まった。今までわたしから彼にかけたことは一度もなかった。この六年間、かけてくるのはいつも向こうで、いつも〈オープン・パーム〉あて、そしていつも理事としてだけだった。やめたほうがいいのかもしれない。スーザンなら、おやんなさいと言うだろう。彼女もカールのとき自分からアプローチしたのだ。スーザンとカールはわたしのボスだった。

「縁を感じたら、臆せずどんどん行くべきよ」スーザンに一度言われたことがあった。

「臆せずどんどん行くっていうのは、たとえば具体的には?」

「その気だってところを彼に見せるの」

それから四日間、そのことについてじっくり考えてみてから、その気だってところを見せるというのは具体的にどういうことかと彼女に質問した。スーザンは長いこと人の顔を見たあと、ごみ箱の中から古封筒を一枚拾って、洋梨《ペア》の絵を描いた。「あなたの体型はこうなの。わかる?上が小っちゃくて、下はどっちかっていうと太め」それから下に濃い色のものを着て、トップスに明るい色のものを着て目の錯覚を起こすテクについて解説した。以来わたしはその色の組み合わせを着ている女性を見るたびに梨型かどうか確かめるようにしているのだが、百パーセントそうだ。梨は梨をだませない。

　梨の絵の下に、スーザンはフィリップよりもわたしにお似合いだという男の電話番号を書いた——バツいち子ありでアル中のマーク・クウォン。マークはわたしをビバリー・ブルバードの〈マンダレット・チャイニーズ・カフェ〉に連れていった。それが不発に終わると、スーザンは、もしかしてわたし見当ちがいなことしちゃったのかしらと言った。「ひょっとしてあなた、マークが好きじゃないんじゃなくて、男の人が好きじゃないんじゃない？」髪型のせいで、わたしはときどきこう思われる。ショートにしているのだ。靴も履きやすさ重視の「ロックポート」とか無地のスニーカーとかで、ヒールの高いきらきらしたのは一足も持っていない。でも、同性愛の女がグレーのセーターを着た六十五歳の男に胸ときめかせたりするだろうか？　マーク・クウォンは何年かあとに再婚した。スーザンがわざわざ知らせてくれた。わたしはフィリップの電話番号の最後の一つをプッシュした。

「もしもし」まだ寝ていたみたいな声だった。

「ハイ、シェリルです」

「え？」

「〈オープン・パーム〉の」

「ああ、やあやあ！　こないだのパーティは素晴らしかったね。最高だったよ。で、どうかした？」

「いえ、ブロイヤード先生に診てもらったので、そのことでお礼を言いたくて」返事がない。「色彩療法の」そうつけ足した。

「イェンズ、はいはい！　彼、よかったでしょ？」

感動ものでした、とわたしは言った。

これは前々からの計画で、フィリップが資金集めパーティでわたしのネックレスをほめるのに使った言葉をそのまま使ったのだ。彼はわたしの胸元から重たいビーズを持ち上げて「これ、感動ものだね。どこで買った？」と言い、わたしは「ファーマーズ・マーケットの屋台で買ったの」と答えた。すると彼はネックレスを使ってわたしの体を引き寄せて、「おっ、いいぞ。こうするのに便利だ」と言った。よその人が見たら、たとえば助成金担当のナカコとかだったら、セクハラだと思ったかもしれない。でもこれが冗談のセクハラなのをわたしは知っていた。フィリップは、いかにもそういうことをやりそうなキャラを演じているだけなのだ。何年も前からずっとこうだ。いちど理事会のミーティングの最中に、フィリップがわたしにブラウスの後ろのファスナーが下りているよと言って、本当にファスナーを下ろして笑ったことがあった。わたしも笑って、すぐに手を後ろにやって上げなおした。これはつまり「世の中にはこんな下品なことをする連中がいるんだよ、信じられないよな？」というジョークなのだった。でもその奥底にはさらにべつの意味もあって、下品な人たちの真似をすると、ある種の解放感が味わえる――子供とか、狂った人の真似をするときもそうだ。本当に信頼している相手、自分のことを本当は善人ですごく有能だとわかってくれている相手でないと、こういうことはできない。フィリップがネックレスから手を離すと、わたしは急に咳が出て、それでヒステリー球の話になって、色彩療法の話になったのだ。

フィリップは「感動もの」という言葉に特に反応する様子もなく、ブロイヤード先生は高いけれど高いだけのことはあるよね、と言いながら声のトーンを一段上げて、会話を終わらせにかかった。

「それじゃあまた明日、理事会のミーティングであ――」会おう、と言う前にわたしは言った。

「困ったときは、ひと声かけて」

「はい？」

「わたしがついてるから。困ったら、いつでもわたしに声をかけて」

とほうもない静寂。ドームつきの大聖堂だって、ここまで静まり返ったことはないというほどの。彼がひとつ咳ばらいをした。その音がドームに反響して、鳩がばさばさ飛び立った。

「シェリル？」

「はい」

「そろそろ切るよ」

わたしは返事をしなかった。この電話を切るというなら、わたしの屍《しかばね》を越えていくがいい。

「それじゃあ」と彼は言い、一瞬の間があってから電話は切れた。

わたしは携帯をバッグにしまった。もしもう赤が効いてきているのなら、あのつんと甘やかな、無数の小さな針で刺されるような感じが鼻から目にかけて生まれて、それがしだいに寄せ集まってしょっぱい大波になり、この恥ずかしさを涙で押し流してくれるはずだった。泣き声が喉元までせり上がり、膨らみ、でも上にあふれ出さずにその場にうずくまり、頑固な球になった。ヒステリー球だ。

何かがわたしの車にぶつかって、わたしはぎくっとした。隣の車のドアだった。どこかの母親が赤ちゃんを慎重な操作でシートに乗せようとしていた。わたしは喉を手でおさえ、身を乗り出して赤ちゃんの顔を見ようとしたが、母親の髪がじゃまして、その子がわたしのものかどうかはわからなかった。血のつながった子供というのではなく、ただ……絆で結ばれている子。そういう子たちのことを、わたしは全部まとめてクベルコ・ボンディと呼んでいる。そうかどうかは一瞬でわかる。

二回に一回は、自分でも気がつかないうちに判定しおわっている。

　ボンディ一家は七〇年代前半の一時期、うちの両親と仲がよかった。おじさんとおばさん、それに小さい息子のクベルコ。ずっと後になって母にクベルコのことを訊いたら、そんな名前じゃなかったわよと母は言った。じゃあなんていう名前だったの？　ケヴィン？　マーコ？　覚えていないと母は言った。親たちはリビングでワインを飲んでいて、わたしはクベルコと遊ぶように言いつけられた。おもちゃを見せてあげなさい。クベルコはわたしの部屋のドアのそばにおとなしく座って木のスプーンを握りしめ、ときどきスプーンを床に打ちつけたりしていた。大きな黒い目、ぷっくりしたピンク色のあご。まだ小さかった、本当にすごく小さかった。一歳になるかならないかだった。そのうち彼はスプーンを捨てて泣きはじめた。わたしはそのうち誰かが来るだろうと思って彼が泣いているのをただ見ていたけれど、誰も来なかったので、細い膝の上に抱きあげて、まるまる太った体をそっとゆすってみた。彼は一瞬で泣きやんだ。じっと抱っこしていると、彼がわたしを見つめ、わたしが彼を見つめ、彼がわたしを見つめ、そうしてわたしは、彼がお父さんよりもお母さんよりもわたしのことを愛していて、うんとおおもとの、永遠に変わらない部分では彼とわたしは家族なのだということに気がついた。まだ九歳だったわたしには、それが自分の子供という意味なのかそれとも配偶者という意味なのかはわからなかったけれど、どっちだってよかった。この子のためならどんな悲しみも乗り越えてみせる、そう思った。わたしは彼のほっぺに自分の頰を押しつけて抱きしめ、永遠にこうしていたいと思った。彼は眠り、わたしもうつらうつら寝たり醒めたりし、時間からも空間からも解き放たれ、彼のあたたかな体がうんと大きくなったかと思うとうんと小さくなり——と、とつぜん自分のことを彼の母親だと思いこんでいる女がわたしの腕の中から彼を取りあげた。大人たちがわざとらしい大声でお決まりのありがとうどういたしましてを言いながら出口に向かうなか、クベルコ・ボンディは恐怖に見開いた目でわたしを見た。

**早くなんとかして。この人たちに連れていかれちゃうよ。**

**だいじょうぶ、心配しないで。今なんとかするから。**

もちろん、愛するわが子がみすみす夜のかなたに連れ去られるのを黙って見ているわたしではなかった。**止まれ！　その子から手を離しなさい！**

でもその声は小さすぎて、わたしの頭の外には出ていかなかった。あっと言う間に愛するわが子は夜のかなたに連れ去られてしまった。そして二度とふたたび会うことはなかった。

だが、わたしとクベルコはふたたび出会った——何度も、くりかえし。彼は生まれたての赤ちゃんのこともあれば、もうよちよち歩きを始めていることもある。駐車場から車を出すとき、隣の車に乗っている子の顔がやっと見えた。ただの赤ん坊だった。

# 2

朝早く、庭の木の枝がどさっと落ちる音で起こされた。赤のエッセンスを三十ミリ飲んで、不器用にノコギリを引く音に耳を澄ました。リックだった。この家といっしょについてきた、ホームレスの庭師だ。わたしだったら、勝手に自分の家の中を歩きまわってプライバシーに踏みこんでくるような人を雇ったりは絶対にしないのだけれど、前の持ち主より心が狭いと思われるのがいやで、クビにできなかった。リックは前の持ち主のゴールドファーブさんから家の鍵を渡されていて、ときどき勝手にトイレを使ったり、キッチンにレモンを置いていったりする。いつもは何かと理由をつけて彼が来る前に家を留守にするのだが、朝の七時に来られたのではそれもできない。たまに彼が帰るまで、車で三時間ぐらい近所をぐるぐる走りまわることがある。何ブロックか離れたところに車を停めて、中で寝ていることもある。一度、そうしているところをテントだか段ボールハウスだかに帰る途中の彼に見つかって、髭だらけのにこにこ顔を窓にくっつけて、中を覗きこまれたことがある。寝ぼけた頭では、うまい言い訳もみつからなかった。

今日は理事会のミーティングの準備を完璧にするために、早めに〈オープン・パーム〉に出勤した。うんと上品に奥ゆかしくふるまって、昨日の電話のあの素っ頓狂な女のイメージをフィリップの記憶から消し去ってしまおうという計画だった。声に出さずに、頭の中で英国ふうのアクセントで話す。そうすれば、おのずとそれが外ににじみ出るはず。

ジムとミシェルはもう来ていた。それにインターンのサラも。サラは生まれたばかりの赤ん坊を連れてきていた。デスクの下に隠したつもりでも、声がするので丸わかりだ。わたしは会議室のテーブルを拭き、メモ用紙とペンを並べた。本来はマネージャーがするような仕事ではなかったけれど、フィリップのためにすべてをきちんとさせておきたかった。「敵機襲来！」とジムが言った。カールとスーザンがもうすぐ来るという合図だ。わたしは枯れた花がいっぱい入っている大きな対の花瓶を両手でつかんで、給湯室のほうに急いで向かった。

「あ、あたしやります！」ミシェルが言った。ミシェルは新人だ。わたしだったらまず雇わないような子。

「いいの今さら」とわたしは言った。「もうわたしが持っちゃってるし」

ミシェルは横を並んで走り、わたしが採用している左右の重心バランスの法則を無視して、片方の花瓶をわたしの手からもぎ取った。おかげでもう一つの花瓶が手から滑り落ちはじめ、ミシェルが受け止めてくれるかと思ったけれど受け止めてくれなかった。花瓶がカーペットの上に落ちるのと、カールとスーザンが入ってくるのがほぼ同時だった。フィリップもいっしょだった。

「やあみんな」とカールが言った。フィリップはゴージャスなワインレッドのセーターを着ていた。呼吸が浅くなるのがわかった。彼を見るたび、前世でもう何十万回もカップルだったような気がして、奥さんみたいにいそいそ駆け寄りたくなるのをぐっと我慢する。原始人の男と女。王と王妃。修道女と修道女。

「こちらミシェル、広報担当の新人さん」わたしはそう言って、おどけたように床のほうに手をやった。四つんばいになって茶色いどろどろの花をかき集めていたミシェルが、あわてて立ちあがろうとした。

「フィリップです。よろしく」ミシェルは中途半端なへっぴり腰のまま彼と握手した。丸い顔が涙で赤くほてっていた。さっきの意地悪な態度はわざとしたわけじゃない。よほどストレスを感じたときしかあんなことはしないし、あとでたっぷり後悔する。あした彼女に何かプレゼントをしよう。ギフト券とか、ニンジャの5カップ用スムージーメーカーとか。こうなる前に先手を打って、何かあげておくんだった。わたしはよく新人ちゃんにプレゼントをする。きっとみんな家に帰ってこう言うのだ、「こんどの職場って最高、夢みたい！　ほら、マネージャーがこんなものをくれたの！」そうすれば、その人が泣きながら帰ってきたときに旦那さんとか奥さんとかがこう言ってくれるはずだ、「だってほら、スムージーメーカーの人でしょ？　何かのまちがいじゃない？」するとその新人ちゃんは思いなおすかもしれないし、もしかしたら自分が悪かったと思うかもしれない。

　スーザンとカールはフィリップとどこかに消え、インターンのサラが駆け寄って片づけを手伝ってくれた。赤ん坊のさかんなバブバブ、ブウブウはいっこうに止む気配がなかった。ついにわたしは彼女のデスクのところまで行って、下をのぞきこんだ。赤ちゃんは鳩みたいに哀しげに喉を鳴らして、わたしを見たとたん、ぱあっと笑顔になった。

**またまちがった人のところに生まれちゃったよ**、と彼が言った。

　わたしは悲しくうなずいた。**そうみたいね**。

　でもどうすることもできなかった。彼をキャリアーから抱きあげて、この手の中にもう一度抱きしめたかったけれど、それはできない相談だった。ごめんね、と仕草で伝えると、彼はわかってる、というように賢そうな目をゆっくりとしばたたいた。悲しみで胸がしめつけられ、喉の奥でヒステリー球がせり上がった。わたしはどんどん歳をとっていくのに、わたしの小っちゃな夫はいつまでたっても若いまま、今となってはもう息子といったほうがいいくらいになってしまった。サラが急いでやってきて、キャリアーをデスクの向こう側に動かした。彼が激しく足をばたつかせた。

**あきらめないで、あきらめないで。**

**あきらめないわ、**とわたしは言った。**絶対に。**

この調子で彼を毎日のように見せられたのでは身がもたない。わたしは威厳をこめて、ひとつ咳払いをした。

「わかってると思うけど、子供を職場に連れてくるのはまずいと思うの」

「でもスーザンにいいって言われたんです。クリーが小さかったころには自分もよくそうしてたからって」

本当だった。カールとスーザンの娘はいつも学校帰りに昔の道場にやってきては、走りまわったり叫んだりしてレッスンのじゃまをした。わたしはサラに、今日のところはしょうがないけれど、これが常態化するのは困ると言った。サラは裏切り者を見る目でわたしを見た——働く母親がとかフェミニズムがとか以下省略。わたしも同じ目で彼女を見返した——女性の管理職がとか子供を楯に取るのはとかフェミニズムがとか以下略。彼女が先にうつむいた。カールとスーザンは、自分たちが哀れに思う女の子ばかりインターンに選ぶ。二十五年前のわたしがそうだった。あのころの〈オープン・パーム〉は、まだ女性向けの護身術教室だった。元はテコンドーの道場だったところを、そのまま使っていた。

男があなたの胸をわしづかみにしました——さあどうしますか？　男が集団であなたを取り囲み、地面に押し倒してズボンのファスナーを下ろそうとしています——さあどうしますか？　友人だと思っていた男があなたを壁に押しつけて逃がしてくれません——どうしますか？　男があなたの体のある部分について卑猥なことを大声で言い、それを見せろと言っています——それを見せますか？　ノー。振り向いて、その人の目をまっすぐ見つめ、顔に指をつきつけて、丹田《たんでん》に力をこめ、喉からふりしぼるような大声で叫びましょう——「**アイヤイヤイヤイヤイ！**」この絶叫のところは、いつも生徒たちに大受けだった。けれども暴漢役の男が登場すると、ムードは一変する。頭でっかちのウレタンの防護スーツを着た暴漢たちは、レイプや集団レイプ、言葉のセクハラ、痴漢行為などを一つずつシミュレーションしていく。中の人たちは本当は穏やかで人の善《よ》い、ほとんどバカがつくくらい善良な男性たちなのに、ひとたび演技となると、それはそれは真に迫って凶暴で恐ろしくなる。女性はみんな動揺するが、それこそが狙いだ。恐怖も屈辱も感じず、お金を返してと泣き叫んでもいない平常心でなら、誰だって反撃できる。最終レッスンの修了時は、いつも万感胸にせまるものがあった。暴漢と生徒たちはアップルサイダーを手に抱き合って、互いの健闘をたたえあった。すべては水に流される。

　うちは今でもティーンエイジャーの女の子向けにクラスを一つ持っているけれど、これはＮＰＯとしての体裁を保つためで、すでに事業の大部分はフィットネスＤＶＤの販売に移行している。護身術をエクササイズ仕立てのビデオにして売るというのはわたしの発案だった。いまや大手のワークアウトビデオと肩を並べる売れ行きだ。買った人はみんな護身の部分には目もくれず、ただアップテンポの音楽やエクササイズ効果を気に入っているらしい。だって、公園で女の人が襲われかけるようなビデオを、いったい誰が欲しがるというの？　誰も欲しがらない。わたしがいなければ、カールとスーザンはいまだにそういう陰気なハウツーもののビデオを売っていただろう。二人はオーハイ（ロサンジェルス北西の小さな町。ロハスやアート、スピリチュアル系の店や施設が多くある）に引っ越してからというもの半分リタイアしているが、人事のことにはいまだに口を出してくるし、理事会のミーティングにも顔を出す。正式にではないものの、わたしは実質的に理事みたいなものだ。書記役もわたしがやっている。

フィリップはわたしからできるだけ離れた席に座り、会議のあいだじゅうずっと、わたしのいる方向を見ないようにしているようだった。気のせいであることを祈っていたけれど、終わったあとスーザンが来て、あなたたち何かあったの、と訊いた。わたしは〝その気だってところを彼に見せた〟ことを打ち明けた。

「それどういう意味?」

スーザンがわたしにそのアドバイスをしたのは、もう五年も前だった。きっと今はもうその言い回しを使っていないのだろう。

「彼に言ったの。困ったときは……」口に出して言うのはつらかった。

「なに?」スーザンがぐいっと身を乗り出し、ぶら下がるイヤリングが前に揺れた。

「〝困ったときは、ひと声かけて〟」わたしは小声で言った。

「ほんとにそう言ったの? すごくそそるセリフだわよ、それ」

「ほんとに?」

「女が男にそこまで言うんだもの、そりゃそうよ。まちがいなく見せてやったわね、ええと……なんて言ったっけ?」

「その気だってところを」

カールが〈オーハイ・ナチュラルフーズ〉と書いてある汚れたずだ袋を持ってオフィスをうろつき、給湯室にあったクッキーとか緑茶とかアーモンドミルクのパックを放りこみ、それからまっすぐ備品棚のところに行って、コピー用紙の束やボールペンやラインマーカーや修正液を入れていった。そのかわり二人はよく、家で持て余したものを会社に持ってきた——動かなくなった車とか、産まれたての仔猫何匹かとか、置き場所がなくなったおんぼろの臭いソファとか。今日は大量の肉だった。

「これビーファローっていってさ、牛とバッファローを掛け合わせた新種なんだ」カールが言った。

スーザンが発泡スチロールのクーラーボックスの蓋をあけた。「たくさん頼みすぎちゃって。消費期限が明日になっちゃったのよね」

「で、このまま腐らせるよりは、みんなにも今夜ビーファローを楽しんでもらおうと思ったわけ——わが家のおごりで！」カールはそう叫んでサンタクロースみたいに両手を高くあげた。

二人はわたしたちの名前を順番に呼びはじめた。一人ずつ立っていって、自分の名前が書かれた白い小さい包みを受け取った。スーザンはフィリップの名前とわたしの名前を間をおかずに続けて呼んだ。わたしたちはいっしょに歩いていって、同時に肉の包みを受け取った。わたしの包みのほうが大きかった。フィリップもそれに気がついて、それでやっとわたしの顔をまともに見た。

「取り替えっこしよう」彼が小声で言った。

わたしは悦びを隠そうとしてしかめ面になった。彼が〈フィリップ〉と書いてある肉をわたしに渡し、わたしは〈シェリル〉と書いてある肉を彼に渡した。

スーザンはビーファローを配りながら、独り言のように言った。誰かうちの娘をしばらく泊めてくれないかしらねえ、LAで家と仕事を見つけるまでのほんの何週間かでいいんだけど。

「とっても才能豊かな女優なのよ」

誰も何も言わなかった。

スーザンはロングスカートの中で小さく体を揺すった。カールは太鼓腹をさすりながら眉を上げて、誰かが名乗りを上げるのを待った。最後にクリーがここに来たのは十四のときだった。色の薄い髪をひっつめにして、こってりのアイラインにばかでかい輪っかのイヤリングをして、ズボンをずり下げてはいていた。不良娘みたいな雰囲気だった。あれから六年たってはいたけれど、それでも手を上げる人はいなかった……と思ったら一人いた。ミシェルだ。

ビーファローの獣くさい味は口の中にいつまでも残った。わたしはフライパンの汚れをきれいに拭いて、フィリップの名前の書いてある紙をびりびり破いた。破きおわらないうちに電話が鳴った。どうしてかは誰にもわからないのだが、誰かの名前を破るとその人から電話がかかってくる――科学では解明できない謎だ。名前を消すやり方も効く。

「ちょっと〝ひと声かけ〟ようかと思ってさ」と彼は言った。

わたしは寝室に入ってベッドに横たわった。表向きはいつもと同じ電話だったけれど、彼がこんな夜にわたし個人の携帯にかけてきたのは、この六年間ではじめてだった。今が夜の八時だということも、わたしがネグリジェを着ていることもなかったような顔で、わたしたちは〈オープン・パーム〉のことや今日のミーティングのことを話しあった。そしていつもだったら会話が終わるぐらいのタイミングで、長い沈黙がおとずれた。わたしは暗闇のなかでじっとして、もしかしてフィリップは切るよとも言わずに切ってしまったんだろうかと考えた。するとだいぶたってから、彼が低くささやくように言った。「俺って、ひどい人間なのかもしれないな」

一瞬、わたしはその言葉を信じた――きっとなにか罪を告白する気なんだ。ひょっとして人を殺したとか。でも考えたら、人は誰だって自分のことをひどい人間かもしれないと思うものだ。ただしそれを口に出して言うのは、誰かにそんな自分を愛してほしいときだけだ。服を脱いで裸になるように。

「そんなことない」わたしもささやいた。「あなた、すごくいい人よ」

「ちがうんだ！」興奮で彼の声が大きくなった。「きみはなにも知らないんだ！」

わたしも同じくらい大きな声で熱っぽく言った。「ううん知ってる！　あなたが思ってるより、ずっとあなたのことを知ってるの！」彼はしばらく黙った。わたしは目を閉じた。クッションの海にうずもれ、これから始まる甘い関係の入口に立って、気分はすっかり王だった。すばらしいごちそうを前に玉座に座る、王。

「いま話してだいじょうぶ？」と彼が言った。

「あなたがだいじょうぶなら」

「その、いま独りなの？」

「独り暮らしだもの」

「そうじゃないかと思った」

「ほんとうに？　そのときって、どんなふうに思ったの？」

「そうだね、こう思ったかな、『彼女は独り暮らしじゃないかな』」

「正解だったわけ」

「きみに告白したいことがある」

わたしはまた目を閉じた。王。

「言って、楽になってしまいたい」と彼は言った。「返事はしなくていい。ただ黙って聞いていてほしいんだ」

「いいわ」

「はは、なんか緊張するな。汗が出てきたよ。何度も言うけど、返事はしなくていいからね。僕がそれを言って、お互い電話を切って、あとはただ眠ってくれればいい」

「もういまベッドの中よ」

「すばらしい。じゃあそのまま眠って、明日の朝また電話をくれないか」

「そのつもりよ」

「オーケー。じゃ、また明日」

「ちょっと待って――まだ告白を聞いてないけど」

「うん。なんか怖じ気づいちゃってさ。こう――タイミングを逃しちゃったっていうか。今日はもう寝てほしい」

わたしはベッドの上で起きあがった。

「朝の電話は？　かけてもいい？」

「明日の夜、こっちからかけるよ」

「ありがとう」

「おやすみ」


犯罪がらみか恋愛がらみ以外で、告白するのに汗が出るようなことがあるとは思えなかった。それに、身近にそんな重大な犯罪者がいるなんてこと、そうそうあるものじゃない。わたしはそわそわして眠れなかった。明け方ちかく、お腹が空っぽになるくらいの下痢をした。赤を三十ミリ飲んで、ヒステリー球にぎゅっと力をこめた。あいかわらず石みたいに硬かった。十一時ごろジムが電話をかけてきて、ちょっとした緊急事態だと言った。ジムは常勤の事務職だ。

「フィリップがどうかしたの？」もしかしたらみんなで彼の住所に急行して、家の中を見られるかもしれない。

「ミシェルがクリーのことで前言撤回しちゃってさ」

「あらら」

「クリーに出てってほしいんだと」

「ふうん」

「なので、そっちで頼める？」

独り暮らしをしていると、いつでも転がりこんで大丈夫だとみんなから思われがちだけれど、じっさいは逆だ。誰かのところに居候したいのなら、すでに他人に生活をぐちゃぐちゃにされていて、一人増えたところで大して変わらない人のところに行くべきだ。

「できればそうしたいんだけれど、本当に心からそうしたいところだけど……」とわたしは言った。

「僕の意見じゃない、カールとスーザンがそう言ってるんだよ。あの二人、どうしてあなたが真っ先に手を上げてくれなかったのかって思ってるみたいだよ、家族も同然なのに」

わたしは唇をかたく結んだ。カールは一度わたしのことを〝ギンジョー〟と呼んだことがあった。〝シスター〟みたいな意味かなと思っていたら、そうではなくて男、それもたいていはお爺さんで、人里はなれた場所に独りで住んで、村人のために火を絶やさないようにする人を意味する日本語なのだとカールに教えられた。

「古い言い伝えでね。その人は火を燃やしつづけるために自分の服を焼き、骨も焼くんだ」とカールは言った。先を続けてほしかったので、わたしは息を殺して待った。他人の口から自分について聞かされるのが好きなのだ。「それでもまだ足りなかったので、ほかに燃やせるものはないかと探したら、自分のウビツがあった。ウビツっていうのは英語になりにくいんだが、要はものすごく重くて、無限の質量と重量のある夢のことだな。彼はそれを燃やして、火はいつまでも消えることなく燃えつづけたってわけ」それに続けてカールは、きみは管理職としては遠隔操作のほうが向いているタイプだから、これからは在宅で勤務してもらうと言った。ただし週に一度は出てきてかまわないし、理事会のミーティングにも出席してほしい。

この家はそう広くない。ここにもうひとり人間が増えたところを思い描いてみた。

「家族同然って、あの人たち本当に言ったの？」

「そりゃ言うよ。だってさ——あなた自分の母親のことを〝家族同然〟って言う？」

「言わない」

「でしょ」

「で、それはいつなの？」

「今夜、荷物を持って来るそうだ」

「今夜はプライベートで大事な電話がかかってくるんだけど」

「恩に着るよ、シェリル」

わたしはアイロン部屋のパソコンをどけて、見かけよりはずっと寝心地のいい折り畳み式ベッドを広げて置いた。掛けぶとんの上に彼女用のふとんカバーをたたんで置き、その上にたたんだバスタオルを重ね、その上にハンドタオルを重ね、最後に浴用タオルを重ねて置いた。浴用タオルのてっぺんに、シュガーレスのミントキャンディをちょこんと一つのせた。お風呂とシンクの蛇口をウインデックスでぴかぴかに磨き、トイレのハンドルも同じように磨いた。「何でも好きに食べてね。

自分の家のつもりで過ごしてちょうだい」と言うときに指差せるようにと、陶器の鉢に果物を盛った。それだけやると、あとはもういつものように家の中は完璧に片づいていた。それもこれもわたしのシステムのたまものだった。

　特に決まった名前があるわけではなく、ただ〝システム〟と自分では呼んでいる。たとえば誰かがひどく落ち込んだり、あるいは単に面倒くさくなって、お皿を洗わなかったとする。たちまち汚れた皿は天高く積み上がって、そうなるともうフォーク一本さえ洗う気がしなくなる。そうするとその人は汚れたフォークと汚れたお皿で物を食べるようになり、ホームレスになったみたいな気分になる。結果、お風呂にも入らなくなる。すると家から出るのがおっくうになる。家の中にゴミをポイ捨てし、トイレまで行かずに手近なカップの中におしっこをするようになる。誰だって身に覚えがあるはずだ。誰にもこの人を責めることなんてできない。けれどもいたってシンプルな解決法がある。

　お皿を減らすこと。

お皿がなければ、積み上がることもない。メインの法則はそれだけれど、さらにもう一つ。

物をやたらと動かさない。

物をあっちこっちに移動させるのに、人はいったいどれくらいの時間を一日に使っているだろう？　だから何かをもともとの住処《すみか》からうんと離れた場所に動かすときは、それをまた元のところに戻す手間をまず考える――本当にその必要があるかしら？　本棚の横で立ったまま、元に戻す位置を指でおさえたまま、本を読むのじゃだめなの？　もっといいのは最初から読まないことだ。そしていよいよ何かをどこかに持っていくときは、その方角に持っていかなければいけないほかのものを必ずいっしょに持っていくようにする。〝相乗り〟とわたしが名づけた制度だ。バスルームに新しい石鹼を持っていく？　だったら乾燥機のタオルが乾くまで待って、タオルと石鹼をいっしょに持っていきましょう。それまで乾燥機の上に石鹼を置いておいてもいいかもしれない。そしてタオルは次にトイレに行くときまでたたまずにおく。そのときが来たら、ほらね、座っているあいだに空いている両手を使って、石鹼をしまい、タオルをたたむことができる。拭くときには、まずトイレットペーパーで余分な顔の脂を押さえてから拭く。さらにお食事の時間。お皿は省略してしまいましょう。テーブルに鍋敷きを置いて、フライパンのまま出してしまいます。お皿はお客さんにレストランで食事している気分になってもらうための、特別のひと手間だ。さて、フライパンは洗うべきでしょうか？　おいしいものを作って食べただけなら、その必要はなし。

誰だってこの手のことを、ときどき部分的にはやっている。それをいつでも全部やるのがわたしのシステムだ。とにかくやると決めたらやる。そのうちに自然と習慣になって、次にまた落ち込んでも体が勝手に動いてやってくれる。おかげでわたしは、まるでお金持ちみたいに家に住み込みの召使いが一人いて、何もかもきちんとしておいてくれる身分だ。しかもその召使いは自分だから、プライバシーを覗かれる心配もない。このシステムが何よりすばらしいのは、これのおかげで日々の暮らしがとても滑らかになったことだ。わたしの生活は尖った部分を取り除かれ、生きることに付きもののささくれもごたごたもなくなって、毎日が夢のように快適になった。長年そうやって独りで暮らしているうちに、毎日の手触りはつるつるになって、もはや自分で自分を感じられないような、自分が存在していないような気にさえなってきた。

八時四十五分にドアのチャイムが鳴ったとき、フィリップからの電話はまだなかった。彼女の相手をしているときにかかってきたら、彼女を待たせておいて話すしかない。今でもまだ不良みたいだったらどうしよう。それとも、わたしの世話になることにすごく恐縮して、会うなり延々あやまりだすだろうか。ドアに向かう途中、壁に貼ってあった世界地図がはがれて、大きな音をたてて床に落ちた。べつに何かの前ぶれというわけでもないのだろうけれど。

彼女は十四歳のころよりずいぶん大きくなっていた。もう大人の女だった。あまりにも女すぎて、わたしは自分が何なのか一瞬わからなくなった。紫色の巨大なダッフルバッグを肩にかけていた。

「クリー！　ようこそ！」彼女はわたしが抱きつこうとしたみたいにさっと一歩下がった。「うちは靴を脱ぐことになってるので、脱いでそこに置いてちょうだいね」そう言ってわたしは指をさし、ほほえみ、しばらく待ち、もういちど指さした。彼女は一列に並んだいろいろな形の茶色い靴に目をやり、それから自分の靴に目をやった。ピンク色のゴムでできているとしか思えないような靴だった。

「べつにけっこう」予想もしなかったような低い、ハスキーな声だった。

どちらもしばらく無言だった。わたしはちょっと待っててと言い、レジ袋を取って戻ってきた。クリーは挑むような無表情でわたしの顔を見ながら靴を脱ぎ、袋の中に入れた。

「外に出るときは必ず二つとも鍵をかけるようにしてね、でも家にいるときは一つだけでいいわ。チャイムが鳴ったら、こうすると」――わたしは玄関ドアについている小さい扉を開いて、外をのぞいてみせた――「ね、誰が来たかわかるでしょ」顔を覗き窓から離して振り返ると、クリーはキッチンにいた。

「何でも好きに食べてね」わたしは小走りに追いついて、そう言った。「自分の家のつもりで過ごしてちょうだい」クリーはリンゴを二つ取って自分のバッグに入れかけて、一つが傷《いた》んでいるのに気づいて、べつのと取り替えた。わたしは彼女をアイロン部屋に案内した。彼女はミントキャンディを取って食べ、包み紙をタオルの上に戻した。

「テレビは?」

「テレビは共同スペースにあるの。つまりリビングね」

いっしょにリビングに行くと、彼女は黙ってテレビを見つめた。画面が平らなタイプではないけれど、大型で、本棚にぴったり収まっている。小さなチベットの織物を上からかけてあった。

「ケーブル、観れんの?」

「いいえ。でもアンテナはいいのをつけてるから、ローカル局はみんなきれいに入るわよ」わたしが言いおわる前にクリーは携帯を出して何か打ちこみはじめた。わたしが立って待っていると、彼女は〝なんでまだそこにいんのよ〟というようにわたしを見上げた。

わたしはキッチンに入ってやかんを火にかけた。顔を前に向けたまま視界の端で見えるだけでも、もしやカールのお母さんが巨乳だったんだろうかと考えずにいられなかった。スーザンは背が高くて魅力的だけれど、〝グラマー〟という言葉は当てはまらなかった。ところが今カウチに寄りかかっているあの人物は、まさにその形容がぴったりだった。単に胸が大きいというだけではなく、何というか、ブロンドと小麦色の圧倒的な物量という感じがした。やや太め、と言ってもいいかもしれない。それとも着ているもののせいでそう見えているだけなんだろうか。マゼンタのぴっちりした股上の浅いスパッツをはいて、上はタンクトップを何枚も重ねているのか、それともパープルのブラの上にタンクトップの二枚重ねなのか、とにかく肩ひもがやたらとたくさんある。顔はきれいだったが、体つきとは釣り合っていなかった。目と、ちんまりした鼻のあいだが離れすぎていた。それに口の下にも面積がありすぎた。つまり顎が長かった。たしかに顔のパーツ一つひとつは向こうのほうがきれいだったけれど、配置だけならわたしの勝ちだ。そもそも、まだありがとうも言ってもらっていない。ちょっとした手みやげの一つもあってもよさそうなものなのに。やかんのホイッスルが鳴った。彼女が携帯から顔を上げて、からかうように目をまん丸に見開いてみせた。わたしがそういう顔つきをしている、という意味だ。

夕食はチキンとケールのトーストだけれど、いっしょに食べるかとクリーに訊いた。もしも夕食にトーストのせだなんてと彼女が驚いたら、トーストはライスやパスタよりずっと手軽なうえに、立派に穀類なのよと解説するつもりだった。自分の〝システム〟は全部いちどきには明かさずに、折りにふれて少しずつ開示していく方針だ。食べ物は持ってきたのがあるからいい、と彼女は言った。

「お皿はいる?」

「直接食べれるやつだから」

「フォークは?」

「ちょうだい」

わたしは彼女にフォークを渡した。それから電話の着信の音量を上げて、「きょう大事な電話がかかってくる予定なの」と説明した。彼女は自分の後ろを振り返って、誰かその話に興味のある人でもいるのかと探した。

「食べおわったらフォークを洗って、この、あなたの食器コーナーに戻しておいてね」わたしは棚の上の小さいかごを指さした。彼女用のカップとボウル、お皿、ナイフとスプーンが一つずつ、そこに入れてあった。「わたしの食器はこっちの中。もちろん今は使用中だから何も入ってないけど」そう言ってわたしは隣にある空っぽの小さなかごを指で叩いた。

彼女は二つのかごを見、手の中のフォークを見、またかごを見た。

「たしかに一見まぎらわしいわよね、二人とも同じ食器だから。でも使ってるか、洗ってるか、かごに入っているかのどれかだから、まちがうことはないはずよ」

「これだけ？　ほかの皿は？」

「もうずっとこのやり方なの。だってシンクが汚れたお皿でいっぱいだなんて最悪でしょ」

「でも、あるんだ？」

「ええ、まあ、あることはあるけど。たとえば、もしもあなたがお友だちをここに呼びたければ……」いちばん上の棚にある箱のほうを見ちゃだめだと思えば思うほど、目がそっちに行った。彼女はわたしの視線の先をたどり、にやっと笑った。


次の日の夜にはもうシンクは汚れたお皿で満杯で、フィリップからはまだ電話がなかった。アイロン部屋にはテレビがないという理由でクリーはリビングに陣取って、カウチの上にばかでかい花柄の枕と紫色の寝袋を据え、そこから手の届く範囲を、服やら食べ物やらダイエットペプシの一リットルボトルやらで埋めつくした。電話をかけるのもそこ、メールを打つのもそこ、そして何よりもテレビを観るのがそこだった。わたしはアイロン部屋にパソコンを戻し、簡易ベッドをたたんで屋根裏にしまった。わたしが天井に頭をつっこんでいる最中に、クリーがケーブルTVに加入したことを告げた。セールスの人が来て、無料お試し期間だっていうから。

「そっちが仕事に行ってるあいだに。月末にあたしが出てったあとキャンセルすれば、お金かかんないからいいでしょ」

わたしは抗議しなかった。それが彼女が出ていってくれることの担保になるような気がしたから。テレビは昼も夜も、クリーが起きていようがいまいが、たとえ観ていないときでも、ずっとつけっぱなしだった。こういう人たちがこの世に存在するのは知っていたし、それこそテレビで観たことがあった。三日め、わたしはフィリップの名前を紙に書いて破ってみたけれどだめだった。こういうのはあまり当てにしすぎると効かないのだ。彼の番号を逆さまにかけてみたり（もちろんどこにもつながらない）、局番なしでかけてみたり、全部の番号をでたらめの順番でかけてみたりもしたが、電話はかかってこなかった。

　クリーの周辺に変な臭いが立ちこめはじめた。本人は気づいていないのかそれとも平気なのか、生臭いような、むっとくるケモノ臭だ。最初はてっきり、どぎついブルーのシャワージェルだのプラスチックっぽい甘ったるいローションだのを使って毎朝シャワーを浴びるんだろうと思っていた。でもちがった。着いた次の日も、その次の日も、彼女はシャワーを浴びなかった。体臭に加えて強烈なのが、むれた足の臭いだった。彼女が通ったあと、一拍遅れてフェイントのようにこれが襲ってくる。週の終わりにやっと体を洗ったけれど、匂いからして、わたしのシャンプーを勝手に使ったらしかった。

「シャンプー、よかったら使ってちょうだい」バスルームから出てきた彼女に向かってわたしは言った。髪をうしろになでつけて、首からタオルをかけていた。

「使ったよ」

　わたしが笑い声をたてると彼女も笑った――本物の笑いじゃない、小馬鹿にしたような高笑いで、どんどん辛辣になりながら長々と引っぱったあげく、突然ぱたっとやめた。わたしは目をしばたたいた。泣けない体質が、このときばかりはありがたかった。クリーはわたしを肩で小突くように押しのけて行ってしまった。わたしは顔全体で、**ちょっと待ちなさい！　人が親切に泊めてやってるのに、その失礼千万な態度は何なの？　今回だけは大目に見るけど、次から態度を百八十度あらためないと、ただじゃおかないからね！**　ということを表現したけれど、彼女は電話をかけている最中で、こっちを見ていなかった。わたしも自分の携帯を出して番号をプッシュしはじめた。十ケタの番号を、最初から順番に。

「ハイ！」わたしは高らかに言った。クリーがぱっと振り返った。わたしには知り合いなんか一人もいないと思っていたんだろう。

「もしもし」と彼が言った。「シェリル？」

「そう、おなじみ〝シェア・ベア〟よ」わたしは大きな声で言いながらさりげない足取りで自分の寝室に行き、素早くドアを閉めた。

「ごめんなさい、今のは作り声」わたしはベッドの陰にしゃがんで声をひそめた。「べつに話はしなくてもいいの。ちょっと電話をかけているふりをしなくちゃならなくて、たまたまこの番号にかけただけだから」これは会話を終わらせるためというより、始めるための口実だった。

「ごめん」とフィリップは言った。「電話するって言ったのにしてなかったね」

「じゃ、これでおあいこね。わたしもあなたをだしに使ったんだから」

「なんだか、おじけづいちゃったみたいでさ」

「わたしに？」

「そう。それと、世間に。もしもし、聞こえる？　いま運転中なんだ」

「どこかにお出かけ？」

「スーパーに。〈ラルフス〉。ねえ、一つ訊いていいかな。きみは歳の差って、気にする？　自分よりうんと年上だったり、うんと若かったりする相手と、きみは付き合える？」

　体の中に力が一気にみなぎって、歯がカチカチ鳴った。フィリップはわたしより二十二、年上だ。

「それって、例の告白？」

「関係がある」

「そうね、答えはイエスよ。わたし、付き合える」歯の音を止めるために顎を手でおさえた。「あなたは？」

「僕の考えを聞きたい？」

　イエス！

「イエス」

「僕はさ、この地球上で同じときに存在しているなら、どんな人間でも恋愛の対象になると思うんだ。人類の大部分は早く生まれすぎるか遅く生まれすぎるかで、自分と生きている時間が重なりもしないわけで——そういう人たちはもちろん〝場外〟だけれど」

「いろんな意味でね」

「そう。だから、もし自分が生きているほんの一瞬のあいだに誰かが生まれてきたなら、それはもう奇跡みたいなもので、年数なんてささいな問題だと思うんだ。それをとやかく言うのは、ほとんど神への冒瀆だよ」

「でも、重なり方がうんとぎりぎりの場合もあるでしょう」とわたしは言ってみた。「そういう人たちは、やっぱり〝場外〟にならないかしら」

「それは、たとえば……？」

「赤ちゃんとか？」

「うーん、どうかな」彼は考えこんだ。「恋愛って、お互いに想いあってないとだめだし、肉体的にしっくり来ないとだめだよね。仮に何らかの方法で相手の赤ん坊も同じ気持ちでいるってわかったとしても、それは単に五感の感覚だったり、ただエネルギー的なものでしかないかもしれない。

でも、それだってじゅうぶんに真剣な恋愛と言えるだろうね」彼はそこで言葉を切った。「こんなこと大きな声では言えないけれど、でも僕の言いたいこと、わかるだろ」

「わかるわ、すごく」彼はナーバスになっていた。男はみんな自分の素直な感情を口に出してしまったあと、ひどい罪悪感にとらわれてしまうものなのだ。彼を安心させるために、わたしはクベルコ・ボンディのことや、彼ともう三十年ちかくすれ違いつづけていることを話した。

「つまり——相手は一人の赤ん坊じゃなくて、複数だってこと？」彼の声、なんだかいま裏返ってなかった？　もしかして、嫉妬してる？

「ううん一人。ただいろんな赤ちゃんが彼を演じているの。というか、彼がいろんな赤ちゃんに宿るというか……そっちのほうが近いかも」

「なるほど。クベルコ——それってチェコの名前？」

「自分でただそう呼んでるだけ。わたしの創作なのかも」

彼はいつの間にか車を停めたようだった。もしかしたら、このままテレホンセックスに突入するのかもしれない。一度もやったことはないけれど、自分は特別にうまくやれる自信があった。セックスで大事なのはその場に入りこむこと、相手の人と一体感を得ることだと言う人もいる。でもわたしの場合は、相手の人を意識から消し去って、できることなら完璧に自分のいつものと置き換えることが大事だった。電話でなら、それがずっとやりやすくなるにちがいない。〝自分のいつもの〟というのは、わたしがいつも頭の中でする特別の空想のことだ。いま何を着ているの、とわたしはフィリップに訊いた。

「ズボン、シャツ。靴下、それから靴」

「すてき。あなたは何か言いたいことはある？」

「いや、特には」

「告白は？」

彼が短く笑った。「シェリル？ もう着いちゃったんだ」

一瞬、もうわたしの家の前に着いたという意味かと思った。でもそうではなく、〈ラルフス〉のことだった。もしかして、これは遠回しな誘いだろうか。

街の東側だとすると、可能性のある〈ラルフス〉は二軒あった。わたしはここぞというときのためにとっておいた、ピンストライプのメンズのドレスシャツを着た。きっと彼はこれを見て、わたしといっしょに目を覚まして、わたしが彼のシャツを借りてはおったような気分に、無意識のうちになるにちがいない。家にいるような、くつろいだ気分になれるかもしれない。買い物用のエコバッグはキッチンだった。なんとかクリーに見つからないように入って、出ようとした。

「スーパー行くの？ あたしも買いたいものがある」

本当に買い物をしにいくわけじゃないと説明するのは難しかった。助手席で、彼女は水色のビーチサンダルをはいた日焼けした汚れた足をダッシュボードの上にのせた。この世のものとは思えない臭いだった。

何度か迷った末に、より高級なほうの〈ラルフス〉に行くことに決めた。わたしたちは加工食品の棚を何列も歩きまわった。カートを押して少し先を行くクリーの胸は、滑稽なくらい派手に前に突き出ていた。女はみんな、彼女を上から下まで眺めまわしたあげく、目をそらした。でも男は誰も目をそらさなかった。みんな彼女とすれちがったあとまで振り返り、後ろ姿をたっぷり拝んだ。わたしが振り向いてこわい顔つきでにらんでも、お構いなしだった。なかには知り合いでもないのに、あるいはたったいま知り合ったとでもいうように、ハイと声をかける男たちもいた。何かお探しですかと寄ってくる店員も何人かいた。わたしはコーナーを一つ曲がるたびに、今度こそフィリップと出くわすんじゃないか、そうして驚きよろこぶ彼と二人、長年連れ添った夫婦のように――前世で何十万回もそうしてきたように――買い物をすることになるんじゃないかとずっと待ち構えていた。ちょうど行きちがってしまったのか、それとももう一つの〈ラルフス〉だったのか、けっきょくそれは起こらなかった。レジで並んでいたら、私たちの前にいた知らない男の客がクリーに向かって、自分がいかに息子（彼のカートの前にぽってりと座っている）を愛しているかについて一方的に語りだした。子供が生まれる前も愛は知っていたが、この子への愛に比べたら物の数にも入らなかったよ。わたしはその子と目を合わせてみたけれど、響きあうものは何もなかった。赤ん坊はただ黙って口をぽかんと開けていた。赤毛の袋詰め係の男の子が、自分の持ち場を放り出して駆けつけて、クリーの買った物を詰めはじめた。

彼女が買ったのは冷凍食品十四個、カップヌードル一ケース、白パン一斤、それにダイエットペプシ三リットル。わたしはトイレットペーパーを一個だけ買って、バックパックにしまいこんだ。帰る道すがら、わたしは家のあるロス・フェリス界隈がいかに多様性にあふれたエリアかを説明しかけたけれど、途中で黙ってしまった。男ものシャツを着た自分が馬鹿みたいに思えた。失望が車内を満たした。クリーは自分のふくらはぎを調べて、皮膚の下にもぐりこんだ毛を見つけては爪でほじり出していた。

「で、女優としてはどういう方向性を目指しているの？」とわたしは言った。

「は？　何のこと」

「たとえば映画に出たいとか、舞台をやりたいとか」

「ああ。そんなこと言ってるんだ、うちの母親」彼女は鼻を鳴らした。「べつにあたし、芝居になんか興味ないし」

悪いニュースだった。面接とかオーディションの結果、何かしらチャンスが舞いこんで、それでめでたく彼女が出ていってくれる展開を予想していたのだ。

夕食はケールと卵のフライパン直接食べだったけれど、もう彼女に声はかけなかった。そしてはやばやと寝てしまった。真っ暗な部屋でじっとしていると、クリーの一挙一動がいちいち聞こえてきた。テレビをつける。のそのそとトイレに行く。流す。手は洗わない。何かを取りに自分の車まで行く。車のドアを閉める。玄関のドアを閉める。冷蔵庫を開ける。冷凍庫を開ける。ピーッという聞き慣れない音。わたしは飛び起きた。

「それ、動かないわよ」わたしは目をこすりながら言った。クリーは電子レンジのボタンをあちこち押していた。「この家に元からあったやつで、ものすごく古いの。安全じゃないし、それに動かないし」

「ものは試しよ」そう言って彼女はスタートボタンを押した。レンジがぶうんと音を立てて、食べ物がゆっくり回りだした。彼女が窓をのぞきこんだ。「動くじゃない」

「わたしだったらそんなに近づかないけど。放射能が出てるし。子宮や卵巣に悪影響が」彼女がわたしのむき出しの脚をじっと見ていた。ふだんは脚を出したりしないので、毛は剃っていなかった。べつに主義主張じゃなく、ムダの廃止だ。わたしは寝床に戻った。電子レンジがチンと鳴る。ドアが開き、そして閉じる。

木曜日の朝、わたしはリックと顔を合わせないで済むように七時前に家を出た。オフィスに足を踏み入れた瞬間、彼から電話がかかってきた。

「お忙しいところすみません。あの、お宅に知らない女の人がいて、帰れって言われたんですが」

彼がわたしの電話番号を知っていた――というか、そもそも携帯を持っていたのが驚きだった。

「ちょっと、その人と話してもらっていいですか」

ガチャンと音がして、電話が下に落ちた。クリーが出た。

「なんか、人んちの庭に勝手に入ってきたんだけど。車も何もなしで」彼女が電話から顔を離した。

「身分証明書は？　名刺もないの？」彼女の失礼な物言いに身がすくんだが、心のどこかでは、これでもうリックと縁が切れるかもしれないとも考えた。

「もしもし、クリー？　ごめんなさい、言うの忘れてたけど、リックは庭師なの」もしかしたら彼女がもう二度と来るなと彼に言って、わたしにはどうすることもできないかもしれない。

「お金、払ってんの？」

「わたし――二十ドルぐらい、たまに」本当はゼロだ。お金なんか一度も払ったことはない。急に自分がひどい悪人になったような、後ろ指をさされたような気持ちになった。「その人は家族同然なの」とわたしは言った。嘘もいいところだった。本当は名字もろくに知らないのに。「もう一度リックに代わってもらえない？」

彼女は何か、電話を地面に放り投げるようなことをした。

またリックが出た。「もしかしたら出直したほうがいいですか？」

「本当にごめんなさい。あの人、口のきき方を知らなくて」

「私はゴールドファーブさんと契約したので……ゴールドファーブさんは喜んでくれたけれど、もしかして――」

「ううん、ううん、ゴールドファーブさんよりもっと感謝してるの。〝わたしの家はあなたの家《ミ・カサ・エス・トゥ・カサ》〟

よ」

「はい？」

彼のことをずっとラティーノだと思っていたけれど、どうやらちがったらしい。どっちみち、あまりうまいセリフじゃなかった。

「これからも頑張ってほしいっていうこと。ちょっと行きちがいがあっただけなの」

「来月の第三週は、火曜日じゃないと行けないんですが」

「オーケー、だいじょうぶ」

「どうも。それで、お客さんはいつまでいらっしゃるんでしょうか」彼が遠慮がちに訊いた。

「そう長くはないわよ。あと何日かでいなくなるから、そうすれば何もかも元どおりになるはず」

# 3

アイロン部屋と寝室がわたしの領地、リビングとキッチンが彼女の領地になった。玄関とバスルームは中立地帯。自分の食べ物を取るとき、わたしは泥棒のように身をかがめ、こそこそキッチンに入った。そしてアイロン部屋の高すぎて何も見えない窓を眺め、クリーのテレビの音を聞きながらそれを食べた。登場人物がずっと大声でわめいているので、映像がなくても筋を追うのに苦労はなかった。金曜日恒例のテレビ会議のとき、ジムがわたしに、いったいそれなんの騒ぎ、と訊いた。

「クリーよ」とわたしは言った。「忘れた？　仕事が見つかるまでわたしの家に住んでるの」

ここぞとばかり礼讃と同情の声がわき起こると思ったのに、同僚たちはきまり悪げに黙っただけだった。特にミシェルだ。ジムの頭の後ろを、バーガンディ色のセーターを着た人影がゆっくり通りすぎるのが見えた。わたしは首をいっぱいに伸ばした。

「いまの――あれ、誰？」

「フィリップです」ミシェルが勢いこんで言った。「さっき給湯室にエスプレッソ・マシンを寄付してくれたんです」

同じ人物が小さいカップを手にして、また後ろを通りかかった。

「フィリップ！」わたしは叫んだ。人影がとまどったように立ち止まった。

「シェリルですよ」ジムがそう言って画面を指さした。

フィリップがパソコンに近づいてきて、画面をのぞきこんだ。彼はわたしを見ると巨大な指先をパソコンのカメラに当て、わたしも急いで指を自分のカメラに当てた。そうやってわたしたちは〝タッチ〟した。彼は笑顔になって、ゆっくり画面から離れていった。

「いまの、何？」ジムが言った。


テレビ会議のあと、わたしはガウンをはおってキッチンに出ていった。もうこそこそするのはうんざりだ。向こうが無礼な態度を取るなら、こっちはさらりと受け流そう。クリーは〈バンプ、トス、アタック……それがあたしらの生き方さ！〉と書いてあるビッグサイズのTシャツを着ていた。下は何もはいていないのか、短パンがTシャツの裾に完全に隠れているのか、よくわからなかった。お湯がわくのを待っているらしかった。いい兆候だ。レンジを使うのをあきらめてくれたのかもしれない。

「お湯、二人ぶんある？」

彼女は黙って肩をすくめた。まあ、どうせ注ぐときになればわかる。わたしは自分のかごからマグを出した。シンクは皿でいっぱいだったけれど、あいかわらず自分のセットだけを使いつづけていた。わたしは壁に肩を押しつけるようにして寄りかかって立ち、何にともなく微笑みを浮かべた。さらりと受け流しましょ。さらり、さらりと。二人とも無言でお湯がわくのを待った。わたしのおいしい味のフライパンに干からびてこびりついた食べ物の層を、彼女が生き物か何かのようにフォークの先でつついた。

「味が蓄積していいのよ」受け流すのを忘れて、うっかり弁明めいたことを言ってしまった。

彼女があざけるようにはっはっはっと笑い、わたしは言い返すかわりにいっしょになって笑った。笑うと本当にそれが面白いことのように思えてきた――フライパンも、わたしという人間さえも。胸がすうっと軽くなり、わたしはこんな子供だましが通用してしまう世界の仕組みに感嘆した。

「何がおかしいの」彼女の顔がとつぜん石になった。

「だって――」わたしはフライパンのほうを手で示した。

「あたしがフライパンのことを笑ってるとでも思った？　〝あははこの人おもしろーい、この汚いフライパンも、変てこなルールも〟とか？」

「ちがう」

「思ってたくせに」彼女が一歩近づいて、わたしの顔をまっすぐ見た。「あたしが笑ったのはね」――彼女の目がわたしの白髪まじりの髪、顔、開いた毛穴、と動くのがわかった――「あんたがみじめったらしいからよ。すっっごく、みじめ」〝みじめ〟のところで彼女はわたしの胸骨に手のひらを当て、壁にどんと押しつけた。口からひっ、と声が洩れ、心臓が激しく高鳴りはじめた。それが手のひらごしに伝わったのだろう。彼女の顔に残酷な興奮が浮かび、手にもう少し力をこめ、さらにもう少し力をこめ、一回ごとにわたしの反応をうかがうように手を止めた。わたしは喉元まで言葉が出かかった――**ストップ、それ以上は我慢の限界よ**あるいは**はい、もう今が我慢の限界よ**あるいは**オーケイ、もう我慢の限界を越えたわ**――けれども急に本当に骨が折れそうな気がしてきた、胸だけでなく肩甲骨もだ、壁にぐりぐり押しつけられて痛かった、死にたくない、生きたい、怪我をしたくない。だからわたしは言った、「そうね、みじめね」。やかんのホイッスルが鳴りだした。

「は？」

「わたしはみじめ」

「あんたがみじめかどうかなんて知ったこっちゃないわよ」

わたしは反射的にすばやくうなずいた。はい、完璧にあなたに同意します。やかんが悲鳴をあげていた。彼女はわたしから手を離し、カップヌードルの発泡スチロールの容器にお湯を注いだ——気が済んだというより、わたしと連帯するなんてまっぴらだとでもいうように。わたしは解放されて、がくがく震える足で部屋に戻った。

ベッドの上で小さく丸くなり、喉のヒステリー球を両手でおさえた。この状況を何と呼べばいいんだろう。いったいこれはどういう種類の出来事なんだろう。二十代のころ、シアトルで強盗被害に遭ったことがあって、あのときもこんな気分になった。でも強盗は警察に行けばいいけれど、この筋書きではそれもできない。

わたしはオーハイのボス夫妻に電話をかけた。すぐにカールが出た。

「ビジネスそれとも遊びかな?」彼は言った。

「あの、クリーのことで」わたしは声をひそめて言った。「彼女とごいっしょできてとても嬉しかったんですけど、でも——」

「ちょっと待った——スーズ、内線とって! クリーが問題起こしたぞ! そっちの電話じゃない——廊下のほうだって!」

「もしもし?」ガリガリという雑音にかき消されて、スーザンの声はほとんど聞きとれなかった。

「そっちはダメだって言ってるだろ!」カールがどなった。

「ちがうわよ!」スーザンもどなり返した。「ちゃんと廊下の電話とってるってば! だいたいどうして二人いっしょに出なきゃなんないのよ?」スーザンは廊下の電話を切ったが、カールの声の後ろのほうでまだ声が聞こえた。「ちょっとどいて、あたしがシェリルと二人きりで話すから！」

「なんだよまったく、一日じゅうガミガミガミガミ」

スーザンは電話を取ったが、口元にもってくる前に一瞬間があった。「あっち行っててくれる？人のやることをいちいち監視しないでもらいたいわね」

「金を払うって言う気か？」カールが声をひそめて言ったが、ふだんの声よりかえってよく聞こえた。

「言うわけないでしょ。どうしてそういっつもあたしのこと——」スーザンは送話口を手でふさいだ。わたしはじっと待った。わたしにお金を払わないことで意見が一致したのに、何をまだ話し合うことがあるのだろう。

「シェリル！」彼女が戻ってきた。

「もしもし」

「ごめんね。もう、この結婚にはほんとにうんざり」

「そんな」そうは言ったものの、この夫婦は昔からずっとこうだった——今みたいか、大げさなくらいベタベタするか。

「もう顔を見るのも嫌」彼女は言って、それからカールに向かって「いいからあっち行ってよ。いま秘密の話をしてるんだし、言いたいことは自分でちゃんと言えるんだから」それからまたわたしに言った、「どう、元気？」

「ええ、まあ」

「クリーのことで、まだあなたにお礼を言っていなかったわね。でもね、ほんとにありがたく思ってるの」——声の最後のほうがかすれてふるえていた。マスカラが流れ落ちるところが目に浮かんだ──「娘が良識あるお宅にお世話になってるんだと思うと。ほら、あの子オーハイ育ちでしょ」

カールが内線を取る音がした。

「シェリル、申し訳ない。こんなお涙頂戴に付き合うことはないぞ。切りたかったらいつでも切ってくれ」

「うるさいわね。いま説明してるところなんだから。──親はね、誰でもみんな子供のために良かれと思って都会からこっちに越してくるのよ。ところがその子供たちがみんな中絶反対、銃規制反対だもの、驚きよね。娘の友だちをあなたに見せたいくらい。そういえばあの子、オーディションは行ってる？」

「さあ、どうかしら」

「ちょっと代わってくれない？」

切りたかったら切ってもいいというのはまだ有効だろうか、とわたしは考えた。

「あとでかけ直すように言います」

「お願いシェリル、ね？　代わってちょうだい」わたしが彼女の娘を怖がっているのがわかったのだろう。

わたしは部屋のドアを開けた。クリーはカウチでラーメンを食べていた。

「お母さんから」そう言って携帯を差し出した。

クリーは携帯をひったくると庭に出ていき、乱暴にドアを閉めた。窓の向こうを彼女が行ったり来たりするのが見えた。口元が険しい言葉にゆがんでいる。一家全員が感情むき出しでぶつかり合っている。昔から、この家では派手な修羅場が日常茶飯事だった。わたしは両肘を手でつかんで床を見つめた。じゅうたんに蛍光オレンジのチートスのかけらが落ちていた。チートスの隣にはダイエットペプシの空き缶が、そして空き缶の隣には、股の部分に白いものがついたグリーンのレースのTバック。足元だけでもそれだけのものが視界に入った。喉に触ると、かちかちに硬かった。でもまだ飲み下せなくなるほどではなかった。

クリーが勢いよく戻ってきた。

「何とかって人から」――そこで携帯の画面を見た――「フィリップ・ベテルハイムって人から、三度も電話あったけど」

わたしは自分の車の中からフィリップにかけ直した。どうしてる、と彼に聞かれて、わたしにとっては号泣するのに等しいことをした――喉をつまらせ、顔をゆがめ、高音すぎて誰の耳にも聞こえない声を出した。すると誰かがすすり泣く声が聞こえた。フィリップが泣いていた――はっきりと、声に出して。

「え、ちょっと、どうしたの?」パソコンの画面ごしに指をタッチしあったときは、変わりなく見えたのに。

「いや、何かがあったってわけじゃない。こないだ話した、例のことで」彼は湿った音をたててすすり上げた。

「〝告白〟ね?」

「うん。もうどうにかなっちゃいそうでさ」

彼は笑い声をたて、それによって生まれた隙間がまた新たな嗚咽《おえつ》を呼びこんだ。しゃくり上げながら彼が言った。「あの――いいかな? しばらく、このまま――泣いてても?」

もちろん、とわたしは言った。クリーのことは、またこんど話せばいい。

ゴーサインの直後はためらっていたようだったが、しばらくすると、さっきとはちがう感じの泣き方が始まった。きっとこうするのが好きなんだろうなとわかる、子供みたいな泣き方だった――息つぎもできないほど身も世もなく泣きじゃくり、どんな言葉にもなぐさめられない、小っちゃい男の子の。それでもわたしはなぐさめた。「よしよし、いい子ね」とか「いいのよ、ぜんぶ吐き出しちゃいなさい」とか――するとそれがまたいちいちツボにはまって、彼はさらに大きな声で泣いた。それはフィリップとわたしの共同作業だった。彼がずっと行きたかった場所に行くのをわたしが助けてあげて、そのことに感激して彼が泣いている、そんな感じだった。じっさい考えてみたら――少し経って、そうする余裕ができてみると――これはちょっとすごいことだった。わたしは自分の家の閉まったカーテンを見て、今ごろ中でクリーが物を壊していないといいけれど、と思った。大人の男が、いや女だって、こんなに大泣きすることなんて、そうそうあるものじゃない。いずれそのうち役割を交代して、彼の導きでわたしが思いきり泣く日だって来るかもしれない。彼に優しくなだめられて、本物の涙を流す自分の姿が見えるようだった。その目もくらむような安堵と喜び。「とてもきれいだ」彼が涙に濡れたわたしの頰に触れてそう言い、それから自分の股間にわたしの手をもっていく。わたしはしばらくごそごそやって、車のシートをほぼ水平に倒した。彼の泣き声が一段と高まるのを耳に聞きながら、わたしは静かに自分のズボンの前をはずし、片手を中にもぐりこませた。わたしたちは鼻をかんで、それから服を脱ぐ、ただし脱ぐのは必要最低限のものだけだ。たとえばわたしはブラウスと靴下はそのままで、もしかしたら靴も脱がないかもしれないし、フィリップも右に同じ。二人ともズボンを脱ぎ、パンツも完全に脱ぐけれど、終わって着るときにまた広げるから、たたむ必要はない。あとで着やすいような感じに床に置いておけばいい。わたしたちはベッドに並んで寝て、抱き合ってたくさんキスをして、それからフィリップが上になって、わたしの脚のあいだにペニスを入れて、それから低く威厳に満ちた声でささやく——「きみのいついものを考えて」。わたしは許しを得たうれしさにほほえんで、目を閉じて自分の心の奥に深く潜る。するとそこにはさっきとそっくり同じ部屋があり、わたしたちのパンツが床に脱ぎ捨ててあって、フィリップがわたしの上になって、中に入っている。低く威厳に満ちた声で彼が「きみのいつものを考えて」と言うと、わたしはさっきよりもさらに大きな喜びと安堵でいっぱいになる。ふたたび目を閉じるとそこにはまた同じ部屋があり、そうやって空想の奥にまた空想があってその奥にまた空想が……とはてしなく連なりながらどんどん高まっていき、ついには自分のうんと奥深くまで入りこんで、もうそれ以上先には行けなくなる。そういうことだ。これがセックスやマスターベーションの最中にわたしが考える〝いつものやつ〟というわけ。最後はいつも脚のあいだにぎゅっとひきつれるような感覚があって、ついで心地よい疲れが広がる。

ズボンの前を留めていると、彼のほうもだんだん泣きやんできて、呼吸を整えだした。何度か鼻をかむ音が聞こえた。「いいのよ、もっと泣いて」とわたしが言うと、彼はまた少しだけ泣いたけれど、それはたぶん形式的なお返しみたいなものだった。そして泣き声は完全にやんだ。

「すごく、すごく良かったよ」

「そうね」とわたしも言った。「すばらしかったわ」

「驚いたよ。ふだんほかの人の前では泣かないのに。きみはなんだか特別なんだ」

「それって、実際よりもずっと大昔から知り合いだったみたいな感じ？」

「かもしれない」

言ってもいいし、言わなくてもいい。言うことにした。

「たぶんそれには理由があると思うの」わたしは思い切って言った。

「うん」彼がまた鼻をかんだ。

「何だと思う？」

「ヒントをたのむ」

「ヒント。そうねえ……ううん、やっぱりだめ。小分けにできるものじゃないの。うんと大きい一つのものだから」

わたしは大きく息を吸って、目を閉じた。

「岩だらけのツンドラの平原が見える。そこに猿みたいな顔つきの、わたしにそっくりの人影がうずくまっている。彼女は動物の内臓で小っちゃな袋をこしらえたところで、それをつがいの相手に渡している。たくましくて毛むくじゃらの、あなたにそっくりの原始人。彼が太い指で袋の中をさぐると、きれいな色の石ころが一つ出てくる。彼女からのプレゼントなの。言おうとしてること、わかる？」

「うーん、たぶん？　つまり僕らみたいな原始人がいるっていう話だよね？」

「みたいな、じゃなくてわたしたちなの」

「ああそうか、うん――ええと、それはつまり生まれ変わりということ？」

「その言葉はあんまりしっくり来ないのよね」

「そうか。うん。僕もだ」

「続きね。時代は中世、長い衣を着て寄り添っているわたしたちが見える。それから頭に王冠をかぶってるわたしたちが見える。四〇年代のわたしたちも見える」

「一九四〇年代？」

「そう」

「僕、一九四八年生まれだ」

「だったらぴったり合うわ。四〇年代にうんと年寄りの夫婦だったわたしたちが見えるから。きっと今の一つ前の生ね」そこで言葉を切った。ずいぶん話してしまった。言いすぎただろうか？　それは次に彼が何を言うかでわかる。彼が咳ばらいをして、黙った。もしかしたら何も言わない気かもしれない。男の人はこれをやるから最悪だ。

「僕ら、どうして何度もめぐり会うんだろう」彼が静かに言った。

わたしは無言でほほえんだ。なんという甘美な問いかけ。車のぬくぬくとした空気に包まれ、答えのない問いを前にしている今この瞬間——もしかしたらこれはわたしの歴代の生のなかでも最高のシーンになるかもしれなかった。

「わからない」わたしはささやいた。それからそっとハンドルに頭をもたせかけ、わたしたちは時の流れを静かに泳いだ。

「シェリル。金曜日の夜、食事でもどう？　きちんと告白しようと思う」


一週間は流れるように過ぎていった。何もかもがすばらしく、わたしはすべての人を許した。面と向かってではないけれど、あのクリーさえも許した。なんたって、彼女はいまどきの子だ。オフィスの給湯室で立ったままランチをしているときにジムから聞いた話でますます確信した。彼によると、最近の若い人たちは昔に比べてずっとストレートに気持ちを体で表現するんだそうだ。うちの姪っ子なんかもそうだよ、すごくボディタッチが多いんだ。

「ちょっと荒っぽいわよね」とわたしは言った。

「感情を表に出すことに何のためらいもないんだよ、最近の子たちは」と彼は言った。

「あんまりいいこととは言えなくない？」と水を向けてみた。

「すごく健全なことだと思うな」彼は言った。

「そうね」とわたしは言った。「長い目で見ればそうなのかもね」

「僕らの若いころよりずっとたくさんハグするしね」

「ハグ」

「男女でもすぐハグするよ、恋愛っぽい感じじゃなく」

わたしの出した結論は——結論は必要だった、でないとこの手の考えは分類もされず終わりもないままいつまでも頭の中でぐるぐる回りつづけることになるから——最近の若い女の子は恋愛っぽい感じでなく男の子をハグするか、さもなければひたすら自分の感情を外にぶつけまくっているということだった。わたしの時代は、女の子は怒りを感じてもそれを内側に向けて自分を傷つけ、あげくに鬱になったりしたものだけれど、いまどきの女子はキーッとなって、すぐに誰かを壁に押しつける。はたしてどっちがマシなんだろう。女の子が自分で自分を傷つけていた昔と、罪のない無防備な他人が傷つくかわりに、女の子本人は平気な顔をしてる今と。道義的に見れば、昔のほうがよかったような気がする。

金曜の夜、わたしはまたピンストライプのシャツを着て、トープ系のアイシャドウをごくごく控えめに塗った。髪型はばっちりだった。ジュリー・アンドリュースとジェラルディン・フェラーロを足して二で割ったような感じ。フィリップが外でクラクションを鳴らしたので、リビングを急いで通り抜けた。できればクリーと顔を合わせたくなかった。

「こっち来て」彼女が言った。キッチンの戸口のところに立って、トーストをかじっていた。

わたしはドアのほうを指さした。

「いいからこっち」

わたしは彼女のほうに行った。

「何、その音」

「ブレスレットのこと？」そう言ってわたしは手首を揺すった。メンズのシャツだけだとフェミニンさが足りないかもしれないと思って、カチャカチャ鳴るブレスレットを二本つけていた。彼女の大きな手がわたしの腕をつかみ、ゆっくり力をこめ出した。

「おしゃれしたんだ」と彼女は言った。「自分をよく見せようとして、で」――手に一段と力をこめた――「せいぜいこれってわけ」

クラクションがまた鳴った。今度は二回。

クリーはトーストを一口かじった。「誰、あれ」

「フィリップっていう人」

「デートなんだ？」

「いいえ、ちがう」

わたしは天井の一点を見つめた。この人はもしかしたらこういうことをしょっちゅうやりつけていて、だから皮膚について熟知しているにちがいない、これくらいまでならやっても破れないとか。どうかそれを守って限度を踏みはずしませんように。フィリップが玄関ドアをノックした。クリーはトーストを食べおわり、あいた手でわたしの顎をそっと下げ、無理やり目と目を合わせた。

「あたしに何か問題あるんだったら、親じゃなくあたしに言ってほしいんですけど？」

「問題なんかない」わたしは急いで言った。

「だからそう言っといた」そしてわたしたちはそのまま動かなかった。そしてフィリップがまたノックした。そしてわたしたちはそのまま動かなかった。そしてフィリップがまたノックした。そしてわたしたちはそのまま動かなかった。そして彼女が手を放した。

わたしはドアを細く開け、すり抜けるようにして外に出た。

家からじゅうぶん離れてから、わたしはフィリップに言って車を路肩に停めてもらい、いっしょに手首を見た。何もなかった。彼が車内灯をつけた。やっぱり何もなかった。彼女がいかに大きいか、彼女にどんなふうに手首をつかまれたかを説明すると、彼はそういうのはわからなくはない、ふつうの強さでつかんだつもりでも、きみみたいに華奢《きゃしゃ》な人には強すぎるっていうことはあるかもしれない、と言った。

「わたし、そんなに華奢じゃないのに」

「まあ、彼女に比べればってい う意味で」

「最近クリーと会った？」

「いや、ここ何年か見てない」

「すごく体格がいいの」とわたしは言った。「そういうのがいいっていう男の人は多いみたい」

「だろうね。そういう体型の女性は貯蔵脂肪が多くて、夫が肉を持って帰ってこれなくても自分の子に乳を与えられるから。まあ、僕は肉を持って帰る能力にかけては自信があるけどね」

〝乳〟〝貯蔵脂肪〟〝肉〟といった言葉が、たちまち窓を蒸気で曇らせた。脂身の少ない言葉ではこうはいかない。二人でクリーミーな雲に包まれているようだった。

「ねえ、たとえばの話」とフィリップが言った。「店に行くんじゃなく、僕の家で食べるっていうのはどうだろう」

彼の運転は彼の生き方そのままに、強気で無頓着だった。ウィンカーを使わず、すごいスピードですいすいと車線から車線に移動する。わたしは最初のうち、本当に車線があいているのか、二人とも死んでしまうのかと、そのつど後ろを振り返って確かめていたけれど、やがてそれも放棄して、ランドローバーのヒーター内蔵のレザーのシートにふかぶかと身を沈めた。心配は貧しい人間のすることと。もしかしたら、わたしの人生で今がいちばん幸せな時間なのかもしれない。

フィリップのペントハウスは、何もかもが白とグレーと黒だった。床はつるつるした素材の白い一枚板だった。生活をうかがわせるものはいっさいなかった——本も、請求書の束も、友だちからプレゼントされた馬鹿みたいなゼンマイの玩具《おもちゃ》も。食器用の洗剤は黒い石のディスペンサーに入っていた。誰かがプラスチックの容器から、この飾り気ゼロの入れ物に移し替えたのだ。フィリップがキーを置いて、わたしの腕に触れた。「ねえ、すごいこと教えようか」

「なに？」

「僕らのシャツ」

わたしは驚愕の表情を浮かべたけれども、ちょっと極端すぎたので、すぐに困惑混じりの軽い驚きぐらいに目盛りを調節しなおした。

「きみは僕の女性版なんだ」

心臓が、長いロープの先にぶら下がっているようにゆらゆら揺れた。スシ、嫌いじゃないといいんだけれど、と彼が言った。わたしは洗面所の場所を訊ねた。

バスルームはどこもかしこも白だった。わたしは便器に腰かけ、郷愁たっぷりに自分の両腿を見おろした。もうじきこの子たちは永遠に彼の太腿とからまり合って、二人きりになりたいと思っても、二度とそれは許されなくなるのだ。でも仕方がない。わたしとわたし、今までいい相棒だったよね。わたしは老犬を撃ち殺すことを想った。そう、それがわたしにとってのわたしだった——忠実な年寄り犬。さぁ取ってこい、ゴー！　言われるがままに素直に走っていくわたしの姿を、わたしは見つめる。そしてライフルの銃口を下げ――でもそのとき急に便意がわきおこった。想定外だったけれど、始まったからには終わらせてしまったほうがいい。水を流し、手を洗い、もう一度何気なく便器のほうを振り返ったのはまったくもってラッキーだった。それはまだそこにあった。どう考えてもあの犬だった――撃たれてなお、未練がましく生きようとしている。ひょっとすると手こずるかもしれない。何度も何度も水を流しているうちに、フィリップが心配して様子を見にきて、それでわたしは仕方なしに説明する――**犬がいさぎよく死んでくれないの。**

**その犬は、今までのきみが考えていたきみ自身なのかい？**

**ええ。**

**殺さなくたっていいさ、マイハニー。**そう彼は言って、穴あきおたまを便器の中に入れる。**僕らには犬が必要だ。**

**でも、年寄りだし、変てこで頑固な癖がたくさんある犬よ。**

**僕だってさ、ダーリン。誰だってそうなんだ。**

もう一度流すと、それは消えてなくなった。あとでこのことを彼に話してもいいかもしれない。

食事のあいだじゅう、わたしたちは一言も話さなかった。彼の手が小さくふるえるのを見て、いよいよだとわたしは思った。告白の時が迫っている。それまでにも役員ミーティングで百回ちかく彼と向かい合わせに座ってきたはずなのに、しげしげと顔を見ることを自分に許すのはこれが初めてだった。まるで月がどんなだか知っていながら、立ち止まってその中に人の顔を見ようとしたことはなかったみたいに。目尻から頬にかけて、深い皺が何本か走っていた。髪はサイドのあたりは豊かにカールして、てっぺんは少し薄かった。たっぷりとした顎ひげ、もじゃもじゃの眉毛。わたしたちは旧友のようにほほえみあい、そしてある程度は本当にそうだった。彼が長く引っぱったため息を一つつくと、わたしたちは声を立ててちょっと笑った。

「ずっと前から、きみに話したいことがあった」彼が切り出した。

「ええ」

彼はまた笑った。「もう中身はうすうすわかってるだろうけどね。もしかしたら、大したことじゃないのに僕が大騒ぎしているだけなのかもしれない」

「そうかもしれないし、そうじゃないかもしれない」とわたしは言った。

「そう、まさにそうなんだ。そうかもしれないし、そうじゃないかもしれない。ある人たちにとってはそうかもしれないけれど、僕にとっては何でもないことなんだ。いや、何でもないわけじゃない、すごく大事なことだ。ただ——」彼はそこで言葉を切り、しゅぅぅぅぅ、と音を立てて長い息を吐いた。それから頭《こうべ》を垂れて、じっと黙りこんだ。「じつは……好きな人がいる。彼女は……あらゆる面で僕と対等で、僕にスリルと、官能と、畏怖の念を与えてくれる人だ。彼女、十六歳なんだ。名前はキアステン」

真っ先にわたしが考えたのはクリーのことだった。彼女がこの部屋のどこかにいて、わたしの顔が崩れていくのを見ている気がした。頭を後ろにのけぞらせて、しゃがれた声でひゃっ、ひゃっ、ひゃっと高笑いしている。わたしは紙みたいに薄くスライスした生姜に爪をくいこませた。

「どうやって——」唾を飲みこもうとしたけれど、喉がふさがって飲み下せなかった。「どうやって知り合ったの、そのクリステンと」

「キア、耳《イア》と同じ音——」そう言って彼は自分の耳に触れた。耳たぶが重たげに揺れ、灰色の毛の房が穴からのぞいていた。「——ステン。キアステン。頭蓋仙骨療法の資格講座で知り合った」

ひゃっ、ひゃっ、ひゃっ。

わたしは黙ってうなずいた。

「すごいと思わないか？　だってまだ十六歳だよ？　なのにすべてにおいて僕より上なんだ。すごく賢くて、すごく進歩的で――なのに生い立ちはまるで真逆なんだ。母親はドラッグ漬けでボロボロで――でもキアステンは」彼は苦しげな目をして声を詰まらせた。「彼女はすべてを超越している」

わたしはワインを一口飲むふりをして、口の中に溜まった唾液をグラスの中にこっそり吐き出した。

「彼女も同じ気持ちなの？」

彼はうなずいた。「関係を成就させたいと思っているのは、むしろ彼女のほうだ」

「え、じゃあ、まだ……？」

「うん。彼女、ちょっと前までべつの男と付き合っていて。じつは僕らの教師なんだけどね。若くて、僕なんかよりずっと彼女と歳が近い。すごくナイスガイで――ある意味、そのまま彼と付き合っていたほうがよかったんじゃないかとさえ思う」

「もしかしたら、取り戻しにくるかもしれないわね」とわたしは言ってみた。

「シェリル」彼は急にわたしの手の上に手を重ねた。「僕らはきみの許しを得たい」

彼の手には、本物の手だけがもつ熱と重みがあった。想像上の手を百個集めたって、こんなふうに温かくはならない。わたしは彼の四角い原始的な爪にじっと目を注いだ。

「どういう意味かわからない」

「僕は最後まで行きたいと思ってるし、彼女もそう思ってる――でも欲望があまりに強すぎて、信用できないんだ。これは本当に愛情なんだろうか、ただタブーに惹《ひ》かれてるだけなんじゃないのかって。彼女にきみのことを話したんだ、きみがどういう人で、僕とどういう関係かを、何もかも。きみがとても強い人で、フェミニストで、独りきりで生きていると説明したら、彼女もきみの意見を聞くまで待ちたいと言ってくれた」

わたしはもう一度ワインの中に唾を吐いた。「わたしとの関係を説明したときって、どんなふうに言ったの？」

「そうだな……」彼はわたしの赤くなった指の関節に目を落とした。「僕に多くのことを教えてくれた人だって話したよ」彼が力をこめて、わたしの指のあいだに自分の指を割りこませた。「それに男性エネルギーと女性エネルギーのバランスが完璧に取れていて」——わたしたちは手に手を押しこめ、また押しこめ返す、小さなうねりのような動きをしはじめていた——「だから物事を男性的な視点から、でも陽《ヤン》の原理に惑わされることなく見ることができる人なんだ」

わたしたちはいつの間にか両方の手でその動きをしながら、まっすぐ目と目を見つめ合っていた。過去世で何千何万回と愛し合ってきた長い歴史が、二人の上に重くのしかかっていた。わたしたちは立ちあがり、両手のひらを合わせたまま、焼けつくような一インチを隔てて向き合った。

「シェリル」彼がかすれた声で言った。

「フィリップ」

「眠れない。考えられない。気が狂いそうだ」

一インチが半インチに縮まった。体じゅうにふるえが走った。

「僕らには老師がいない」彼が苦しげに訴えた。「誰も僕らを導いてくれないんだ。シェリル、僕らを導いてくれないか？」

「でも、わたしのほうが年下なのに」

「そうだったっけ」

「そうよ。わたし、あなたより二十二も年下なのよ」

「僕なんか彼女より四十九年上だ」彼が息だけで言った。「お願いだ、これが正しいことなのかどうか、教えてほしい。きみのような人に、僕がそういう――口にするのも汚らわしい――その手の人間だと思われるのは耐えられない。彼女の歳なんか関係ないんだ。わかってくれるだろ?」

　息を吸いこむたびに、わたしの丸くて柔らかなお腹が彼の股に当たり、息を吐くたびにそれがそっと引っこんだ。吸って、吐いて、吸って、吐いて。呼吸はだんだん速く鋭く、突き刺すような感じになっていき、両手はフィリップにきつく握られていた。このままだと、わたしは自分の罪のないお腹をもぞもぞ上下に擦りつけ、指がわりに彼の股間をまさぐり、撫でまわしてしまいそうだった。わたしは彼から一歩離れた。

「難しい問題ね」そう言って床からナプキンを拾い、手つかずのまま並んだピンクの魚肉の上にていねいにかぶせた。「わたしとしても、軽々しく判断するわけにはいかないわ」

「そうか」フィリップは姿勢をただし、わたしが急に部屋を明るくしたみたいに目をぱちくりさせた。わたしがクローゼットまで行ってバッグとジャケットを取ると、彼があとからついてきた。

「で?」

「その時が来たら、そう言います。家まで送っていただける?」

　クリーはテレビを観ながらうたた寝していた。わたしが入っていくと、まるでここがわたしの家じゃないみたいにびくっとして頭を上げた。その美人顔と長い顎を見た瞬間、むらむら怒りがこみあげた。わたしはバッグをコーヒーテーブルの上に放り投げた。クリーが来るまでは、いつもそこに置いていた。

「とっとと腰を上げて仕事でも見つけたらどうなの」わたしは椅子をまっすぐに直しながら言った。「でないとあなたの親に電話して、ここで起こってること全部話すから」

彼女が目を細め、ゆっくりと笑みを浮かべた。

「ここで何が起こってるっていうの？」と彼女が言った。

わたしは口を開いた。彼女に暴力を振るわれたという明々白々の事実が、するりと指をすり抜けた。彼女がわたしについて何か握っているような、まるでわたしのほうが法廷で裁かれる側に立っているような気がして、急に自信がなくなった。

「それに」彼女がリモコンを拾いあげて言った。「仕事ならあるし」

にわかには信じられなかった。

「へえ。どこで？」

「スーパー。こないだ行ったとこ」

「あなたが自分で〈ラルフス〉まで行って、書類に書きこんで、面接を受けたっていうの？」

「じゃなくて、あっちに頼まれただけ。こないだあそこに行って。明日から」

男の人のふるえる手がクリーの巨乳に名札を留めるところがありありと目に浮かんで、フィリップが彼女の〝貯蔵脂肪〟について言ったことが思い出された。ほんの何時間か前まで、わたしは彼と車の中にいて、〝クリーの話なんかで二人の時間を無駄にするのはよそう、ほかに話したいことがいっぱいあるんだもの〟と思っていたのだ。わたしは彼女の寝袋の端をめくり、下にあったカウチのクッションを力まかせに引き抜いた。

「このカウチは寝る場所じゃないんですからね。裏返してくれないとクッションの形が変わっちゃうでしょ」そう言ってクッションを裏返すと、もう一つのクッションも引っぱった――彼女が尻に敷いているやつだ。腕の筋肉が引きつれた。やめたほうがいいと頭ではわかっていたけれど、引っぱり続けた。ぐい。ぐい。ぐい。

彼女がいつ立ちあがったかもわからなかった。曲げた肘を首にかけられ、仰向けに倒された。カウチで背中をしたたかに打ち、一瞬息ができなくなった。立ちあがろうとするより早く、腰を膝で押さえつけられた。わたしは馬鹿みたいに両手で宙を掻いた。クリーはわたしの両肩を手で押さえつけて、わたしの顔がパニックでゆがむのをしげしげ眺めた。それから手を離し、向こうに行ってしまった。わたしはカウチに寝たままふるえが止まらなかった。彼女がバスルームに入り、カチリと鍵をかけた。


朝一番でフィリップが電話をかけてきた。

「きみがあの件について考えてくれたかどうか、僕もキアステンもすごく気にしてるんだけど」

「ひとつ質問してもいいかしら」わたしはそう言って、ふくらはぎの裏にできた青あざを指で押した。

「何なりと」とフィリップが言った。

「彼女、美人？」

「それはきみの判断に影響するんだろうか」

「いいえ」

「超がつくほど美人だ」

「髪の色は？」

「ブロンド」

わたしはハンカチの中に唾を出した。ヒステリー球は一晩でふくれあがり、もう唾も飲みこめなくなっていた。

「結論はまだよ」

それから三時間、わたしは頭と足の位置を逆にしてベッドにじっとしていた。フィリップは十六歳の子に恋してる。わたしは今までずっと自分の召使いになるよう自分を訓練してきたのだから、もしなにか最悪にひどいことが起こっても、きちんと対処できるはずだった。でも、もうこの家は前のようには機能しなくなっていた。何年もていねいに守ってきたものが、クリーのせいで全部ぶち壊しになっていた。お皿は一枚のこらず外に出ていたし、家じゅうのものがぐちゃぐちゃに混ざりあって、もう〝相乗り〟もへったくれもなかった。わたしと不潔な動物の暮らしを隔てるものは何もなかった。カップの中におしっこをして、それを倒して拭きもしない。わたしはパンを口の中でどろどろになるまで嚙み、水をちょっと含み、馬みたいに汚い音をたてて飲みこんだ。ヒステリー球のせいで液状のものしか喉を通らなくなっていたし、それも飲みこみ用のシナリオを使わなければだめだった。水でふやかしたパンを飲みこむときは、『少年の黒い馬』の馬のつもりになる。水だけのときはハイジになって、ブリキのひしゃくで泉の水をすくう――これはお話の最後のほう、アルプスに戻ってきてからのハイジだ。オレンジジュースは『ぐうたら二等兵ビートル・ベイリー』の、ビートル・ベイリーと軍曹がフロリダに行ったらオレンジジュースが飲み放題だった、というエピソードのときの軍曹でいく。ごく、ごく、ごく。飲んでいるのはわたしじゃなくてお話の中の登場人物なのだと思うと、うまくいった――登場人物にとっては大きな物語の中の一場面にすぎないから、何も考えずにひょいとできるのだ。全部の飲み物にそれ専用のシナリオがあるけれど、まだお酒の飲めない子供のころに編み出した方法なので、ビールとワインだけはなかった。わたしは唾が外に流れ出るように口をだらんと開けた。ただの十六歳じゃないんだ。超美人のブロンドの十六歳なんだ。そんな子に彼がメロメロになっているんだ。誰かが裏のドアから入ってきた。リックだ。とたんにテレビが大音量で鳴り出した。リックじゃない。

クリーが〈ラルフス〉から帰ってきたらしい。思ったより遅かった。わたしは体を起こし、不規則にチャンネルをザッピングする音に耳を傾けた。カウチに叩きつけられた背中が痛かったが、ヒステリー球から気がまぎれるのはむしろありがたかった。首が自分とは無関係の物体みたいに感じられた。どこかのサラリーマンが置き忘れたブリーフケースみたいに。喉を指で叩くと骨っぽい硬い音がして、ふいに筋肉が紐をぎゅっと結ぶみたいに収縮しはじめた。わたしはパニックになって体の前で手を振った――いや、いや、いや――

そして喉はそのまま固まった。

ネットで読んだことはあったけれど、じっさいになるのは初めてだった。喉の両脇の胸骨甲状筋が硬くなって、そのまま動かなくなる。場合によっては永遠に。

「テスト」まだしゃべれるかどうか、ためしにささやいてみた。「テスト、テスト」首を動かさないように用心しながら、そろそろとベッドサイドテーブルの上のガラス瓶に手を伸ばした。ハイジのシナリオを使って赤をぜんぶ飲み干す。変化なし。首を慎重に携帯のほうに傾けてブロイヤード先生に電話をかけたが、先生はアムステルダムだった。911に電話をするか、ドクター・ルース＝アン・ティベッツあてに名前と電話番号を残すようにと応答メッセージは勧めた。そういえば、受付の透明アクリルのカード立てには二種類の名刺があった。たぶんもう一人のドクターだ。待合室のシダに水をやっているほうの。わたしは電話を切り、あらためてかけなおして自分の名前と電話番号を吹きこんだ。セラピストに残すメッセージにしては、なんだか短すぎる気がした。

「歳は四十三歳です」相変わらずささやき声のまま、わたしはそう付け足した。「背は中くらい。髪は白髪まじりの茶色。子供なし。お電話ください。待ってます」


ティベッツ先生の診察日は毎週火曜から木曜だった。わたしが木曜つまり今日行きたいと言うと、彼女は来週の火曜ではどうかと言った。あと六日も流動食が続いたら、餓死してしまうかもしれない。わたしの苦境を察したのか、危険な状態なんですか、と先生が訊いた。ええ、とわたしは言った。来週の火曜日まで待っていたら、たぶん。今すぐ来ていただければ昼休みのあいだに診察します、と彼女は言った。

車で同じ建物まで行き、同じエレベーターに乗り、同じフロアで降りた。ドアのブロイヤード先生の名前が〈Dr.ルース＝アン・ティベッツ　医療ソーシャルワーカー〉という名前に——アルミの枠の中にプラスチックのプレートを嵌《は》めこむ形式だった——代わっていた。わたしは廊下を奥まで見わたし、いったいどれくらいの診療所が共同名義なんだろう、と考えた。ふつうに通っていたら気づきもしないだろう。独立系の医者に二つもお世話になるなんて、きっとめったにないことなのだ。受付には誰もいなかった。ゴルフ雑誌を十五秒読んだところで診察室のドアが開いた。

ティベッツ先生は長身で、白髪まじりのすとんとした髪で、中性的な、馬っぽい顔をしていた。誰かに似ている気がしたが、わからなかった。前にどこかで会ったことがあると誰にでも感じさせるのは、いいセラピストの証《あかし》なのかもしれなかった。部屋が寒くありませんかと彼女は訊いた。小型の暖房器具のスイッチは切ってあった。大丈夫ですとわたしは答えた。

「で、今日はどうされました？」

開いたシステム手帳の上に、ベントー・ボックスがのっていた。前の患者が帰ったあと大急ぎでお昼をかき込んだんだろうか。それとも空腹で目が回りそうなのを我慢しているんだろうか。「あの、よかったら食べてください、わたし気にしませんから」とわたしは言った。彼女はおだやかな笑みを浮かべた。「いつでも好きなときに始めてくださいね」わたしはレザーのカウチの上で横向きになろうとしたが、脚を伸ばすには長さが足りないと気づいて、すぐにまっすぐ座りなおした。そういうタイプのセラピストではないらしい。

わたしはヒステリー球のこと、それから胸骨甲状筋が固まってしまったことを話した。何か思い当たるようなきっかけはあるかと先生が訊いた。まだフィリップのことを人に言う気にはなれなかったので、うちにいる居候についてことこまかに説明した——彼女が大きくて重たげな頭を振り振り居間をうろつく、その牛みたいな様子。臭くて鈍重な牛《ブル》。

「〝ブル〟は雄の牛ですよ」とティベッツ先生が言った。

でもその言葉がぴったりだった。女はしゃべりすぎるくらいしゃべるし、小心すぎるくらいに小心だ。女はもっと弱いし、もっと柔らかい。女は風呂に入る。

「お風呂に入らないんですか？」

「まるっきり」

わたしは彼女がいかにわたしの家をないがしろにするかについて話し、彼女がわたしにやったさまざまなことを、手で自分の胸を押したり、手首をつかんだり、身振り手振りで実演してみせた。自分の頭を後ろに引っぱるのは難しかった。

「自分でやるとあまり痛そうに見えないかもしれませんけど」

「いいえ、きっと痛かっただろうと思います」と彼女が言った。「で、あなたはどう抵抗したんですか？」

わたしは腕を首からはずして座りなおした。

「え？」

「反撃したんでしょう？」

「つまり、自己防衛ということ？」

「そう」

「いいえ、でもそういうんじゃないんです。もっとこう、極端にマナーが悪いだけというか」まるで現実を否定するみたいな口ぶりに、自分で笑ってしまった。「〈オープン・パーム〉って、聞いたことありません？　護身術をしながらシェイプアップと筋トレもできるっていう。あれ、考えたのほぼ全部わたしなんです」

「大声を出しましたか？」

「いいえ」

「〝ノー〟と言ったりもしなかった？」

「ええ」

ティベッツ先生は、質問をすべて終えた弁護士のように黙ってしまった。わたしは顔がくしゃっとゆがみ、ヒステリー球が痛いくらいにふくれあがった。先生がティッシュの箱を差し出した。

ふいに、彼女に見おぼえがある理由がわかった。

この人、ブロイヤード先生の受付だ。なんてことだ。ルース＝アン・ティベッツというのは本名だろうか、それともルース＝アン・ティベッツ先生の受付も兼ねているんだろうか。ティベッツ先生をどこにやったんだろう？　これは通報する必要がある。でも誰に？　ブロイヤード先生もティベッツ先生もだめだ、だって電話をしても、このいけ図々しい成りすまし女が出るに決まっているから。わたしはバッグとセーターをゆっくり引き寄せた。相手を刺激したり、こっちの考えを悟られたりするのは得策ではない。

「どうも、ありがとうございました」

「まだあと三十分残ってますが」

「いえ、もう必要なくなりました。せいぜい二十分程度の悩みでしたから。もうじゅうぶんやっていただきました」

彼女はとまどったようにわたしを見あげた。

「料金は一回ぶんいただくことになりますよ」

小切手はもう記入してあった。バッグからそれを出した。

「じゃあ、誰かセラピーを受けるお金のない人に三十分ぶんあげてください」

「そんなことはできません」

「さよなら」


クリーが〈ラルフス〉に行って留守だったので、わたしはずっと家にいて、喉に温湿布をあてて少しでも筋肉をほぐそうとした。温めたスプーンを当てるといいと聞いたので、ときどきそれも試した。ちょっと効いてきたかなと思ったころ、フィリップが電話をかけてきた。

「今夜キアステンと会う。八時に迎えにいくことになってる」

わたしは黙っていた。

「で、八時までにきみから返事がもらえたらと思ったんだが……」

「無理」

「今夜ずっと？　それとも八時には無理っていうこと？」

わたしは電話を切った。わななくような怒りが胸から喉にかけて静かにこみ上げた。喉の塊がふたたび硬くなった。誰かが怒りに握りしめた拳のように。あるいは、わたしの拳。わたしは静脈の浮いた自分の両手を見おろし、ゆっくりと握りしめてみた。あの受付女が言っていた〝反撃〟っていうのは、このことなんだろうか？　ぬけぬけとしたあの馬面を思い出したら、ヒステリー球がさらにいっそうこわばった。わたしは勢いよく立ちあがり、棚に並んだＤＶＤの背を端から見ていった。もしかしたら一本も持ってなかったかも。いや、あった――『はつらつサバイバル術』。最新作ではない。四年前のクリスマスにカールとスーザンがくれたやつだ。もちろん前の道場でも護身術を習う機会はいくらでもあったけれど、職場の人たちの前で恥をさらすのはいやだった。うちの護身術ＤＶＤ（とインターネット動画）の優れた点は、シェイプアップと筋トレも兼ねているうえに、誰にも見られずに一人でできるところだった。再生ボタンを押した。

「ハァイ！　さあ、始めるわよ！」ボディビルダーのシャミーラ・タイが出てきて言った。もう競技からは引退しているものの、まだギャラがうんと高くて、ほうぼうで引っぱりだこの人だ。「できれば鏡の前でやってね。お尻がキュッとなるのが自分でわかるから」わたしはパジャマのままリビングに立った。キックは〝キック〟だったが、パンチは〝ポップ〟と呼ばれていた。「はいポップ、ポップ、ポップ、ポップ！」シャミーラが言う。「わたしは眠ってるあいだもポップしてるの。みんなもすぐにそうなるわよ！」金的ひざ蹴りの動きは〝キャンキャン〟だった。「イエス、ユー、キャンキャン！」相手に首を絞められそうになったときは、二の腕の〝バタフライ〟の動きで腕を振りほどく。「ただ悩ましいのはね」最後にシャミーラはちょっと悲しげに言った。「これでボディが引き締まると、ますます襲われやすくなっちゃうかもしれないってこと！」わたしは床にがっくり膝をついた。体の脇を汗がだらだら流れて、ゴムのウエストにしみこんだ。

　クリーは夜の九時にゴミ袋の箱を抱えて帰ってきた。もしかしたら和解のサインかもしれないとわたしは期待した。ちょうどゴミ袋を切らしていたし、できればわたしだって戦うなんてしたくなかった。でも彼女はそれを、今までずっと車の中に置いていたらしい服やカビのはえたビーチタオルや食料品や電気製品を詰めこむのにぜんぶ使ってしまった。ゴミ袋が四つ、居間の壁に並んで立てかけられるのをわたしは黙って見ていた。一回一回唾を飲みこむのに大変な努力を要したけれど、根気づよくやった。ヒステリー球持ちのなかには唾を出してしまう人たちもいる。どこに行くにも、つねに痰壺を持ち歩いて。

　十一時十五分、フィリップからメールが来た。〈**キアステンがきみに報告するべきだと言うので。今日、彼女をジーンズの上から愛撫した。これはセーフってことでいいだろう？　オーガズムもなかったし。**〉文面はぜんぶ大文字で、まるでフィリップがペントハウスの窓から絶叫しているようだった。読んでしまうと、もうイメージが頭から離れなくなった――ぴっちりしたジーンズの股、それを狂おしくこする彼のずんぐりと毛深い手。リビングのほうからクリーが氷をかじる音が聞こえた。牛の反芻みたいに。あまりに大きな音なので、もしやわたしをイラつかせるために嫌味でやっているんじゃないかという気がしてきた。ドアに耳を押し当てた。いまや彼女はカリカチュアのカリカチュアをやっていた。二重にカギカッコのついた〝ガリガリかじってます〟音だ。たちまち頭の中で想像が暴走をはじめ、彼女の自己模倣は四重になり、十六重になり、眼球は顔から飛び出し、ジーンズの股は目茶苦茶にこすられ、口から牙が生え、舌は部屋じゅうをのたくり、氷がそこらじゅうに飛び散った。わたしは服の袖に唾を出してから勢いよくドアを開け、まっすぐカウチに向かった。クリーは寝袋から顔を上げ、氷を一個、黙って口から出した。

「頼むからその音やめてもらえない？」言ってしまってから〝頼むから〟と〝もらえない〟はダブりだったと気づいたが、声はドスがきいていたし、目もまっすぐ逸《そ》らさなかった。両手を体の前に上げ、戦闘ポーズをとった。心臓が体の内壁に激しくぶつかってどすんどすん音をたてた。向こうがＤＶＤにはない動きをしかけてきたらどうしよう？　わたしは足元を見て、しっかりスタンスが開いていることを確かめた。

　クリーはわたしのゆらゆら揺れる手とふんばった足を横目で見てから、頭を後ろにのけぞらせて氷を口に入れた。わたしはその手からコップをひったくった。彼女は何もなくなった自分の手を見ながらゆっくり氷を噛み砕き、飲みこみ、それからわたしの背後のテレビに目をやった。今回は無しらしい。わたしたちはファイトしない。でもわたしの戦意は確かに伝わった。この四十三歳のブラウス着たおばさんが、殴り合い上等、戦う気満々でいることが。そして彼女はきっといま、心の中でそれを笑っている。ひゃっ、ひゃっ、ひゃっ。

# 4

頭を冷やしてプライドを立て直すのに、まる一日を要した。フィリップはわたしを形容するのに〝華奢〟という言葉を使ったじゃないか。華奢な女は自分の家でパンチを放ったりしない。なんて野蛮な思考回路だったんだろう。争いごとを解決するのに、ほかにいくらでも方法があるというのに。わたしは何度も推敲してクリーあてに手紙を書いた。明快かつ断固たる調子。声に出して読んでみて、我ながらちょっと感動した。彼女に人間らしいふるまいを求めるというのは、つまり彼女を人として尊重するということだ。きっと今まで誰からもそんな扱いを受けたことはないだろう。これを機に彼女は人としての尊厳に目覚めるのだ。アーモンドバターの空き瓶に唾を出した。痰壺っていうのもあんがい古風でいいものだ。わたしが率直に意見を述べたからと言ってべつに彼女に感謝してほしいとも思わないけれど、どうしてもと言うのなら、受け入れるのもやぶさかではない。何回か練習もしてみた。わたしは手紙を封筒に入れ、表に〈クリーさま〉と書いて、バスルームの鏡にテープで貼りつけた。彼女がそれを読むあいだその場にいないほうがいいと思ったので、家を出た。

エチオピア・レストランでフォークをくださいと言ったら、うちの料理は手で食べるのだと言われたので、テイクアウトにしてもらい、〈スターバックス〉でフォークを一本もらって車の中に座った。けれども、こんなに柔らかな食べ物でさえわたしの喉は受け付けなかった。わたしはそれをホームレスの人のために歩道の端に置いた。エチオピア人のホームレスなら、きっと大喜びするだろう。でもふるさとの味とこんな形で再会するなんて、なんて悲しい話だろう。

家に戻ると、クリーはレンジでチンする感謝祭ディナーを食べていた。彼女のお気に入りのやつだ。手紙のことが心配だったけれど、彼女はいたって平常運転で、テレビをつけたままメールをし、雑誌を読んでいた。わかってくれたようだ。わたしはネグリジェに着替え、洗面バッグをもってバスルームに行った。〈クリーさま〉の封筒はまだ鏡に貼ったままだった。封筒を見ただけで中は読まなかったか、まだ一度もトイレに行っていないかのどちらかだ。わたしはベッドに入って携帯をチェックした。何もなし。フィリップはあれからずっと、オーガズムなしのままキアステンをジーンズの上から愛撫しつづけている。わたしのゴーサインをひたすら待って、ジーンズはもうぼろぼろ、指もマメだらけだ。バスルームのほうでトイレを流す音がした。

直後にわたしの部屋のドアが勢いよく開いた。

「客って誰よ?」と彼女は言った。部屋は暗かったが、手紙を持っているのがわかった。

「何のこと?」

「金曜日にお客が来るからあたしに家を出てってほしいって、これ誰のことよ」

「ああ、古い友だちよ」

「古い友だち?」

「ええ」

「なんて名前の人」

「クベルコ・ボンディっていうの」

「いかにも作ったって感じの名前ね」そう言いながらベッドに近づいてきた。

「そ、彼にそう言っとくわ」

わたしはベッドから出て、ゆっくり彼女からあとずさった。いま走れば追いかけられる展開になる。それでは怖すぎるので、我慢してなるべくさりげない感じでドアのほうに歩いた。たどり着く前に彼女にドアを閉められた。心臓がばくばくし、体が小刻みにふるえた。シャミーラ・タイが言うところの「アドレナリン発動」だ。これが始まったら、もうあとはやるしかない。途中で止めたり、引き返したりはできない。暗闇で方向感覚が失われ、彼女がどこにいるのかわからなかった――と思ったら、いきなりプールで沈められるみたいに頭を下に押さえつけられた。

「あたしを追い出そうっての？」彼女が荒い息づかいで言った。「そうなんでしょ？」

「ちがう！」言うには言えたけれど、文脈がまちがっていた。浮上しようとしたが、また押さえつけられた。溺れかけて、あっぷあっぷ喘《あえ》いだ。これはどういう流れだろう。ＤＶＤが見たい。鼻のすぐ先に彼女の臭い足があった。むかむかして吐きそうだった。叫び声は喉にひっかかって、出てきたのはかすれたささやき声だった。頂点が近かった。恐怖が頂点に達する前に反撃しないと、反撃する機会は永遠に失われてしまう。それはつまり死ぬということだ――肉体的にではないかもしれないけれど、でも死ぬ。

肺の底から、今まで出したことのないような大声が出た。「**ノー**」ではなく、〈オープン・パーム〉の、あの懐かしの鬨《とき》の声だった――「**アイヤイヤイヤイヤイ！**」。太腿が弾かれたように伸び、わたしはほとんど宙を跳んだ。クリーは一瞬動きを止めたが、すぐに体ごとぶつかってきて、わたしを倒してねじ伏せようとした。すさまじい重みだ。わたしは渾身の力でキャンキャンし、ところかまわずキックし、固くにぎった拳でめくらめっぽうにポップした。彼女が何度もわたしを床に倒そうとするので、バタフライをやった。これが効いた――彼女を振り切ることに成功したのだ。彼女がすっと立ちあがり、部屋を出ていった。バスルームのドアがかちりと閉まる。蛇口の水が大音量でほとばしった。

わたしはベッドの横に倒れてふかぶかと息を吸いこんだ。ゆるやかな甘い痛みがさざ波のように体のすみずみを満たした。消えていた。ヒステリー球だけでなく、その周辺のものすべてが、胸のしめつけも、顎のこわばりまでも、きれいに消えてなくなっていた。首をぐるぐる回してみた。すばらしい。無数の微細な感覚がいちどきに立ちあがる。クリーに何かされた部分の皮膚がひりひり痛む以外は、体じゅうが伸びやかにくつろいでいた。わたしは声をあげて笑い、片方の腕の先から肩、そしてもう一方の腕へと波のようにしなる動きをした。こういうの何て言ったっけ。エレクトリック・スライド？　なんてぶざまな大女だ。おつむの足りないお嬢ちゃん。体が勝手に見えないカスタネットを鳴らしてフラメンコを踊りだす。バスルームではまだ水がざあざあ流れていた。ふてくされ娘の、いじましいかまってちゃんアピールだ。せいぜい水を無駄にすればいい。あんたがもし明日出ていけば、ものの数日でこの家はもとどおりだ。わたしは新しい筋肉を華麗にふるわせて携帯に手を伸ばした。来週火曜日の同じ時間に受診したいとメッセージを残した。あのティベッツ先生の受付は、ペテン師で、泥棒で、まったく大したセラピストだった。

クリーは次の日になっても出ていかなかった。その次の日も。火曜日になってもまだ家にいたけれど、とにかくわたしはセラピーに出かけた。ルース＝アン・ティベッツ医師のカウチに腰をおろすと、受付女は優しげにほほえんだ。

「その後調子はどう――」

わたしはそれをさえぎって言った。「その前に、ひとつ質問したいんだけれど」

「どうぞ」

「医師免許はあるの？」

「ええ。臨床心理学とソーシャルワークの学位をカリフォルニア大デイヴィス校で取りました」彼女は壁に飾ってある額入りの紙を指さした。ルース＝アン・ティベッツ名義の修了証だった。車の免許証を見せてと言おうとしたら、彼女が先を続けた。「これはブロイヤード先生の患者さんの秘密保持に反することなので言いにくいんだけれど、あなたの予約を取ったの、覚えていますよ。ブロイヤード先生が年に三回ここの診察室を使うときは、わたしが受付をやっているんです。それで誤解を招いたのかもしれないわね」

そうだ。なんでこんな簡単にわかりそうなことに考えが行かなかったんだろう。わたしが謝ると、彼女はその必要はないと言い、わたしはさらに謝った。彼女の靴。ヨーロピアンな、高級そうな靴だ。わざわざアルバイトをする必要なんてあるんだろうか。

「受付の仕事で、いくらもらってるんです？」

「一日だいたい百ドルほど」

「ここの一時間のカウンセリング料のほうが高いじゃないですか」

彼女はうなずいた。「お金のためではなく、楽しみでやっているから。ブロイヤード先生のために電話を受けたりアポを取ったりするのが、わたしにとっては仕事の重圧からのすばらしい解放なのね」

彼女の言うことはいちいち筋が通っていたが、一瞬後には、もうその〝筋〟は消滅した。すばらしい解放？　あんまりすばらしい感じはしなかった。彼女は背もたれに寄りかかり、わたしが自分の私生活のことを話しはじめるのを待った。わたしも彼女への信頼感が自分の中に芽生えるのを待った。部屋に静寂が広がった。

「あの、トイレに行きたいんだけれど」わたしは沈黙を破るためだけに言った。

「あー。どうしても我慢できない感じかしら？」

わたしはうなずいた。

「オーケイ。二つ方法があります。待合室にプラスチックのアヒルがついた鍵があるので、それを持って九階のトイレに行ってもらいます。ただ、そこに行くにはいったんエレベーターでロビーまで下りて、警備員に言って業務用エレベーターの鍵を開けてもらわないといけない。この方法だと全部でだいたい十五分くらいかかります。もう一つの道としては、そこの紙の衝立の裏にチャイニーズのテイクアウトの空容器がたくさん積んであるので、衝立の陰でその中にしてもらって、ここを出るときにいっしょに持ち帰っていただく。診察時間の残りはあと三十分です」

おしっこが容器に当たる音は恥ずかしいくらい大きかったけれど、あっちはデイヴィス校に行ってたんだからとか何とか、いろいろと自分に言い聞かせた。あふれないかと心配だったが、セーフだった。ほかほかの容器を両手で持って衝立の小さい破れ目から覗き見た。ティベッツ先生は天井を見つめていた。

「ブロイヤード先生は、結婚しているの？」

彼女は微動だにしなかった。「していますよ。アムステルダムに奥さんと子供がいるわ」

「でも、じゃああなたと先生の関係って……」

「年に三日だけ、わたしが彼にかしずく。これは二人のゲームみたいなものなの。最高に胸のすく大人のゲームね」天井に目を向けたまま、彼女は次の質問を待った。

「どこで出会ったの？」

「向こうがわたしの患者だったの。それからずっと後、彼がもうわたしのカウンセリングを受けなくなって何年も経ってから、生まれ直し《リバーシング》療法の講座で再会したのね。そのときに彼がこちらで仕事場を探していると言うので、わたしのほうから提案したの。八年くらい前に」

「提案したのは仕事場のことだけ、それとも受付やなにかのことも全部？」

「わたしは大人の女ですからね――自分のしたいことをはっきり伝えて、それで互いの願望が一致しなかったとしても、まあ考えてみて損はないでしょう」

わたしは衝立の外に出て、テイクアウトの容器をそうっとバッグの隣に置くと、またカウチに腰をおろした。

「二人は性的な関係？」

「セックスだったら彼と奥さんとでできるでしょう。互いのエネルギーを生殖器に注入しないからこそ、この関係はわたしにとって、もっとずっとパワフルで意味あるものなの」

彼女の生殖器。注入。絵が浮かんだとたん吐き気がこみあげた。唇を指先で押さえ、ちょっと前かがみになった。

「気分が悪い？　吐くんだったらあっちにごみバケツがありますよ」彼女が顔色ひとつ変えずに言った。

「いえ、そういう意味じゃなく――」わたしは、ただ癖でよくやるんだというように、唇に何度も触れてみせた。「彼とは、恋人関係？」

「恋人？　いいえ。彼との関係は理性も感情も抜き。恋愛関係にはならないことでお互いに合意しているの。契約書にもちゃんとそう書いたし」

わたしは笑った。それから笑いをひっこめた。冗談ではないらしい。

「お互いの意図を憶測しあうとよけいにロマンチックになるというのが定説でしょう？」彼女が大きな手のひらをひらひらさせると、羽毛を振り乱して暴れる間抜けなニワトリが見えた。

「その契約って、紙に書いたもの、それとも口頭？」わたしは両脚がきつく巻きつき合い、腕が腕を抱きしめた。

「こういう新情報を得て、あなたは今どう感じていますか？」彼女が冷静に訊ねた。

「弁護士に頼んで作ってもらったの？」

「ネットで見つけたフォーマットをダウンロードして。していいことと、いけないことをただリストにしただけのものですけどね。いまはちょっと手元にないけど」

「いえ、いいの」わたしはかすれ声で言った。「何かべつの話がしたいです」

「何を話したいですか？」

わたしはクリーに反撃したことを話した。話してみると、思っていたほど大勝利というわけでもなかった。なにしろクリーはまだ家にいるのだ。

「彼女が部屋から出ていったあと、どんな気分だった？」

「いい気分だった、と思うけど」

「では今は？　ヒステリー球はどうなりました？」

フラメンコの気分は長くは続かなかった。翌朝、クリーはとりたててわたしに恐れをなしたようには見えなかった。むしろファイトの前よりもっとくつろいで、居心地よさそうに見えた。

「あんまり良くないです」わたしはそう言って、喉を手できゅっとつかんだ。触ってもいいかとルース＝アンが言った。わたしが首を前に突き出すと、彼女が四本指でわたしの喉仏をそっと押した。彼女の手は、すくなくとも清潔な匂いではあった。

「たしかにかなり硬いわね。つらいでしょう」

優しい言葉をかけられて、反射的に泣きたくなった。球がせり上がって、ぎゅっと収縮した。わたしは喉を押さえたまま固まった。ついさっきまであんなにゆるんでいたのが嘘のようだった。

「今夜、もしかしたら楽になるかもしれないわね」

「今夜？」

「もしクリーとまた」——彼女は両手でボクシングのポーズをしてみせた——「対峙することになれば」

「いえ、いえいえいえ、それはだめ。絶対に出ていってもらわないと。もういいかげん限度を越えて居座られたんだから」わたしはさっさと彼女を追い出したミシェルのことを思った。次はジムの番だ。でなければナカコ。

「でも、もしヒステリー球が——」

わたしは首を振った。「ほかに方法はあるし。手術とか——まあ手術はないにしても、カウンセリングとか」

「今やっているのがそれですよ」

わたしはルース＝アンのモーヴ・ピンクの指先に目をやった。ネイルが塗ってあったが、剝《は》げかけていた。受付係ならこんなネイルが必要だけれど、セラピストには必要ない。きっと三か月後にまた新しく塗りなおすのだろう。

そのまままっすぐ車で〈オープン・パーム〉に行った。今日は出勤の日だった。同僚たちが全員、いつもとちがって変に後ろめたそうに見えた。まるで机の下では下半身に何もはいていなくて、未注入の生殖器をさらしているみたいに。初めて会ったあの日、ルース＝アンも受付デスクの下でノーパンだったんだろうか。考えただけでも気持ち悪いうえに不衛生だ。わたしは頭からその考えをふり払い、仕事に取りかかった。ジムとわたし、それにウェブデザイナーをまじえて、わが社のヤング向けサイト〈キック・イット・ドットコム〉についてのアイデア会議をやった。広報担当ということで、ミシェルもその場に呼ばれた。席に着く前に、ミシェルは咳ばらいを一つしてこう言った。「ジムとシェリルだけでもメモは取れます。ジムとシェリルはメモを取るのに最適の人材で――」

ジムが最後まで待たずに言った。「あ、いいから座って。それは共同作業のときにやるやつだから」

ミシェルがさっと赤くなった。新人はみんな、ここの〝日本式〟のルールで苦労する。カールが武術の大会で日本に行って、すっかり向こうの文化にかぶれて帰ってきたのが一九九八年のことだった。「日本人ってさ、初めて会う人には必ずちょっとした贈り物をするんだよ。しかもそれがみごとにラッピングされててさ」

そう言って彼はテーブルナプキンで包んだ何かをわたしに渡した。当時のわたしはまだインターンだった。

「これってナプキンですか？」

「あっちでは紙じゃなく布を使うんだけど、そういうのがなくって」

包みをほどくと、中からわたしの財布が転がり出た。

「これ、わたしの財布」

「ほんとにプレゼントをしたかったわけじゃないから。ただそういう習慣があるってことを見せたかったんだよ。中身は、たとえばサケ用の小さいカップのセットとかね。大会の主催者がくれたのがそれだった」

「わたしのバッグを開けてこれを取ったんですか？　いつの間に？」

「ついさっき、きみがトイレに行ったすきに」

カールは職場の雰囲気をより日本っぽくするために、いくつかのルールを制定した。ほかに日本に行ったことがある人はいなかったから、これがどの程度本当なのかは知るよしもなかった。それから二十年近くが経って、この職場ルールの起源を知っているのはわたし一人になってしまったけれど、その点については触れないことにしている。今では日系アメリカ人の職員も何人かいて（ナカコもだし、あと教育支援のアヤもそうだった）、彼女たちの気にさわるかもしれないからだ。

この会社では、たとえグループでやる必要のある仕事であっても――たとえば重いテーブルを移動させるとか――かならず最初は一人でやろうとしないといけない。そこに二番めの人が、失礼にならない程度にじゅうぶん間をおいてから、頭を下げて、こう言って仕事に加わる。「ジムだけでもテーブルは動かせます、ジムはテーブルを動かすのに最適の人材です、わたしはテーブルを動かすのが得意ではないので大してお役に立てませんが、それでも彼をお手伝いします」それからさらに少し間をおいてから三人めの人が、まず頭を下げ、口上を述べてから仕事に加わる――「ジムとシェリルだけでもテーブルは動かせます」以下同文。そうやって必要な人数が集まるまで同じことが繰り返される。最初はうっとうしいと思っていたことでも、だんだん習い性になるというのはよくあることで、そうなるともう、やらないと失礼というか、ほとんど喧嘩を売っているみたいな感じがする。

ミーティングのあと、わたしはミシェルに少し残ってほしいと言った。

「ちょっと話があるの」

「すみません」

「何が？」

「わかりません」

「クリーのことを訊きたかったんだけれど」

彼女の顔がくもった。「カールとスーザン、わたしのこと怒ってるんでしょうか」

「あの子に何か嫌なことをされた？」

ミシェルは自分の手を見つめた。

「されたのね。暴力をふるわれた？　殴られたりとか？」わたしはたたみかけた。

ミシェルがぎょっとしたような顔をした。

「いえ、まさか。ただ彼女……」慎重に言葉を選んでいた。「生活態度が、ちょっとわたしにはなじめなくて」

「それだけ？　それであの子を追い出したの？」

「わたしが追い出したんじゃありません」と彼女は言った。「クリーが自分で出ていったんです。シェリルさんと住みたいからって言って」

彼女が〈ラルフス〉にいるのはわかっていたが、足音を忍ばせて家に入った。持ち物をこっそり探ったことは一度もなかったし、探りたいと思ったこともなかったけれど、自分のカウチに座るのはべつに犯罪じゃない。腰を下ろすと、ナイロンの寝袋からもわっと体臭が立ちのぼった。いつのものとも知れない食べ物の包み紙も、ブロンドの髪の毛がからんだブラシも、ぱんぱんに膨れて口から色とりどりのTバックがはみ出たピンク色のビニールバッグも、位置を変えないように細心の注意を払った。枕に顔を近づけてみた。頭の脂の匂いは強烈で、とっさに受け止める自信がなくて、息を止めた。でも受け止めた。吸って、吐いて。体が紫色の寝袋とじかに触れ合うことを拒んで縮こまり、ほとんど宙に浮いていた。頭の中で三つ数え、膝を引きあげて中に入り、もぞもぞと下に進んだ。寝袋は垢でしっとりしていた。いまの、ドアの音？　わたしは跳ね起き、言葉を失って凍りついた——ちがう、雨だ。猛然と屋根に叩きつけている。わたしはナイロン製の胃袋に顎の下まですっぽりくるまってみた。主のいない彼女の巣はひどく無防備で、安っぽい所持品の一つひとつが午後の白々とした光にさらされて転がっていた。わたしは感極まって唾を飲みくだし、ヒステリー球が硬くなるのを感じて小さく笑った。わたしたちはチームなんだ。彼女とわたし、二人はパートナー。

今夜、わたしはポップする。バタフライし、噛みつき、キックする。

彼女が、わたしを選んだ。

〈ラルフス〉に一刻でも早く着くには走るしかなかった。つのる気持ちは、車なんかではとても追いつかなかった——自分の身ひとつで、胸を突き出し、髪をなびかせて空《くう》を突っ切っていくのでなければならなかった。わたしを見た車のドライバーたちはみんな、**あの人は命がけで走っているぞ、きっとそこに着かなければ死んでしまうんだろうな**と思ったし、じっさいその通りだった。ただ、自分の足で行くにしては思ったよりもずっと遠かったうえに、雨はいよいよ激しかった。服は濡れて重くなり、顔は何度も何度も洗い流された。わたしを追い抜いたドライバーはみんな、**あのみじめに濡れた動物は巨大ネズミか何かだろうか、きっと飢えてなりふりかまわなくなってしまったんだろうな**と思ったし、じっさいその通りだった。

スーパーに入っていくと、みんながわたしをおびえた目で見た。あり得ないくらい濡れているのが不気味な化け物だ。レジ係は口を半開きにし、デリ売り場の店員は持っていた魚を落とした。わたしはがぼがぼ音を立て、目を皿にして通路を歩きまわった。いつかの赤毛の痩せた袋詰め係の男の子が、訳知り顔で笑って十五番の通路のほうを指さした。

彼女はこちらに背中を向けていた。調味料をパレットから出して棚に並べているところだった。とんがり帽子のイエローマスタードを、一度に四個ずつ。それから物憂げに振り向いた。〝こんどはどこの男があたしをじろじろ見てるわけ？〟というように。でも男ではなかった。

彼女が反射的に頭を後ろに引いた。学校で母親と出くわしたときみたいに。

「なんでここにいんのよ」

わたしは濡れそぼった髪を指でかき上げて、表面を取りつくろった。こうなったあとのことは何も考えていなかった。会った瞬間に、わたしが気づいたことを向こうも悟るとばかり思っていた——わたしもグルだということを。これはゲームなんだ、わたしたちは大人のゲームをしているんだということを。わたしは笑って、何度か眉を上げてみた。彼女の口は凝固したままだった。何のことかわかっていないらしい。

「わかってるのよ」とわたしは言った。「どういうことか」それでもまだわからないといけないので、彼女と自分を何度か交互に指さした。

彼女が怒ったように赤くなり、自分の背後と周囲をすばやく見まわすと、猛然とマスタードを棚に放りこみはじめた。通じたらしい。

雨はいつの間にか上がっていた。家まで歩くあいだにわたしは乾き、背が伸びた。わたしを追い越したドライバーはみんな思った、**きっとあの人は卒業したか、出世したか、賞をもらったばかりなんだろうな。**じっさいその通りだった。


お皿を洗っていると、彼女が帰ってきた。音が聞こえるように、水の流れをうんと細くした。テレビを点ける。何もかもふだんどおりの行動だ。彼女がキッチンに入ってきて夕食を取り出し、それがターンテーブルの上で回転するのをわたしの後ろに立って眺め、カウチに座って食べた。ふと、もしかしたら本当は何でもないんじゃないかという気がしてきた。こういうことは前にもあった。意味のないものに幾重にも意味を付け加えてしまうあやまちを、今まで何度繰り返してきたことだろう。フィリップが今もキアステンのジーンズをさすってるだなんて、考えるほうが馬鹿げている。きっととっくに脱がせて、わたしの許可なんか待たずによろしくやっているだろう。わたしは水の流れに両手をしばらく入れていた。クリーはまだ二十歳だ。二十歳のやることにいちいち意味なんてあるはずがない。

寝巻に着がえ、早めにベッドに入って胸の上で両手を組んだ。キッチンの蛇口の水がぽたぽた垂れていた。ふとんをはいで立ちあがった。

ドアを開けると目の前にクリーが立っていた。ちょうど入ってこようとしているところだった。不意打ちをくらって、とっさにこれがゲームだということを忘れた。彼女の横をすり抜けてキッチンに入った。蛇口がぽたぽたいってるわ、ちゃんと締めなきゃ。彼女がすぐ後ろをついてきた。

ドアから出ようとした瞬間、最初のときのようにキッチンの壁に押しつけられた。じわじわと圧をかけられ、骨が悲鳴をあげはじめる、とそのとき血の中に何かのリズムが、ワルツのようなものが脈打ちだし――そしてわたしは踊った。バタフライで彼女の肘をはずすと、肘はかくんと曲がった。壁づたいに横にスライドしつつ、反動で彼女の頭を壁に打ちつけようとした。キャンキャンをかけようとしたところをうつ伏せに床に倒され、あっさり膝で押さえつけられた。前のときは手加減していたらしい、今ではそれがはっきりわかる。巨大なものが背骨をぐいぐい押しひしぎ、わたしはたまらず悲鳴を上げた。小さくぶざまな声が宙に浮いた。どうにかして腕を体の下に入れて腕立ての要領で体を起こそうとしたが、向こうは上半身全体でのしかかり、硬い頭をわたしの頭にぐりぐり押しつけていた。

「店に来るのは絶対に許さない」耳のすぐそばで彼女が押し殺した声を出した。「あんたの顔を見たくなくてあそこに行ってるんだから」

渾身の力をこめ、喉の奥からふりしぼるように吼《ほ》えて、彼女をひっくり返そうとした。だがわたしを睨みつけたままびくともしない。わたしはあきらめた。いよいよ背骨が火花を噴いて燃え上がる寸前で、やっとエンドルフィンが到来した――前のように、でも前よりずっと強く。喉はゆるく温かなぬかるみだった。顔に押しつけられる床がすばらしく冷たかった。最高に胸のすく大人のゲーム。ルース＝アンの言ったとおりだ。頭を横にねじ曲げると、クリーの伏せた睫毛の先と、汗の粒を浮かべて荒い息を吐く上唇のへりが見えた。わたしが見ていることには気づいていないようだった。二人でこうしている今この瞬間は胸をしめつけるように甘く切なく、それでいてたまらなく苦しかった――いや、苦しいのは背骨から放たれるこの痛みなんだろうか、それともこれこそが甘く切ないということの意味なんだろうか。痛いということが。彼女がごろりと反転してわたしから離れ、わたしは安堵のあまり声にならない嗚咽《おえつ》をもらした。今日の彼女はバスルームには直行せず、ただ横になったまま荒い息をついていた。肩と肩がかすかに触れ合っていた。床がゆるゆると回転し、腕も脚も小刻みにふるえた。彼女もこれと同じものを感じているだろうか。万華鏡のような数分間のあと、すこしずつ、すこしずつ、キッチンが元の姿を取りもどし、カウンターもシンクも頭上にもどった。クリーがのろのろと立ちあがろうとしたとき、ふいに捨てていかれるような、わけのわからない寂しさが体の中を駆け抜けた。惚けたような虚ろな彼女の顔が、ドアのほうに向かっていった。けれどもぎりぎり最後の瞬間にその目が動き、わたしの目をとらえた。わたしは急いで肘をついて起きあがり、問いが発せられるのを待ったが、彼女は行ってしまったあとだった。

ルース＝アンに会うのが待ち遠しくて、十五分も早く着いてしまった。車の中を掃除して、それから建物の一階にあるギフトショップをのぞいた。店内はビタミンっぽい匂いがして、暖房が効きすぎていた。ものすごくお腹の大きなインド系の女の人が、エルフの小さな置物を眺めていた。わたしは回転ラックの眼鏡を見るふりをしながらしばらく観察して、まちがいなさそうだと思ったので、妊婦の横にさりげなく立ち、スキーをしているエルフの人形を手に取った。お腹がうんと前に迫《せ》り出していたので、おへその位置は彼女よりわたしに近かった。

**クベルコね？**

**うん。これ、きみのお腹？**

**ううん、ちがう人よ。**

つらい、気詰まりな沈黙が流れた。わたしは彼と出会うたびに感じる哀しみをうまく伝える言葉を探した。ポケットの中で携帯が振動した。

**ちょっと待っててね。**

**〈キアステンが僕の前でストリップしてくれた。おっぱいもプッシーも全部見た。ああ！　でも指一本触れなかった。〉**わたしの許可はまだ効力を失っていなかったらしい。もちろんそうに決まっている。もっと彼のことを信じてあげるべきだった。わたしたちはずっといっしょだった、原始時代も、中世も、王と王妃だったときも――そして今回はこれだ。そのすべてが彼の発した「僕ら、どうして何度もめぐり会うんだろう」という問いへの答えだった。彼はまだわたしと終わっていなかったし、わたしもまだ彼と終わっていなかった。個別のディテールは――このメールしかり――単に世界からの謎かけにすぎなかった。答えへのヒント。クベルコのほうに向き直ると、妊婦はもういなくなっていた。

カウチには前の患者の体温がまだ残っていた。ルース＝アンは血色がよく、顔つきも晴れやかだった。

「いい治療《セッション》だった？」とわたしは訊いた。

「え？」

「なんだかうれしそうな顔をしてるから」

「ああ」とルース＝アンは言って、少し表情を引きしめた。「さっきまで昼休みだったので、ちょっと昼寝をしていたの。調子はどうです？」

ということは、これは彼女の温もりだったのだ。わたしはレザーを指で押しながら、どこから話そうかと考えた。

「あなたがブロイヤード先生とやってる、あれ――何て呼べばいいのか」

「役割？　大人のゲーム？」

「そう、それ。それって、すごく変わったことだと思う？」

「〝変わったこと〟の定義にもよります」

「つまり、世間では一般的なことなの？」

「そうね、あなたが思っているよりはずっと普通のことよ」

わたしはこのあいだの出来事を話した。ミシェルの言ったことから始まってキッチンの床の上にいたるまで、すべてを。

「そしてヒステリー球、なんとまだ消えたままなの！　外からじゃわからないかもしれないけれど」――わたしは首を突き出し、音をたてて唾を飲みこんでみせた――「飲みこむのもずっと楽。みんなあなたのおかげよ、ルース＝アン」わたしはバッグの中から箱を出した。

こういうとき、中を見るより先にありがとうと言う人がいる。感謝されたことへの感謝だ。でもルース＝アンはちがった。彼女は腕時計にちらりと目をやりながら、事務的な手つきで包みを開けた。中身はソイ・キャンドルだった。よくある小さなのじゃなく、円筒形のガラスに入っていて、木の蓋がついているやつだった。

「ザクロとスグリの香り」とわたしは言った。

彼女は匂いを嗅ぎもせずに、キャンドルをわたしに返した。

「これは、わたしにではないでしょう」

「え、あなたによ！　さっきそこで買ったの」わたしは一階の店、という意味で下を指さした。

彼女はうなずいたが、何も言わなかった。

「じゃあ、誰にだと思うの？」しかたなくわたしは訊いた。

「あなたは誰にだと思う？」

「あなたじゃないとしたら？」

彼女はうなずくかわりにゆっくり目を閉じ、また開いた。わたしは熱々のジャガイモを持つみたいに、手の中でキャンドルを転がした。

「両親とか？」

「それはどうして？」

「さあ、何となく……ただ、セラピーなんだから、そう答えるのが正解かなって思って」

「キャンドルをあげるとしたら、どんな人？　キャンドル、炎、光……輝き……」

「……芯……ロウ……大豆……」

「誰かしら？　よく考えて」

「クリー？」

「面白い。どうしてクリーだと思う？」

「当たりなの？　クリーが？」

包み紙は破れていなかったので、そのまままたテープを留めておいた。クリーがトイレに行っているあいだに彼女の枕の上に置いたら、転がって床で大きな音をたてた。コーヒーテーブルの下に手を入れて取ろうとしているところに、彼女が戻ってきた。できれば直接渡したくはなかった。「これ」わたしは持ち重りのする筒型の包みを手渡した。匂いは強烈で、ザクロにもスグリにも似ていなかったし、そもそもザクロとスグリがどんな匂いかなんて誰も知らない。開ける前からキャンドルなのが丸わかりだった。この世でいちばん冴えないプレゼントだ。クリーはテープをはがし、用心ぶかく匂いを嗅いだ。そしてラベルを読んだ。それから「ありがとう」と言った。「どういたしまして」わたしは言った。いたたまれなかったけれど、もうどうしようもなかった。

わたしはアイロン部屋に閉じこもり、書かないとと思いながらずっと先延ばしにしていた、リサイクルと人口過密と石油についての全職員あてのメールを書き、よりソフトな言い方に直し、けっきょく全部を削除した。シャワーの音がした。クリーがシャワーを浴びている。わたしはジムに電話をして、倉庫のほうのスタッフについて話し合った。

「クリストフがバスケのゴールリングを設置してくれって陳情してきてるんだけど」と彼は言った。「その話、前にも出たけれど、結局だめってことになったのよね」ジムがもっとゴールリングの件で粘ってくれればいいと思った。そうすればわたしも負けずに反論して、議論が続く。でも彼はあっさり引き下がった。うちの奥さんを待たせてるから、そろそろ切るよ。

「そうだ、そういえばジーナは元気?」

いや、もう本当に切らなきゃ。

アイロン部屋を出ると、日が暮れかかっていた。彼女はカウチの端に、股を大きく広げて座っていた。濡れた髪を後ろになでつけ、首からタオルをかけて、まさにボクサーといった感じだった。わたしの顔の前で両手を組み、眉間にしわを寄せ、目はまっすぐ前を見ている。テレビは消えていた。わたしを待っていたのだ。

リビングのアームチェアにちゃんと座ったことはほとんどなかった。なんだか落ちつかないからだ。

話し合いの席についたわたしを迎えるように、彼女が頭をがくんと落とし、喉の奥で痰を鳴らすような音をたてた。

「もしかしたらあんたに……」――彼女は言葉を探した――「誤解させちゃったかもしんないんだけど」

そう言って、その言葉を知っているかというように、わたしのほうを見た。わたしは黙ってうなずいた。

「プレゼントはうれしいんだけど、でもあたしは、ほら……チンコが好きだから」彼女はしゃがれた咳を一つすると、コーヒーテーブルの上に置いてあったペプシの空き瓶の一つに唾を吐いた。

「それに関しては、わたしも〝同じ舟の上〟よ」言った瞬間、頭の中に小さなボートに乗っているわたしたちの絵が浮かんだ。暗くて広い大海原に彼女とわたし、チンコ好きのボートに乗って。

「あたしはそんな生易しいもんじゃないの」片方の膝を無意識にゆすっていた。「たぶんあたし、〝女嫌い《ミソジニスト》〟ってやつだから」

この言葉がこんなふうに、性的指向の一つのように使われるのを初めて聞いた。

「そっちがやめたいんなら、もうやめる」彼女はそう言って、漠然と遠くに目をやった。最初わたしは話のことだと思った。話をやめるという意味だと。でもちがった。

「あなたはどうなの？」わたしは訊いた。

「え？」

「やめたい？」

彼女はどうだっていいというように肩をすくめた。そのしぐさはある意味、今までで一番わたしを傷つけた。すると彼女はもう一度同じように肩をすくめてから、「ううん」と付け足した。最初のはそういう意味だったんだ、と説明するみたいに。ノー、わたしはあなたを襲うのをやめたくありません。

わたしは呼吸が速くなり、軽い目まいをおぼえた。いま、二人のあいだで了解が交わされようとしている。気のせいでも何でもなく。そっと顔を見ると、彼女はわたしのむきだしのふくらはぎに浮いている紫色の醜い静脈瘤を食い入るように見つめていた。ぞくりとした。わたしが彼女の内に呼び覚ます超特大級の怒りに、彼女は惹《ひ》きつけられている。

「契約書、作ろうか」わたしは聞き取れないほど小さな声で言った。

「何を？」

「契約書。お互いにしたいこと、したくないことを紙に書くの。ネットでダウンロードできるのよ」耳の聞こえない相手に言うように、不自然に大きな声になった。

彼女は何度かまばたきした。「何のことかよくわかんないけど、そういうのあんまり興味ないな」彼女は握りこぶしを額に押し当てていたけれど、急に激したようにその手を下におろした。「前にもやったことあんの？　契約書とか、そういうこと」

「ちがう」わたしは急いで言った。「友だちから聞いただけ」

「このこと、誰かに話したんだ？」片膝が狂ったように上下に揺れる。

「友だちじゃない。セラピスト。絶対に誰にも口外しない人」

心の悲鳴はひとまず収まったようだった。彼女の目が離れたところにあるリモコンを探した。手渡すと、彼女はゴムのボタンの表面を何度か指でなぞった。

「ほかに何かあるかな、決めとくこと……？」

「たぶんこれで全部だと思う」わたしはたったいま交わされた取り決めを胸に刻みつけるように言った。彼女はそっけなくうなずいて、テレビをつけた。

# 5

正式に合意はしたものの、なぜ、どうやって闘うかははっきりしないままだった。彼女が何かやりかけて、途中でやめてしまったことが何度かあった。かといってわたしから仕掛けるわけにはいかなかった。それは変だった。日を追うごとに、いっさいがどんどん馬鹿げて見え、気恥ずかしさが増してきた。わたしは暇を見つけては職場に顔を出すようになった――ただし在宅の勤務形態に反するといけないので、「お忍び出勤よ！」と大声で言いながら。カールはクリーにと言って、タイの辛いソースをわたしに言《こと》づけた。「あの子と辛いものいっしょに食べたことあるか？　ある？まったく驚きだろ？」わたしは無言でうなずき、車のトランクにソースを転がしておいた。

次の朝、わたしがキッチンを使おうとするとクリーが先にいて、二人でキッチンに立つはめになった。張りつめた空気が流れた。彼女が何かの蓋を落とし、ぎこちなく拾った。わたしは咳を一つして、「あの」と言った。やっぱりこんなのどうかしてる。取り決めは全部なかったことにして、普通に暮らそう。

「ねえ」とわたしは言った。「わたしたち、べつに――」

「ちょっとこうしてみて」彼女がさえぎるように言って、片手で自分の顔の右半分を隠した。わたしはパンチか平手が飛んでくるのを警戒して目を細めながら、言われたとおりにした。

「やっぱりだ」と彼女は言った。「あんたの顔、こっち側がもう片方よりずっと老けてて醜いよね。毛穴がボツボツだし、まぶたも目の中に落っこちかけてる。べつにもう半分がいいってわけじゃないけど、もし右も左と同じだったら、七十歳とまちがわれるんじゃない」

わたしは手をおろした。これほどひどい言われ方をされたのは初めてだった。そして、これほど親身な言葉も初めてだった。たしかにわたしの片方のまぶたは目の中に入りかけていた。昔から、顔の左半分が右半分より醜かった。ただのおざなりな敵意ではない。この短い物言いには、ちゃんと心が入っていた。わたしは顔を上げ、毛抜きで細くしすぎた彼女の眉を見た。そっちこそ粗野で無教養丸出しの顔じゃないと言い返してやろうか。頭の中で言葉をかき集めていると、彼女の手が目に入った。けばだったズボンの生地を両手で狂おしくまさぐり、口を薄く開いている。さっきの小さな悪意の讃歌《オード》でスイッチが入り、襲いかかりたくてうずうずしているのだ。わたしの顔に恐怖がよぎるのを認めた瞬間、彼女の体に力がみなぎり、臨戦態勢に入るのがわかった。わたしの前腕が彼女の一撃をはたき落とす、派手な音が響いた。


月面をはずむような大股な足取りで「ハローハローハロー！」と言いながら、わたしは〈オープン・パーム〉に入っていった。あらたな合意のもとでの初の取っ組み合いはすさまじい死闘で、家じゅうの部屋という部屋を移動しながら長時間にわたって続いた。わたしは単に防御のためだけではなく、真の怒りからキャンキャンしポップした。彼女への怒りは、やがて彼女と同類のこの世のすべての愚鈍な連中への怒りに変わった。わたしは何の慎ましさもない彼女の若さをポップした――わたしが若かったころはもっとずっと慎ましかったんだ、卑屈なくらいに慎ましかったんだ。

彼女の前腕に嚙みつき、ほとんど皮膚を食い破りかけた。彼女にデスクに突き飛ばされれば、お返しに頭突きをお見舞いした——彼女と、わたしの繊細さを理解できないこの世のすべての人間どもに。生まれたときから武術を仕込まれてきただけあって、彼女の攻撃には無駄がいっさいなかった。一秒たりとも自分のほうが優位に立てたと思えた瞬間はなかった。三十五分経ったところでいったん休憩をはさみ、わたしは水を一杯飲んだ。再開すると、皮膚はひりつき、すでにあちこち青あざになりはじめ、筋肉という筋肉が痙攣《けいれん》していた。すばらしかった。より深く、より鮮やかだった。自分でも知らなかった怒りに顔がゆがむのがわかった。わたしのような人種には不釣り合いなほど、激しい怒りだった。それは強盗被害に遭うことの、まさに対極だった。今までの人生で毎日毎日強奪されてきたわたしが、この日はじめて強奪されなかった。終わると彼女がわたしの手を短く二度握った。ナイス・ファイト。

ひりひりする痛みを隠して、わたしはいくつもの会議を華麗に駆け抜けた。痛みはわたしを明るくひょうきんにした。みんなも気づいたようだった。年に一度、〈キック・イット〉のための資金調達パーティを企画する仕事は毎年わたしの頭痛の種で、いつも七転八倒、まわりにも嫌な気分をまき散らしていた。でもいまやわたしは別人だった。ジムがDJを呼ぶのをやめてライブのコンサートにしたらどうかと馬鹿みたいな提案をしてきたときも、わたしはひとまず「そうね、面白いかも!」と言っておいてそのまま先に進み、最後にまたその話に戻ってきて、いくつかやんわりと質問をして、ジムが自分からその案を引っこめるように仕向けた。そうしておいてから「ほんとにいいの? すごく面白そうなアイデアだけどなあ」と言って、見えないマラカスを振る真似までしてみせたが、これはさすがに最初から飛ばしすぎだった。でもこれが、この方向性が、本来のわたしだったのだ。笑えばヒステリックでもひきつってもいない、低くゆったりとした賢者のような笑い声が出た。

　でも、これがいつまでもつだろう？　腕や脚のうずきは、昼休みにはもう消えていた。上級者の彼女は力を手加減する方法を心得ていた。終業前、トイレの個室に座って、試すように唾を飲みこんでみた。ヒステリー球はまだ戻っていなかったけれど、浮かれた気分はもうほとんど消えかかっていた。肩をすぼめ、頭を垂れ、自分の中の心配事を意識の表面に呼び出してみた。家の中がカオスなこと？　……そんなの大したことじゃない！　フィリップ？　彼はわたしの許可を待っている——わたしのだ！　クベルコ・ボンディ？　わたしは灰色のリノリウムの床に目を落とした。今まで何人の女がこのトイレに座って、同じこの床を見つめただろう。その一人ひとりが自分の世界の中心にいて、愛を注ぎこむ相手を見つけたいと、そうして自分の中の愛を見たい、愛があることを確かめたいと願っていただろう。**ああクベルコ、わたしの愛するベイビー、いつになったらまたあなたをこの腕に抱けるの？**　わたしは膝の上に肘をつき、重い頭を両手にうずめた。

　そんなわけで、いったん距離をおいて余韻にうち震えるのもよかったが、余韻が消えれば、また闘いの時だった。ヒステリー球が消え去ってみると、それまで気がつかなかった体のほかの部分に神経が向くようになった。わたしの体は硬くてぎくしゃくしていて、入っていて楽しい容《い》れ物ではなかった。今まで気がつかなかったのは、ほかに比べる体がなかったからだ。その週、わたしたちは彼女の出勤前に毎日それをやった。土曜日にもやって、終わるとわたしはすぐに家を出た。体と心がほぐれて充電が完了してしまえば、もういっしょにいる気はしなかった。話したいこともなかった。わたしはいかにもフィリップが気に入りそうな柿色のブラウスを買って、それをそのまま着て店を出た。髪も切った。舞うように街を歩くわたしに合わせていくつもの頭が回った、でなければいくつもの頭が回るのに合わせてわたしが歩いた。精白小麦粉と白砂糖を使ったケーキを食べながら、隣のカップルがオムレツを食べさせっこしているのを眺めた。信じがたいけれど、この人たちだってたぶん、同僚や親兄弟と大人のゲームを演じているのだ。他のみんなのはどんなふうなんだろう。親が自分の子供の子供のようにふるまって、不幸を生んでいるかもしれない。夫に先立たれた妻が死んだ夫になって、夫の代わりにみんなに償いを求めたりしているかもしれない。人の数だけゲームはあって、どれも本人にしかその意味はわからない。一見平凡そうな男や女が車でつぎつぎ通りすぎていった。みんながみんなルース＝アンのように紙の契約書を作っているわけではないだろうけれど、中にはきっとそういう人もいる。もしかしたら複数の相手と契約している人だっているかもしれない。破棄されたり、書き換えられた契約書もあるだろう。みんな楽しんでいたし、わたしもそうだった。わたしはウェイターを呼んで、高いジュースを注文した。無料でおかわり自由の水があったにもかかわらず。まだ伸びやかな気分は続いているだろうか？　イエス。でも、薄れかけている？　ほんの少しだけ。まだあと何時間かはもつ。

　家の前に車を停めたときには、もう暗くなっていた。玄関前に彼女が立ちはだかっていた。バッグを下に置くひまもなかった。家に入ると彼女が乱暴にドアを閉め、両肩を上からすごい力で押さえつけてきた。わたしは膝から崩れて四つんばいになり、鍵が床で硬い音をたてた。

　でも夜はたいてい何もしなかった。わたしは食事を作り、お風呂に入り、ベッドの中で本を読んだ。彼女は電話で誰かとしゃべり、テレビを観、冷凍食品をレンジで温めた。沸き立つものを身内にみなぎらせながら、わたしたちは互いを無視した。フィリップからは〈**キアステンがフェラの許しをきみからもらいたがってる。？？？！　せっつくつもりはない。ゴーサインが出るまでいつまでも待つ。**〉というメールが来たけれど、恨みも憎しみもわかなかった。ああ、キアステン。十万回の過去世のどこかでは、もしかしたらあなたはわたしたちの飼い猫だったのかもね。そうしていつもわたしたちのベッドにいて、シーツをひっかきまわしたり、わたしたちのすることを眺めていたのね。おめでとう猫ちゃん、今生では彼の恋人になれたのね。でもご主人さまはやっぱりわたしよ。さばけた、大らかな気分だった。フィリップはいま学びの最中なの——きっとわたしは親しい友だちに、そんな言葉でこのことを打ち明けるだろう。彼が若い子と浮気するのを、わたしは許してあげてるんだ。

**すごい勇気。彼をとことん信じているのね。**

**べつに大したことじゃないの。わたしたちは火を見た、わたしたちは雨を見た、てやつ。**歌の文句を借りて、わたしはそんなふうに言うだろう。

もちろん彼とわたしはまだ結ばれていなかったから——すくなくとも普通の意味では、つまり現世においては——これはちょっと先走った話だった。火も雨も、わたしたちはまだ見ていなかった。だいいち、こんなことを打ち明ける親しい友だちだっていなかった。それでもわたしは郵便屋さんが来るのが見えれば顔を上げたし、ご近所にも自分から手を振った。リックとも打ち解けようと努力した。彼はその日、芝生に穴をあける特殊な靴をはいて庭を歩きまわっていた。

「いくらか払わせて」わたしは言った。「こんなに良くしてもらって、申し訳ないもの」気前がよすぎるけれど、かまうもんか。

「いえいえ、気にしないで。この庭がお給料がわりですから。この〝緑の指〟を使う場所がないと私も困るんで」彼は親指を立てて、それをいとおしげに見つめた。それから何かよくないことを思い出したように、表情を曇らせた。大きく息を吸いこんでから、彼は言った。「先週、お宅のごみバケツを出しておきました」

「ありがとう」わたしは笑った。「すごく助かるわ」嘘じゃなくそう言えた。本当に助かったのだ。

「できれば毎週お願いしたいくらい」

「そうしたいんですけど」彼が小声で言った。「私、ふだんは火曜日には来ないんで」それからわたしの顔を気づかわしげに見た。「ゴミの日は水曜。でも私が来るのは木曜でしょう。あの、もし何か危険な目にあってるのなら、言ってください。私が守ります」

　何かよくないことが起こりつつある。あるいは、もう起こってしまったのか。わたしは芝生の葉を一枚ちぎった。

「どうして先週は火曜日に来たの？」

「いつもは第三木曜日だけれど、今月だけ火曜日に来てもいいかって、前に訊きましたよね。覚えてませんか？」彼は下を向いた。顔が赤かった。

「そうね、思い出した」

「トイレを借りたかったんです。入る前に裏のドアをノックしたけど返事がなくて。でもいいんです、あなたのプライベートなことなんだから」

　火曜日。火曜日、わたしたちは何をしただろう？　何もしなかったかも。何も見られていないかも。

「カタツムリ」とリックが言った。

　火曜日の朝。彼女がわたしを床にねじ伏せたときだ。わたしは何とかのがれようと、うずくまった姿勢のままデカ尻を高く突きだしていた。

「カタツムリが要《い》るんです」彼は話題を変えようとして言った。「庭用に。アフリカ産のやつ——土を掘り返してくれるので」

　ノックの音が聞こえなかったとすれば、それはクリーが大声でわたしに罵詈雑言を浴びせていたからだ。

「べつに何も危険なことはないのよ。あなたが思っているようなことじゃ全然ないの」

「はい、わかってます。あの人はあなたの……とにかくそれはあなたのプライベートだから」

「ちがうちがう、プライベートとかそういうのじゃなくて――」

彼は特殊な靴で芝生に穴をあけながら、急いで遠ざかりはじめた。

「ゲームなのよ！」わたしは追いかけながら必死に言った。「健康法なの！　カウンセラーにも通ってるし」彼は聞こえないそぶりで庭を見まわした。

「四、五匹いればじゅうぶんなんで！」彼が叫び返した。

「七匹買う。ううん一ダース。もひとつおまけで十三匹――それでどう？」彼は小走りに家の横にまわりこみ、歩道に出た。「百匹！」わたしは叫んだ。でも彼はもう行ってしまった。


わたしは急に自然にふるまえなくなった。廊下でクリーに口を押さえられて首をつかまれても、彼女に触れるのがいやで反撃できなかった。わきあがる衝動に身を任せる一歩手前で、いちいち自分たちの姿をホームレスの庭師の目で見てしまい、ひどく卑猥なことをしている気分になった。社会の外側にいる彼は〝大人のゲーム〟のことを知らない。ルース＝アンと出会う前のわたしみたいに、日々起こることがすべてリアルだと思いこんでいる。次の朝は早めに家を出たが、クリーを避けつづけたツケが、べつの形で襲ってきた。発作のような偏頭痛が頭の片側で始まり、喉も不吉に脈うちだした。午《ひる》の声を聞くころには、なんとかもうちょっと冷静に闘ういい方法はないかと必死に知恵をしぼっていた。今ほどけだものじみていない、もっと体裁がよくて、ルールにのっとった方法。ボクシングのグローブをはめるとか？　まさか。でも、それで一つひらめいた。

わたしは這うようにして同じブロックにある社の倉庫まで行くと、古い在庫を探すのを手伝ってほしいとクリストフに言った。

「VHSかな?」

「お芝居仕立てのをやめたのって、いつごろだったっけ? 二〇〇〇年?」

「お芝居?」

「ほら、女の人が公園のベンチに座ってたら、みたいなやつ。今みたいに護身術とフィットネスが合体してるんじゃなく」

「そういうのは二〇〇二年より前だなあ。どうするの、二十周年記念で総集編でも作るとか?」

「え?」

「あった、このへんはぜんぶ九六、九七年のだ。これで用は足りる?」

『素手でたたかう』(一九九六)は、〈ある日の公園〉というタイトルのシミュレーションで幕を開ける。エスパドリーユをはいた女の人が公園のベンチに来て座り、腕に日焼け止めローションを塗り、バッグからサングラスを出してかけ、新聞を広げる。

わたしはクリーの紫色の寝袋を脇にどけてリビングのカウチに腰をおろし、横に自分のバッグを置いた。中から日焼け止めローションを取り出した。クリーがキッチンからその様子をじっと見ていた。

「何のまね」

わたしはゆっくりローションを塗りおえると、サングラスをバッグから出した。

「こっちが新聞を出したらかかってきて」わたしは小声で言った。新聞を広げ、DVDの中で女の人がやっていたみたいに、やや芝居がかってあくびをした。デイナなんとかという名前で、週末だけインストラクターをしていた。彼女の後釜《あとがま》のシャミーラ・タイに比べると筋肉美でもないし、オーラもなかった。もしかしたらギャラもろくに払わなかったかもしれない。クリーは一瞬ためらったけれど、すぐに来て隣に座った。わたしの肩に腕をまわすタイミングはDVDの暴漢より早すぎたが、同じように胸をつかんできたので、わたしもデイナがやったみたいに「ノー!」と叫びながら肘打ちをした。

クリーが床に押し倒しにかかった。これはこのシミュレーションにはなかったけれど、次のにあったので、急きょそっちに変更した。

わたしは「ノー! ノー! ノー!」と何度も叫びながら股間を蹴りあげる真似をした。そして素早く立ち上がって逃げだした。走れるほどの距離はなかったので、壁の前で止まってしばらく足踏みをした。それから向きを変えないようにしながら、さらに壁の前をうろうろ走った。なんだかすべてが馬鹿らしかった。サングラスをはずしてそっとクリーのほうを振り返った。彼女がわたしに新聞を渡した。

「もういっぺん」

それから二度同じことを繰り返したあと、キッチンが舞台の〈レッスン2・ドメスティックな罠〉をやってみた。パンチを打つ恰好だけするのは馬鹿みたいだったが、クリーは本当には闘っていないことを気にしていないようだった。彼女はニヤニヤ笑いを浮かべ、いつもとちがったチンピラ風の身のこなしでわたしに絡んできた。DVDの中でデイナを襲う暴漢は野球帽を後ろ前にかぶって、「よう、いかす姐ちゃん」とか「ハクいスケじゃねえか」みたいなことを言った。〈レッスン3・玄関ドアの手前で起こった奇妙なできごと〉では、彼は「ヤム、ヤム、ヤム」と猫なで声で言いながら物陰からあらわれる。もちろんクリーはそんなことはひと言も言わなかったが、わたしがデイナの怯《おび》えた表情やしぐさを真似てみせると、次にどうするべきかを細胞レベルで察知して、暴漢とほぼ同じト書きで動いた——考えてみれば、彼女は五歳ぐらいまでこの手の実演をいやというほど見て育ってきたのだ。

一時間後、わたしたちはへとへとだったものの、体は無傷だった。クリーは別れる前にわたしの手をぎゅっぎゅっと二度握り、不思議そうな目でしばらくわたしを見つめた。わたしは自分の部屋に入ってドアを閉め、首を回してみた。偏頭痛は消え、喉も柔らかくなっていた。目もくらむほどの解放感はなかったけれど、効き目はたしかにあった。ああ、リックがこのあいだのわたしたちのあれではなく、〈ドメスティックな罠〉をやっているところを見てくれていたら。だってこれは実体なんかない、女性が油断しているとこんな目にあうかもしれませんよというシミュレーションの、そのまたさらにコピーに過ぎないのだから。

クリーが働きに出ているあいだに、わたしは『素手でたたかう』の残りもぜんぶ練習した。〈レッスン4・車の中で〉ではソファと車のキーを使う。〈集団から身を守る〉は複雑すぎるのでパス。〈女が道を訊ねる〉は短くて、わたしのセリフは「ここからいちばん近いドラッグストアを知ってますか？」一つきりだ。レッスンの締めくくりにデイナが視聴者に向かって、自分の番号に電話をかけて、留守電にありったけの大声で「ノー」を十回吹きこんで、それを自分で聴いてみてごらんなさいと言った——ノーノーノーノーノーノーノーノーノーノー。

「すごい！」とデイナは言った。「その留守電のなかで、ノーと叫んでいるおっかない女性は誰でしょう？　あなたなんです！」わたしは蹴る、つかむといった動きだけでなく、セリフや場面もすべて頭に叩きこんだ。デイナは一つひとつのお芝居に全身全霊で入りこんでいた。驚き、恐怖、怒り。動きだけでなく、そのときどきの感情まで彼女は実演してみせた。わたしがいちばん好きなのは暴漢が襲ってくる前の、彼女が公園のベンチにのんびり座っていたり、玄関ドアまでぶらぶら歩いていくシーンだった。自分の髪が長く伸びたような気がして、背中にその重みまで感じられた。見られている自分、獲物になった自分を意識して、かすかに腰をくねらせた。ぜんぜんちがうタイプの人間、人目を意識していない、無防備で女性的な女になるのはふしぎな面白さだった。もしかしたらデイナは、こういうシーンばかり集めたビデオでだったらスターになれたかもしれない。目を覚ます、電話に出る、家を出る——世の女たちはそれを観て、暴漢に襲われていないとき、普通のときにどうふるまい、どんな気持ちでいればいいのかのお手本にする。

最後の三つのレッスンはやや常軌を逸していて、なるほどこのシリーズがさっぱり売れなかったのもわかる気がした。デイナは視聴者に、家にあるありあわせのもので——サッカーボール、まくらカバー、ゴムひもなど——人間の頭に見立てたものを作るように言った。「実際の人間の頭は、蹴ると意外と弾まないで、少しへこみます。その感じに慣れておいてほしいんです。人の頭って、思ったよりずっと柔らかいんですよ」。〈レッスン10・赦し、そして究極の赦し〉まで来ると、もう会社の人間は誰もここまで観なかったんじゃないかと疑った。もはや完全にデイナの独り舞台だった。サッカーボールにハイヒールをぐりぐりめりこませながら、デイナは相手を生かしておいてもいい例を列挙した。「小さな子供がいる場合。ほかに引き取り手のいないようなペットを飼っている場合——たとえばものすごく臭くて歯のない年寄りの犬とかね。飼い主を殺すことで、彼女まで殺す覚悟があなたにはありますか？　相手にペットがいるかどうか訊ねて、写真の提示を求めるか、健康状態を説明させてもいいかもしれませんね。そして最後に、宗教上の理由。これについては個人差があるし、このビデオの守備範囲外の問題ですが、宗教によっては、たとえ正当防衛でも殺人を認めていないところがあります。わからない場合は、お近くの教会あるいはシナゴーグ、モスク等に問い合わせるといいでしょう」

次の朝、わたしは大きくひとつ深呼吸をして、カウチに座っているクリーに近づいた。そしてこう訊ねた。

「えーと、ここからいちばん近いドラッグストアって、知ってますか？」

クリーは一瞬面食らったようにまばたきしたが、すぐに左の鼻の穴がふくらみ、目つきが鋭くなった。

「知ってるよ」彼女は言って、ゆらりと立ち上がった。セリフは少しちがっていたけれど、じゅうぶん間に合った。


わたしはクリーが働きに出ている昼のうちに新しいシナリオを練習しては、翌朝彼女が出かける前に一つずつ導入していった。最初の何日間かは、新作を披露するたびに胸が躍った。自分の豊かな創造力でそれを一から考え出したみたいな気分になれた。でもじきに、クリーがディナの暴漢とまるでちがうことを言ったりやったりするのがもどかしくなってきた。もういっそDVDを観せて、自分のパートを覚えてもらったほうが早いんじゃないか。クリーの休みの日、わたしは寝ている彼女の横のコーヒーテーブルにDVDを置いて、家を出た。大して考えもせずにそうして車に乗りこみ、職場に向かった。赤信号で、息を吸いこんだなり固まった。なんてことをしたんだわたしは。あのDVDを観た瞬間、今までわたしがテレビの前で必死に練習して、セリフまで暗記していたことが彼女に知れてしまうじゃないか。恥ずかしさで頬っぺたがカッと熱くなった。彼女にわたしの正体がばれてしまう。なけなしの女性らしさが、ほかの女からの借り物でしかない女だということが。

「おでこ、触ってみて」わたしはジムに言った。「百万度くらいない？」

「熱はないけど、冷たくてじっとりしてる。それに顔色も悪い」

　カウチに座ってリモコンの再生ボタンを押すクリーの姿が目に浮かんだ。この一週間のわたしの動きも叫びも怒りの目つきも唸り声も、みんなデイナのものだった。**あんたには自分ってものがないの？**　彼女は当然言うだろう。**あんたはデイナなの？　自分が誰だかわかってんの？　わかりません、**わたしは半泣きで言う。**わからないんです。**ジムが体温計を持ってきてくれた。

「耳の穴に挿すやつ。それとも今日は早退する？」

「だめ、家はだめ」わたしは床に横になった。午《ひる》ごろフィリップから、クエスチョンマーク一つと時計の絵文字だけのメールが来た。もう二か月ちかくお預けをくらっているのだ。ほんの二か月前まで、わたしの人生は平和で、何もかもきちんとしていた。腹ばいになって、どうかお願いだからこのドツボからわたしを救い出してと彼に祈った。「あなたのペントハウスに連れていって、夫婦みたいに優しくして」をあらわす絵文字は何だろう。ジムが水で濡らしたキッチンペーパーを額にのせてくれた。

　夜の七時にナカコが来て、オフィスを出るときに警報のスイッチを入れてってねと言った。「暗証番号は知ってるよね？」わたしはのっそり起き上がり、彼女といっしょにオフィスを出て、ふるえながらハンドルを握った。家の前に車を停め、勇気をふりしぼって外に出て、嘲《あざけ》りの言葉が飛んでくるのを待ち受けた。

　けれども、玄関ドアの手前で奇妙なできごとが起こった。

「ヤム、ヤム、ヤム」物陰から声がした。彼女が体を揺すりながらゆっくり近づいてきて、わたしの腰に手を回した。野球帽を後ろ前にかぶっている。

「やめなさい！」わたしが言うと、彼女はきっちり一秒、二秒、三秒躊躇《ちゅうちょ》してから、襲いかかってきた。その後の五分間でわかったのは、ご近所さんたちはわたしが生きようが死のうが知ったこっちゃないということだ。

やっとの思いで玄関にたどり着き、中に入ってドアを閉めると、わたしは微笑んで頬に触れた。もちろん本物の涙は流れていなかったが、泣きたいくらい感動していた。きっとクリーはテレビの前で一日じゅう練習していたのだ。仇どうしが憎しみから闘うことはあっても、こんなことはめったにない。第一次だか二次だかの世界大戦で、クリスマスの日に敵国どうしがサッカーの試合をした話を思い出した。今だってわたしはクリーのことが大きらいだし、明日になれば戦場で彼女を撃つだろう。でも夜が明けるまでは、わたしたちはこのゲームをやる。

次の夜、わたしたちはＤＶＤをまるまる一本、最初から順番にやった。いちばん複雑なのは〈集団から身を守る〉で、悪漢二人に加えて、面倒に巻きこまれるのをいやがる全身デニムの男も登場する。「なあ、おい」とデニムの男は他の二人に言う。「ヤバいよ。とっととずらかろうぜ」クリーが何の前置きもなしにその三人を交互に演じるので、わたしはついていけなくなって、途中でいちいち確かめた。

「何やってんの」クリーは苛立って言った。「そっちの番でしょ」

「ええっと、今はどの人？」

クリーが一瞬口ごもった。今までビデオの存在も、お互いが本気で怒っているのではなく演技をしているのだということも、口に出して認めあったことは一度もなかった。

「最初の人だよ」と彼女が言った。

「デニムの？」

「最初の悪い男」

言われてみれば、そういう立ち方だった――足をがに股に開き、大きな両手をあいまいに宙に構えていた。いかにも平和な街に闖入してきてありとあらゆる悪事を働き、またいずこともなく去っていく悪漢といった感じだった。悪い男を見たことは前にもあったけれど、こんなブロンドの長い髪で、ピンクのベロアのパンツをはいた悪い男にはお目にかかったことがなかった。彼女が口の中でガムをパチパチ鳴らした。

その後は中断もなく最後までいき、同じシーンをもう二回繰り返してやった。まるでスクエア・ダンスかテニスみたいだったと、次の週わたしはルース＝アンに報告した。「いちど動きを飲みこんでしまえば、あとはもう自然と体が動いちゃう。脳にとってはちょうどいい休憩ね」

「じゃあ、あなたにとってその楽しさというのは――？」

「ちょっと演劇にも似てるけど、どっちかっていうとスポーツかな。自分が一番びっくり、だって昔からスポーツは大の苦手だったのに」

「ではクリーにとっては？　彼女もこれをスポーツとして楽しんでいると思う？」

「いえ」わたしは目を落とした。わたしの口からどうこう言うことではないと思った。

「もっとべつのものだと思うのね？」

「あの人にとってはゲームじゃなく、リアルなのかもしれない。彼女は〝ミソジニスト〟とやらだし。彼女、ちょっと異常で」わたしはシミュレーションを演じているときの彼女の鬼気迫る獰猛さについて説明した。「でも、もちろんこれはわたしよりもそちらの専門よね。これって心理的な何かだと思う？」

「まあ、それはちょっと言葉が広すぎますね」

「でもその通りなんでしょ？」

「ええ、まあ」彼女はしぶしぶ言った。一人ぶんの料金で二人ぶんの診察をさせられると思っているのかもしれない。

「いい、それ以上言わないで」わたしは手のひらを向けて彼女を制した。そして話題を変えるために、彼女のデスクの上に並べてある重たげなチャイニーズの容器を指さした。「これ、ぜんぶあなたの？」

「水をたくさん飲みますからね」彼女はそう言って、水のボトルを叩いてみせた。「仕事が終わったあと、トイレで全部まとめて流してるの」

「ここのトイレ、それとも家で？」

「もちろんここの！」彼女は笑った。「だって考えてもみて？　糞尿の入った容器を山ほどのせて車を運転して帰るの？　それって最悪でしょう！」

彼女がハンドルを握るまねをしてみせて、わたしたちは声を立てて笑った。じっさい、想像しただけで愉快だった。こうして友だちどうしみたいに笑いあうたびに、私たちが本当には友だちではないことが浮き彫りになった。この笑いは、彼女が家でするリアルな笑いとはちがうのだ。

彼女が運転を続けるので、わたしはもう一度小さな笑いでそれに応えた。どうしていつまでもやめないんだろう？

「で、彼女にとってそれがリアルなんだとしたら？」ルース＝アンは急に手を落として言った。

「リアルはいつも同じではないし、面白いものでもないんですよ」

# 6

〈オープン・パーム〉の資金集めパーティは毎年ひどく手間がかかるうえに大して利益も出ないけれど、出かける準備をするときはいつも、今ごろフィリップも出かける準備をしているんだと思いながら浮かれた気分で服を着る。これが映画だったら、きっとストッキングをはくわたし、靴をみがくフィリップ、髪をとかすわたし……といった具合に何度も画面がカットバックするところだ。以前のわたしは、会社以外で彼に会える機会はこのパーティしかなかった。それが今では「彼がしょっちゅうメールをよこすのよね」と言っても嘘にはならない身分だ。新しい柿色のブラウスを着たわたしを前にしたフィリップは、もしかしたらメールのことで恥ずかしい、気まずい思いをするかもしれない。「ねえフィリップ」そのときわたしはこう言おう。「ちゃんとここを見て」自分の目を指さす。「わたしたちのあいだに恥ずかしさの入りこむ場所なんかないの。そうでしょ？」そしたら彼は、今日もしていくつもりのファーマーズ・マーケットのネックレスを引っぱって、また前みたいにわたしを自分のほうに引き寄せてくれるだろうか？　それからどうなるだろう。誰かに頼んで、かわりにクリーを家まで送ってもらわないといけなくなるかもしれない。クリーがシャワーから出てきたらそう言おう。それにしても、なんでクリーは急に来るなんて言いだしたんだろう。

前に〈オープン・パーム〉のパーティに来たときはまだほんの子供で、ダンスフロアを走りまわっていた。

バスルームからどすどす出てきた彼女を見て、考えを変えた。これは絶対に付き添い人が必要だ。彼女は嫌でも目が吸い寄せられてしまうようなトップスを着ていた。黒い布きれが二枚、大きなゴールドの輪っかからぶら下がっているだけのやつ。こんなので道を歩いて、無事でいられるはずがない。いざとなったらフィリップの家に行く途中で寄ってクリーだけ落とそう。

「飲み物、あんの？」プレスビテリアン親睦会館に向かう車の中でクリーが訊いた。悪臭をはなつ両足でダッシュボードを突き刺していた。どこから掘り出してきたのか、甲と踵にストラップが無数にクロスした、ものすごくヒールの高い靴をはいている。

「お酒はなし。あなたにはきっと退屈でしょ」彼女はいつものスウェットパンツを、ぱつぱつにタイトなジーンズに取り替えていた。ジーンズを見ると反射的にキアステンを思い出す。まさかフィリップが連れてこないといいけど。

「べつにいい。ジムにもらうものがあるから」

「ジムって、〈オープン・パーム〉の？　あの人がお酒をもってきてくれるの？」

「ちがう、べつのもの。ま、そのうちわかるって」

その後はお互いずっと無言だった。

スーザンとカールが娘をハグし、驚いたことにクリーもハグし返した。三通りのハグが長々と交わされているあいだ、わたしはボディガードかガイドのように横に突っ立っていた。

「シェリル！」体を離すと、スーザンが金切り声をあげた。「ちょっと、その脚どうしちゃったのよ？」

全員の目がわたしのふくらはぎに向けられた。前のやり方で闘ったときの筋状の青あざがまだ残っていた。

フィリップはまだ来ていなかった。〈キック・イット〉の女の子たちがラップ音楽に合わせて護身術のデモンストレーションをやり、その後にＤＪが登場した。わたしは彼に少し音が大きすぎやしないかと言った。

「静かすぎるくらいっすよ！」片方の耳にヘッドホンを手で当てて、ＤＪが叫び返した。

「じゃ、これ以上はボリューム上げないで」

「え？」

「いい、それでオッケー！」わたしは指でＯＫのサインを作った。

ケータリング会社の人からコーヒーメーカーの不具合について報告を受けながら、わたしは〈キック・イット〉の子たちと話をしているクリーを目で追った。みんなクリーそっくりの恰好をして、何人かは彼女と知り合いのようだった。親どうしが友だちなのかもしれない。わたしは、そのうちの一人の子と自分が〝シナリオ〟をやっているところを思い描いてみた。クリーにスマホで何かを見せている、茶色い前髪の子だ。

「で、どうしましょう？　出すコーヒーの数を減らすか、それとも薄めて出すか」

「数を減らして」

無理だった――茶色い前髪の子はまだほんの子供だった。クリーが時おりちらっとこっちを見る。わたしは目をそらした。公《おおやけ》の、彼女の両親までいる場所でクリーを見るのは変な気分だった。ＤＪがみんなの大好きな曲をかけたらしく、女の子たちは両手を上げてダンスフロアに殺到した。みんながヒップホップスタイルで踊っているなかにカールも入っていって、わざとみっともなく体をくねらせて、〈キック・イット〉の女の子たちの笑いを取っていた。彼がわたしを見つけて手招きした。わたしは首を両手でしめてみせ、いま運営の仕事でアップアップ、というジェスチャーをした。カールの頭の上で見えない投げ縄がぐるぐる回り、わたしを捕獲した。みんながこちらを見ていたので、わたしは観念してフロアまで引っぱられていった。クリーは、皺の寄ったエスニック調スカートの中で揺れるわたしのお尻をひとめ見て、おぞましいものを見たというように背を向けた。わたしは自分も楽しんでいるところを見せるために小さく指を鳴らしながら、護身術のチャリティ・パーティよりもストリップクラブのほうがぴったりくるようなダンスをしている女の子たちを眺めた。全員ハイヒールをはいていた。これじゃ暴漢に襲われても誰も走って逃げられないし、それ以前にわざわざ自分で自分の足を痛めつけている。「ホラ!」みんなさっきからそう叫びつづけていた。「ホラ!」これって人間の言葉なんだろうか。それとも「叫ぶ《ホラー》」のこと？　みんながわたしを変な目で見た。わたしだけ〝ノれ〟てないのかもしれない。フィリップはどこにいるんだろう。誰かが乱暴にぶつかってきたので、振り返ってにらみつけた。クリーだった。またぶつかってきた。今この場で、床の上で取っ組み合いでも始める気だろうか。それともこれはこういう踊り？　彼女がもう一度ぶつかってきて、こんどは背後に立ってわたしのお腹に軽く手を当て、わたしの体を自分のリズムに合わせた。まわりを見ると、大勢の人たちが同じようにしていて、本当にこういうダンスがあるのがわかった。クリーの顔は見えなかったけれど、ふざけてやっているのにちがいなかった。わたしをダシにして他の女の子たちを笑わせようとしているのだ。そりゃわたしだって、ちょっとのあいだだけなら冗談に付き合ってもよかったけれど、音楽はいつまでも終わる気配がなかったし、正直言って立場上まずい気がした。顔つきでわかった。わたしはちょっと身をよじってクリーから離れた。スーザンも同じ意見なのが、顔つきでわかった。ポケットの中で携帯が震えた。

フィリップだ。キアステンのことではなかった。メールは純粋にわたし関連のことで、彼のわたしに対する本当の気持ちが、隠しようもなく露呈していた。

**〈寄付金を送りました。時間のあるときに領収書をもらえると助かるな。〉**

退屈で堅苦しい女への、退屈で堅苦しいメッセージ。わたしたちは一度も連れ合いなんかじゃなかったのだ、いかなるレベルにおいても、どの過去世においても。でも待って——また震えた。もしかしたらさっきのは冗談で、これは「なんてね、冗談だよ」というメールかもしれない。

**〈パーティがうまくいくよう、お祈りしてるよ!〉**

社交辞令。退屈よりもなお悪い。例の結論の返事を長く引っぱりすぎたことの、これは報いだ。耳をつんざく音楽の鳴るなかで文字を打つのは難しかった。わたしは彼みたいにぜんぶ大文字を使って、夜を貫けとばかりに叫んだ。

**〈結論まで、もうあとちょっと!〉**

それから画面を見つめて待った。返信なし。

さらに:)と打って送った。

返信なし。

さらに二十分待った。返信なし。わたしは踊る人たちの海を苦い気持ちで眺めた。もう帰ろう。あとはジムが何とかしてくれるだろう。帰るとクリーに言うと、彼女は意外にもあっさりダンスフロアから出てきた。

「ちょっとジムを探してくる」

ジムが何かをわたしの車のトランクまで運んできた。彼はクリーにこんなもの何に使うの、と訊いたが、彼女は黙って肩をすくめただけだった。その何かは花柄のシーツにくるまっていた。バックミラーごしに見ると、もそもそ動いているように見えた。

「何なの？」

「あとで」とクリーは言った。

彼女はそれを抱えてバスルームに入った。しばらくして、肩を叩かれた。防護スーツに全身くるまった彼女が立っていた。九〇年代の終わり以来、見るのは久しぶりだった。巨大な頭部とグローブ、肩パッドに股間プロテクト。彼女はシナリオなしでいきなりつかみかかってきた。怖い夢のなかで怪物に襲われるみたいだった。わたしはこれがシミュレーションだということを忘れ、本気で反撃した。容赦も〝究極の赦し〟もなし、ただ殺戮あるのみ。わたしはフィリップの禿げかかった頭を殴り、キアステンのぺたんこのお腹を殴り、二人を同時にドアをどんどん叩くみたいに殴った。

「ちょ、ちょ、ちょ」クリーが言ってわたしの両腕をつかんだ。「もうちょっと抑えてよ」

わたしは抑えた。

クリーはほとんど体を動かさず、襲うというよりは、クッションに包まれた体をただわたしにぶつけてきた。ゆっくりと放つわたしのパンチは太極拳のようだった。やがて頭でっかちの異星人はわたしを押さえつけた。というよりも抱きかかえた。奇妙な間があった。わたしは頭の中で七十かぞえてから、咳ばらいをした。彼女はよろめくように後ろに下がり、ウレタンの頭を脱いだ。髪はぐしゃぐしゃ、顔はほてって汗まみれだった。

「名案だと思ったんだけどな」と彼女は言った。ぎゅっぎゅっ、の握手もなかった。

次の日クリーは、これから二週間は夜勤になると宣言した。わたしは朝、彼女を起こさないように忍び足で横を通って職場に出かけた。彼女はシミュレーションが恋しくないんだろうか？　とくにそんな風には見えなかった。わたしは仕事にも睡眠にも支障が出はじめた。携帯はうんともすんともいわなかった。わたしが返信して以来、フィリップとの関係は膠着状態だった。あんなスマイルの絵文字、送らなければよかった。ときどき、クリーが帰ってきた頃合いをみはからって明け方五時ごろにトイレに立ち、こっちは起きているしいつでも相手になれるとアピールしてみたものの、彼女は砂漠で遭難した人みたいに頭に変なふうにTシャツを巻いてテレビを観ているだけで、わたしを振り返りもしなかった。よく顔の上に枕を置いていたので、寝袋の中に本当に彼女がいるのか、それともまだ仕事から帰っていないのか、わからないことも多かった。いちど確かめようとして手で触ってみたら、彼女はミイラが生き返るみたいにむくっと起きあがった。髪は乱れ、目は殺気だっていた。

「ごめん」わたしは小声で言った。「中にいるかどうかわからなくて」

さらなる説明を求めるように、彼女は無言でわたしの顔を見た。

「寝袋のふくらみ方が」わたしは繰り返した。「ときどきどっちかわからなくて……だからつい……」彼女は頭の上にまた枕をひっかぶった。

夜勤の終わりのほうになると、クリーは昼のあいだずっと眠り、それからいつ果てるともなくシャワーを浴びた。彼女のシャワー中にフィリップからメールが来た。〈**風呂。セッケンを体に塗りあったけど、それ以上はなし。**〉それから〈**結論は、そろそろかな?**〉まだ待っていてくれた。もちろんそうに決まっていた。それなのに、わたしは安心するどころかますますいても立ってもいられなくなって、キッチンを歩きまわった。盛大なシャワーの音は延々つづいていた。バケツを使えば、一分間に何リットルぐらい使っているか計るのはそう難しくはないはずだ。シャワーの音がやっと止まり、時計を見た。四十五分。今まで光熱費を折半することについて話し合ったことはなかったが、そろそろ潮時かもしれない。べつべつに払うか、それともわたしが一括で払ってあとで半分もらうか。この音は何？　ドライヤーだ。彼女がドライヤーで髪を乾かしている。バスルームから出てきた彼女はパンツにサテンっぽいブラウスを着て、髪はつやつやさらさらのストレートだった。足にはメントール入りの水虫の軟膏みたいなものが塗ってある。もしこれから出かけるつもりなら、〈ある日の公園〉のシナリオなんかうってつけだし、時間も大してかからない。終わったら、あとは一人で家でゆっくりできる。わたしはバッグを肩にかけ、リビングをぶらぶら歩いてから〝公園のベンチ〟に腰かけた。彼女がわたしのバッグを見た。

「出かけんの？」

「そうじゃなくて……」わたしは思わせぶりに言ってみた。

「あたしも出かけない」

長い夜だった。クリーはリビングを片づけ、自分の皿を洗った。あるとき見ると、彼女が首を傾けて本棚の前に立っていた。

「なんか面白いのある？」彼女が言った。

「うーん、特には」彼女の一挙一動が、わたしを極度に緊張させた。テレビが消えていると、隔壁を取り払われて、丸裸にされたようだった。

「でもこれ全部読んだんでしょ」

「まあね」

「ふーん」彼女は並んだ本の背表紙を指でなぞって、わたしが何かお勧めするのを待った。まっすぐな髪に飾りのあるヘアピンがついていた。すぐには何だか理解できなくて、さっきからずっと目がそこに吸い寄せられていた。

「それ……」わたしはピンを指さした。「それって、ラインストーンがついてる？」まるきりふだんの彼女らしくなかった。なんだかまちがってそこにくっついたものみたいに見えた。小枝か何かのように。

「だったら何？」

「べつに。そこについてるの、気がついてるのかなと思って」

「は？　当たり前じゃない。自分でつけたんだから」彼女はヘアピンを留めなおしてから、『ミパム』という本を本棚から抜いた。

「それ、チベットの小説だから」わたしは釘を刺した。「十九世紀に書かれたやつ」

「面白そう」

クリーはそっとカウチに腰をおろした――それが今までずっとカウチで、一度もベッドや公園のベンチや車だったりしたことはなかったとでもいうように。彼女は膝の上に本を開いて置いて読みはじめた。それか読むふりか。わたしはあきらめて部屋にひっこんだ。

次の朝、彼女はもとどおりスウェットパンツとタンクトップに戻っていた。

「友だちのケイトが泊まりにくるから」彼女がさらっと言った。「アイロン部屋で寝てもらうつもり」

「オーケー」でも全然オーケーじゃなかった。友だちのケイトがいるんじゃ、わたしたち何もできやしない。もう二週間以上シナリオとはごぶさただった。ヒステリー球はまだ復活していなかったが、体じゅうが極限まで張りつめて、今にもプチンと弾けてしまいそうだった。一度でいい、あれさえできれば、あとは友だちが来ようが何しようがかまわない。

「いまこっちに向かってる」クリーは言った。「一時間くらい前にオーハイを出たから」

わたしはアイロン部屋に折り畳み式ベッドを広げた。タオルを置き、その上にシュガーレスのミントをのせた。

「もうそろそろ来るんじゃないかな」と彼女が言った。

わたしは流しのディスポーザーに重曹を放りこんだ。

「来た、いま車停めてる」クリーが言った。わたしの背後に立っていた。わたしは振り向いた。真正面から向き合う形になった。彼女がいったい何なのよというように小さく笑った。どうすればいい？　何をすれば、あれに持ちこめるの？　この感じ、このあいだのパーティのときと同じだ。みんなが知っているヒップホップな何かを、わたし一人が知らない感じ。

「ホラ？」わたしは言ってみた。

彼女がけげんそうに眉をひそめた。ドアチャイムが鳴った。


ケイトは笑い声のけたたましい、胸のあいだに小さな金の十字架を下げた、大柄なアジアンの女の子だった。乗ってきたトラックの後ろに、世にも変わった形の乗り物を牽引していた。ドアから入ってくるなり、ケイトは「ほい、尻タッチ」と言ってクリーのお尻を手で叩いた。それから自分のお尻を突き出すと、クリーも手で叩き返した。

「これ、うちら流のハイタッチなんで」ケイトはそう言いながら、満面の笑みで近づいてきた。わたしはふつうのハイタッチのほうがいいという意思表示に片手を上げた。ケイトはわたしに、茹《ゆ》でただけのスパゲッティが入ったタッパーを渡した。

「メシのことならお構いなく、これ食べるから」

わたしが自分の部屋に閉じこもると、二人はケイトの車の後ろのものを見に、外に出ていった。わたしはまたカードテーブルを出してパソコンのプラグを差しこみ、仕事を始めた。家の前の車寄せのほうですさまじい音がした。わたしは玄関の外に飛び出した。煙が出ているんじゃないかと思ったが、クリーとケイトはただ立って、爆音でアイドリングしている例の乗り物の横で大声で話していた。

「普通のATVみたいなもんだけど、でもどこでも正規で走れんだよ、これ！」ケイトが叫んだ。煙草を吸っていた。

「普通のATVほど馬力ないんじゃないの！」クリーが叫んだ。

「小っちゃいけど馬力は変わんないよ。普通のよりあるかも！　タイヤのサイズをでかくしたら、たぶんもっとスピード出るはず」

「後ろ半分だけでかくしたら、あんたそっくりになるんじゃないの」

二人とも笑った。ケイトがわたしの車寄せに煙草を捨てた。

「ああでかいさ、あたしのケツは」

「うん、マジでかいわ」

「でもショーンはいいって言うもんね。あたしのデカ尻に埋もれたいって」

「え、あんたら切れたんじゃなかったの」

「切れたよ。でもあいつ、ときどき来ちゃああたしの尻に埋もれて、でまたどっか行っちゃう」わたしはご近所がこの話を聞いてどう思うかと、左右をきょろきょろした。「でも正直、ケツがでかすぎてあんまりあいつを感じないんだよね。ね、うちの親父の言ったとおりだったたっしょ？」

「うん、百パー、ビービだわ、彼女。ミセス・ビービほどひどくないけど、でもかなりのもん」

「見るからにそれって感じだもんね」

〝彼女〟って、わたしのこと？　〝それ〟って、どれのことよ？

わたしが階段を駆けおりながらハローと言うと、二人は急に黙った。クリーが乗り物の巨大なタイヤを足で蹴って、いきなりサドルにまたがったかと思うと、耳をつんざくような爆音とともに走り出した。わたしたちが立って見ているとクリーはブロックの端まで行って停まり、ヒュウ！と叫び声を上げて、何かよく聞き取れないことをわめいた。

「ミセス・ビービって誰なの？」

ケイトは手の甲を口に当てて、奇妙におしとやかに笑った。きっと小さいおしとやかな母親がいるんだろう。

「やべ、聞こえてた？　でも気にしないで、ただの冗談だから！」彼女はわたしが怒っているかどうか探るように、こっちの顔をうかがった。「クリーっていい子だよ。ワルっぽくふるまってるけど、仲良くなってみると、すんごい優しいの。あたしなんか〝バターカップ姫〟って呼んでるくらい」ケイトは神経質に笑い、小指のリングをいじった。「うちの父親のこと、覚えてないかな。マーク・クウォンっていうんだけど」

マーク・クウォン。昔、スーザンがわたしとくっつけようとした、バツいちアル中の男だ。あの人の娘がこれか。ケイト・クウォン。

バターカップ姫が派手にエンジンをふかして戻ってきた。「これ、マジ最高！」彼女は何度かぐるぐる輪を描いてから、とびおりた。ケイトがシートを手で叩いた。「はい、シェリルの番」

「あたしはいい。これを運転する用のちゃんとした免許もないし――」

クリーがわたしを異様な形のバギーのそばまで連れていった。「バイク、乗ったことは？」

「一度も」

「それよりも簡単だから。さ、乗って」

わたしは乗った。

「こっちがアクセル、こっちがブレーキ。はい、行ってらっしゃい」

わたしはこれ以上ないくらいほんのちょっぴりアクセルを踏んだ。ケイトとクリーに見送られながら、ゆっくり、ゆっくり車道に出て、巨大な亀にまたがった人のように、通りをそろそろと走り出した。こんな高いところに、何の覆いもないまま座るのは不思議な気分だった。これほどのんびりした速度でご近所を走るのは初めてだった。家々は漂白されて、いつもとはちがう表情を見せた。バタバタというエンジン音が日常の物音をすべてかき消して、わたしは騒音のカプセルにすっぽりくるまれた。犬は声もなく吠えていた。つばの広い帽子をかぶった若い母親が、声なしで泣く二、三歳の子二人の顔に日焼け止めローションを塗っていた。わたしが通りすぎるのと同時に二人は泣きやんだ。双子だった。見たことのない子たちだ。いや。ある。

**どこに行くの、**二人がユニゾンで訊いた。

**ちょっとそこの角までよ、たぶん。**

**でも、また戻ってきてくれるよね?**

**うん、でも今日は無理。**

子供たちはしゅんとなった。二人同時に。どうやら二人ともクベルコ・ボンディらしかった。どうしてこの魂は、いつまでもわたしの周りをぐるぐる回りつづけるばかりなんだろう。クベルコの魂は子供のままなんだろうか、それともわたしといっしょに歳を取っているのだろうか。いつかはわたしに見切りをつける時が来るんだろうか。いや、そうじゃない。見切りをつけるとすれば、それはたぶんわたしのほうだ。こんなのはただの習慣、車のナンバープレートを覚えるようなものだ。何の意味もない、つまらない、ただの癖。アクセルを力いっぱい踏みこむと、ミニバギーはがくんとスピードを上げ、猛然と次のブロックに突入した。爆音のせいで頭の中が空っぽになった。すごい。魔法みたいに気分が軽くなる。この手の乗り物は、環境にこれっぽっちも配慮しない無教養な人たちの玩具《おもちゃ》だとずっと思っていた。でもそうじゃないのかもしれない。これは瞑想の一種なのかもしれない。わたしは万物とつながっている自分を感じ、エンジン音のせいでかつてないほどクリアに神経が研ぎ澄まされた。わたしは覚醒し、そこからさらに覚醒し、さらにもう一段階覚醒した。レッドネック的なものが、じつはぜんぶ禅だったとしたら？　銃もそうなんだろうか？　わたしはUターンした。クリーとケイトは点のように小さく、でもこちらに向かって戻れと合図しているのがはっきりと見えた。わたしはアクセルをいっぱいに踏みこみつづけた。二人の姿があっと言う間に目の前に迫ったかと思うと、悲鳴を上げて車道から逃げ出した。

パーティを開きたいのだと二人は言った。

「パーティってほどのもんでもないけど。あたしとクリーの高校んときの友だちで、このへんに住んでる何人かって感じ」とケイトは言った。「昔の同級生っていうか。だよね？」クリーは黙ってうなずいた。雑誌をゆっくりめくって、またわたしを無視しにかかっている。

「この家の価値を損なうようなことは一切しないでほしいの」とわたしは言った。「そこだけははっきり言っとく」

「家の価値、もう全然そこなわないから」とケイトは言った。

「うるさい音楽は？」

「ぜんっぜん」とケイトは言った。「そもそもあたし音楽とか聴かないし」

「お酒はどうなの？」

「ないない。一滴も」

「後片づけもちゃんとしてよ」

「片づけ、大っ好き。もうほとんど趣味？　みたいな？」

「そ。ま、五、六人の同窓会みたいなのだったら、べつにかまわないけど」

「あーっと、今ちょっと考えたら、もうちょい多いかも？　あと、お酒飲む子も少しはいるかも。でも、もしあれだったらボトルは袋で隠すようにあたしから言うから」

まず最初に騒々しい女の子の一団がやってきた。それから男の子の集団もやってきて、するとケイトがそのうちの誰かが持ってきたコードで、自分のスマホをリビングのステレオにつないだ。スピーカーの上にあったメキシコの工芸品をどけてくれたのは、まあ褒めてもいい。わたしの携帯が震えた。**〈彼女が僕のコチコチになった一物《いちもつ》を一、二分握ってくれた。でも動かしてはいない。〉**

男の子がステレオのボリュームを最大に上げたので、みんなお互いに叫ばないと話が聞こえなくなった。

そこから先は、男女のグループがひっきりなしにやって来た。

わたしはアイロン部屋に行き、ご近所に騒音のことをわびるメモをタイプして、六通プリントアウトした。外に出てみると、音は一ブロック先まで聞こえそうな勢いで、六通では全然足りないことがわかった。もっとたくさんプリントアウトしようと中に戻ると、みんなが口に含んだ酒を吹きかけあうゲームをしていた。

**〈白状すると、彼女の口の中にイきたいと思ってる。〉**

すぐに追いかけるように、**〈さっきのメールは後悔している。下品だし、キアステンに対する敬意が欠けていた。さっきのは読まなかったことにしてくれないか。きみの決断を二人とも楽しみにしてる。焦らずに待つよ！〉**

大人の男が何人かやって来た。おじさんと言ってもいいような年齢だった。一人は、たぶんわたしと同じぐらいだ。そいつはわたしに向かって愛想笑いをしてみせた。どうもドラッグを持ってきたようだった。たぶん絶対ハシシかガンジャ、ほかにも何かあるのかも。トイレを使うことはできなかった。二十分ほど列に並んでいたら、ケイトがぴょんぴょん跳ねながらやってきて叫んだ。「ちょっとちょっと、みんな聞いて！　この人ね、ここの家の持ち主なの！　ミセス・ビービっていうの！　いちばん前に入れたげて！」べろべろに酔っぱらっていた。わたしがお礼を言うと、彼女はどういたしましての代わりに「ま、あたしの人徳ってやつ？」とどなって、持っていた飲み物をわたしに渡した。

「これ、お酒？」わたしはどなった。

「フルーツパンチ！」ケイトが耳元でどなった。

時間を節約するために、といってもそんな必要はどこにもなかったけれど、おしっこをしながらパンチを飲んだ。お酒が入っていた。タオルはぜんぶ濡れた床に落ちていた。**〈彼女の写真、見たい？〉**フィリップがメールしてきた。削除。

リビングの壁に寄りかかってクリーを眺めた。クリーは男の子の背中にのしかかって「いまの反則！　いまの反則！」と叫んで片手を上げていた。わたしに見られているのを知ってやっている。こんどはこう叫んだ、「ちょっとあんた、スネ毛、剃んなよ！」するとケイトが言った、「やだよ！アジアの女だかんね！」二人はそれぞれ脚を高く上げ、いろいろな男の子に検分させた。あわれなケイト。あんな冴えないルックスで、クリーみたいな子の親友をやるのはどんな気分だろう。ちょっと離れぎみの、猫みたいにミステリアスな目をしたクリー。フードコートでふざけてギャングサインを作っているSNSの写真の中でさえ、眠たげな黄金《きん》色の髪が水のように果てしなくゆらめいているクリー。外気にさらしておくのが心配になるくらいぷっくり柔らかそうな唇のクリー。わたしは脚コンテストにケイトが引き入れた男子ふたりの、ぎらついた汗だらけの顔を見た。ケイトが甲高い声で叫んでいる、「ちゃんと目をつぶって、どっちの脚だかわかんないようにしてよ！」男の子たちに脚と臭い足を両手でなでまわされながら、クリーがわたしの顔をまっすぐ見た。わたしもまっすぐ見つめ返した。シミュレーションをしなくなって、もう三週間ちかく経つ。彼女、どうしてここにいるんだろう。携帯が震えた。

画面に映し出された写真を、わたしは目を細めて見た。キアステンは背が低く、いかり肩だった。顎までのくすんだ金髪は、マッサージオイルなのか、それともそういう髪質なのか、濡れたようにぺったりしていた。ジョン・レノンふうの丸眼鏡をかけて、カラテ・パンツの上にワニが踊っている絵のついた白いビッグTを着ていた。ワニは緑と黒と赤のドレッドヘアで、〈MSCは最高だぜ〉と言っていた。キアステンは顔いっぱいに無防備な笑顔を浮かべて、唾で濡れた歯茎を見せていた。小さい目をありったけ見開いて、両腕を前に差し出している。自信のないオペラ歌手みたいに。ティーンエイジャーみたいに。わたしがこれくらいの歳のときだって、もうちょっと可愛かった。

顔を上げるとクリーが消えていた。外に出てみたが、そこにもいなかった。どこかの車の中で誰かと何かをやっているのかもしれない。わたしは頭の横をさすった。刺すような痛みがある。酔っぱらってるんだろうか、それとももうすぐ死ぬんだろうか。通りの真ん中に出て、そのまま車道を次の角まで歩いた。歩きだと、どの家だったか探すのが難しかったが、ある窓の中にあの子たちがいるのが見えた。黄色いカーテン越しのシルエットだったけれど。二人は双子だったから、一挙一動がインクの染みのように左右対称だった。蝶、こぼれた牛乳、牛の頭蓋骨。ここまで遠ざかると、音楽の重低音のビートがまだ少し聞こえるほかは静かだった。わたしは電話をかけた。

フィリップはすぐに出た。

「シェリル?」

「決めたわ」黄色いカーテンを見たまま、わたしは言った。

フィリップは小さくこわばった笑い声をたてた。「なんだかせっついちゃったかな」

「ええ、ほんとに。でも、とにかく結論を出しました」

「いくつかのメールは不適切だったと反省してる」

「全部のメールがね」

「ちゃんと届いているかわからなかったんだ」

「届いてたわよ」

「でも、たまに返事をくれないことがあったから。キアステンには、きみはすごく忙しい人なんだと言い聞かせてあるけどね」

「そんなに忙しくはないけど」

「うん。でも、僕らみたいな凡人のためにきみの時間を無駄にするべきじゃないのはわかってる」

「まだ結論が出ていなかっただけ」

「キアステンにもそう言っておいた。さっき送ったやつは、見てくれた? あの写真?」

「ええ」

彼は黙った。子供部屋の明かりが消えて、黄色いカーテンが暗くなった。

「結論を、言っていい？」

「うん、お願いします」

「やりなさい」

家に戻ると、クリーとあと四人がカウチの上に立って、英語とは思えないような歌をうたっていた。みんなが一番ノって歌うところは**ジディ・ジディ・ジディ・ラ・ラ・ラ**と聞こえた。フィリップは、たぶんもうキアステンとセックスを始めている——彼の視点でそれを感じた。わたしは彼の中にいた、彼女の中にもいた。**ジディ・ジディ・ジディ・ラ・ラ・ラ**のところに来るたびにクリーはリズムに合わせて腰を突き上げ、大きな胸を揺らした。ひゃあ、見ろよあのおっぱい、フィリップが息を弾ませて言った。わたしはそっとその言葉をつぶやいた。

「おっぱい」

彼は彼女をジーンズの上からこすりたがってる。**ジディ・ジディ・ジディ・ラ・ラ**。そして彼女の口の中にイきたがってる。互いに石鹸を塗りあって。**ジディ・ジディ・ジディ・ラ・ラ・ラ**。わたしの一物はカチカチだ。歌がクライマックスに近づき、彼女とほかの女の子たち、醜い女の子たちはカウチの上でますます激しく跳《と》びはね、男どもはもはや歌とは無関係に、獣のような吠え声をただ快楽にまかせて解き放っていた。

わたしは寝室に入ってドアに鍵をかけ、彼女のつやつやしたストラップのついた紫色のブラを脱がせ、禿げかかった頭をおっぱいに押しつけた。毛むくじゃらのごつい手を彼女のジーンズの前にもぐりこませ、ずんぐり四角い爪と指でプッシーの中にわけ入った。彼女は濡れてあえいでいた。

「フィリップ」彼女がとぎれとぎれに言う、「ちょうだい」わたしは静かに、荒々しく、彼女の口の中に入れる。こんな女こそ彼にはふさわしいんだ、あんな小便臭い小娘なんかじゃなく、このグラマラスな大人の女が。

　長いあいだ待たされたあとの射精はあっと言う間で、信じられないくらい激しかった。わたしはめちゃくちゃにイキ、そこらじゅうに精液を飛び散らせた。彼女の髪やおっぱいや顔はもちろん、ふとんカバーやラグの上にも。精液のひと筋はドレッサーの上にまで届き、わたしのヘアブラシと、イヤリングボックスと、母親の若いころの写真を濡らした。

二人は片付けを手伝わなかった。ただふりをしただけだった。午《ひる》ごろ、ケイトがビールの空き瓶を何本か集めてごみ箱はどこかと訊いてきて、わたしが「それはリサイクル」と言うと、もう力尽きて座りこんでしまった。クリーはボクサーショーツにタンクトップ姿で部屋の中をよろよろ歩きまわっていた。頭の後ろがぼさぼさだった。二人ともひどい二日酔いだった。

昨日のあれは、みんなパンチが引き起こした一時的なものだろうと最初は思っていた。けれども掃除機をかけ、モップで拭き、スポンジでこすり、壁を拭きながら、わたしは何度も下を向いて、自分の股間が目に見えて膨らんで脈打っていないか確かめた。その部分にはち切れそうなほど力がみなぎっていた。それはまったく未知の感覚だった。わたしがコーヒーテーブルを拭きやすくするようにクリーが脚を開くと、わたしはついにスポンジを置いて寝室に直行した。呻き声がケイトに聞こえないよう、わたしはクリーの口をずっと手で押さえていた。わたしの手じゃない――フィリップの手だ。彼は耳の房毛を揺らして激しくクリーを突いた。

夕方、ケイトがピザを注文した。

「これはね、サンキュー・ピザ」と彼女は言った。「サンキュー」

クリーは盛大にかぶりつき、わたしも小さいのを一切れかじった。

「うちの父親、そういや再婚したんだよね」ほおばった口元をお上品に手で隠してケイトが言った。わたしは笑ってうなずいた。もう顔も思い出せなかったが、そう言ってしまっては失礼な気がした。「楽しかったけれど、でも一回デートしただけだから」

「そのとき自分が何着てたか、覚えてる？」

クリーがケイトを目で制した。

「ううん」わたしは笑った。「大昔だもん」

ケイトはソーダを一口飲んで、咳ばらいをした。

「父親が言うには――あたっ！」ケイトはクリーに蹴られたところを見た。「父親が言うには、あなたレズビアンみたいな服着てたんだって」

わたしはただ笑った。わたしが奮闘むなしく彼にフラれたことを吹聴するマーク・クウォン。得意げな顔が目に浮かぶ。あいつはそういう男だ。クリーが、こんな会話は退屈すぎて我慢がならないとでもいうように横を向いた。

「ほんとにそう言ったの？」

「うん。それっていったいどんな服だったの？」

「さあ。忘れちゃったな」でも、言われてから急に思い出した。

「いま着てるみたいな感じ？」ケイトはわたしの、裾をズボンの中に入れたTシャツを指さした。

「まさか、これは掃除用。あの日はたしか、グリーンの長いワンピースで前にボタンがずらっとついたのを着てたと思う。コーデュロイの」今もまだ持っていた。

これがなぜかケイトのツボにはまったようだった。彼女は大きな口でげらげら笑いながらクリーのほうを見、クリーもやっと少しだけ笑った。

ケイトはとても楽しかった。ケイトはタッパーウェアは返してもらわなくていい。ケイトはケヴィンとザックのことについてあとでクリーにメールする。ケイトはミニバギーをトラックにつなぐのに苦労した。ケイトはいちばん近いガソリンスタンドがどこなのか知りたがった。ケイトは最後にもう一度だけトイレを貸してほしがった。ケイトはトラックの運転席に座ってスマホを見た。ケイトはやっと、やっと、やっと、帰っていった。

クリーはドアを閉めるとわたしを見た——いや、にらみつけた。一瞬、内心を見透かされたのかと思った。でも彼女はただわたしを平手で打った。まるでケイトが来たのも何もかもわたしのせいで、避けようと思えば避けられたとでもいうように。シミュレーションの〈車の中で〉は平手打ち(のふり)から始まるので、わたしたちはそのままそのシナリオをやった。「ようこっち来いよ、シュガーパイ」クリーは暗い声でセリフを言った。

また昔の生活が戻ってきた。でももう遅かった——わたしはすでにちがうプレイを始めていた。膝蹴りの真似をするたび、肘打ちの仕草をするたび、目に見えない勃起がじゃまで、うまく動けなかった。終わると、わたしは股間ではち切れそうになっているもののせいでがに股になりながら寝室に直行した。ドアを閉める。毛むくじゃらの大きな手で彼女の頰を打つ。彼女の口の中にイった瞬間、電話が鳴った。もしフィリップだったら、キアステンに何をしたのか訊いて、同じことをクリーにしよう。これもまた二人の長旅の波瀾万丈の曲がり角の一つだった。フィリップが感じたことをわたしも感じる。途方もない、言葉にならないほどの快感を。

でもちがった、ブロイヤード先生の診察室からだった。六月十九日木曜日の予約の確認の電話だった。わたしはヒステリー球が消えたこと、先生とルース＝アンの関係がヒントになったことをブロイヤード先生に説明しているところを頭の中で思い描いてみた。耳元で彼女の息づかいが聞こえた。

「ルース＝アン？」

「もしキャンセルなさりたい場合は、四十八時間前までにお電話ください」

まちがいない、彼女だ。

「あの、今ちょっと話せない？　電話相談室みたいに？　いま、ちょっと経験したことのないような複雑な心理状態にあるの」

無言。

「明日でもいいけど」

「では十九日、木曜日にお待ちしています」と彼女は言った。

# 7

わたしはフィリップの性欲と交信したこと、彼の圧倒的な欲望と荒ぶる力が体の中で暴れることについて話した。ルース＝アンは、まるでわたしが自分自身のパーティに遅れてやって来たみたいに、すこしも驚かずにそれを聞いた。

「なるほど。でもそれをフィリップの欲望と呼ぶ必要はないのでは？　ただの欲望、でいいのかもしれない」

「でも、わたしのではないの。彼抜きで、自分ひとりではとても考えられないようなことだもの」

「すると、クリーが襲ってきてもあなたは性的に興奮しない？」

「彼女にされることは全部、頭の中でフィリップになって彼女にし返してる」

「ふむ。ではシェリル・グリックマンはどう感じているのかしら」

「わたし？」

「そう。あなたはどう感じている？」

ワタシ、とわたしは考えた。ワタシ、ワタシ、ワタシ。特になにも浮かんでこなかった。

「あなたは自慰をして、それでオーガズムを得ている？」

わたしは下を向いたまま笑った。「はい?」

「それは質問それとも答え?」

「ああ、はい。イエス。でもわたしは、なんていうか、ただの黒子だから」

ルース゠アンは、わたしが何か気のきいた答えをしたみたいに無言でうなずいた。いや、本当にしたのかもしれない。もしかしたらわたしは彼女のお気に入りの患者なのかもしれない。すくなくとも、対等なレベルで話ができる唯一の患者。

「それとちょっと関係あることを、一つ訊いてもいい?」

「どうぞ」彼女は言った。

「きのうブロイヤード先生の予約のことで、うちに電話をくれたでしょう?」

彼女の顔つきが変わった。

「わたし、ブロイヤード先生にこのまま診てもらっていいのかどうか——なんだかもうおかしな気がして」

「おかしいとは、どんな風に?」

「おかしいっていうより、ばつが悪いというか。受付の役割プレイをしているあなたを見ることも。ブロイヤード先生に会うことも。知ってしまった今となっては」

彼女は長いことわたしを見ていた。やっぱりわたしは一番虫の好かない患者なのかもしれない。

「それはあなた次第です」しばらくして彼女は言った。「でも、もうキャンセル可能な四十八時間は過ぎてしまったんじゃないかしら」

クリーはそのピンク色のボクサーショーツで大事な部分を隠しているつもりらしかったけれど、

大きなまちがいだった。あぐらをかくたびに暗いブロンドの陰毛の生え際や、時にはもっと奥まで見えた。ある朝はピンク色のぴらぴらした女陰《ラビア》までが一瞬見えた。もっと小ぶりできゅっと固そうな感じのを想像していたけれど、ちがった。この新しいデータをもとに、フィリップが今までにやったセックスを全部一からやり直す必要がある。彼の本当の望みは彼女のアヌスを見ることだったが、たぶん彼ならそういう言い方はしないだろう。過去のメールをすべて見直してみたけれど、その言葉は出てこなかった。わたしは〝後ろの口〟でいくことにした。**〈白状すると、〉**そう彼はメールで言う、**〈彼女の後ろの口にカチカチの一物《いちもつ》を突っこみたいと思ってる。〉**

　職場で、おもに寄付金関連の話題で彼の名前が出ると、見えない戦慄が体をかけぬけた。わたしが彼だからだというのではなく、彼の名前が白昼堂々と口にされることが奇異に思えた。

「フィリップ・ベテルハイムは今年の寄付金がちょっと少ないんじゃないか」とジムが言った。「まあ、まだ六月だから、これからに期待だけどさ。誰かハイリスク児支援推進について、彼にレクチャーしてる？」

　許可を与えて以来、フィリップとは一度も話していなかった。きっとわたしが彼になってやったあれやこれやを現実にやるので忙しいんだろう。そう思うと胸がきゅんと痛くなり、その痛みさえも欲情をあおった。かつてないくらい彼が身近に感じられた。証明こそできないけれど、もしかしたら同時刻に勃起して、同時に射精しているかもしれない。女どうしで生理の周期がだんだん同期するみたいに。クリーはあとどれくらいで生理になるんだろう。

「シェリル」はっとなって顔を上げた。彼女とよく似た、でもまるで似ていない顔があった。「うちの娘は、その後どう？　お行儀よくしてる？」

「ええ、もう」不必要に明るい言い方になった。「まったく問題なし」スーザンが腕を組んでわたしを見た。全部お見通しなのだ。

「正直に言って。そんなはずないんだから」彼女はわたしの目をひたと見据えた。

「まあ、ちょっとテレビの観すぎかな」わたしは小声で言った。

スーザンがため息をついた。「カールの母親に似ちゃったのよ。ここが空っぽ」そう言って彼女は自分のおでこを指で叩いた。何となくかちんときて、クリーの肩を持ちたくなった。

「彼女、知性より感性ってタイプだから」とわたしは言った。

スーザンが、どうだか、というように目玉を上に向けた。「でもありがとね。あなたには何かお礼をしなきゃってカールと話してるの。あ、ただし——お金ってことじゃなく」


クリーの牛みたいな無知蒙昧さは、もう以前ほどには気にならなくなった。そもそも問題にもならなかった。彼女の人格は、もはや小麦色のお尻に添えられた飾り物のパセリにすぎなかった。毎日毎日、日に何度でも、クリーはフィリップのコチコチの一物にまたがって上下に弾んだ。そしてはじめのうちはフィリップも、暗い金髪の両翼をもつ彼女のプッシーの中に何度でもイって飽きることを知らなかった。けれども十日ほど経つと問題が生じた。彼はあいかわらず旺盛だったし、性欲は衰えるどころかますます盛んだったが、達するまでにだんだん時間がかかるようになった。三十分ちかくかかることもあったし、結局イけずに終わることもあった。わたしはアクロバティックな体位や変わったシチュエーションを試みた。そのうちの一つは、ルース＝アンが横に立って二人の交合の様子を見守り、医者の立場から客観的に称賛の声を送る、というものだった。これはあまりに荒唐無稽すぎて、逆に効いた。でもそれも長続きはしなかった。ごく些細なことがフィリップの射精の障害になった。

クリーの足の臭いだった。最初のうちは気にもとめなかったが、今や完全に興ざめだった。フィリップはクリーの両足にビニール袋をかぶせ、臭いがもれないように輪ゴムで留めてもみた。そうしないと勃《た》たなかった。

**お願い、ちょうだい、**クリーはすがるように言う。**中に出して！　中に出して！**　濡れそぼった唇をよじらせて、彼女のプッシーがすすり泣く。

**だったらまずその足を何とかするんだな、**フィリップは傲然と言い放つ。**こういうことを専門にやるカラードクターがいる。西側じゃ一番だ。私からの紹介だと言うといい。**

　わたしはできるだけさりげないタイミングを狙って、カウチのアームに腰をおろした。クリーはカップラーメンをすすっていた。

「それ、おいしい？」彼女は食べる手を止めて、けげんそうに眉を寄せた。ケイトが来て以来、決められたセリフ以外の言葉を交わすのはこれが初めてだった。「言っとくけど、今は停戦。いい？」

　クリーは眉間にしわを寄せて、わたしが指で作ったVサインを見た。自分でも何をやっているのかわからない。

「えっとね」とわたしは言った。「わたしたち、同じ家で暮らして、時にはかなり……体の接触があるわけだけど？」語尾がうわずって疑問形になった。フィリップになって毎日さんざん彼女を犯しまくっておいて、今さらあきれたセリフだった。でもここで言っているのは闘いのシナリオの話だ。彼女はうなずいて、ラーメンのカップを下に置いた。真面目に話を聞こうとする姿勢に、逆にこちらがたじろいだ。わたしは尻ポケットの中でポストイットをまさぐった。

「べつに出すぎたことを言うつもりはないし、あなたを怒らせたくもないのね」クリーは首を横に振った。大丈夫、怒ったりなんかしない。

「じゃあ、腹を割って話し合ってもいいよね？」

彼女は声を立てて笑い、口元をほころばせた。皮肉でも何でもない、純粋な笑顔だった。はじめて見た。きれいな歯並びだった。

「あたしはずっとそうしてほしいって思ってた」クリーはそう言って唇を引きしめた。まるでその奥にはもっとたくさんの笑顔と笑い声が無尽蔵にあって、それをほんのいっとき押しとどめている、そんな感じだった。彼女は続けて、というように顎をしゃくった。

待ち構えていた自分の手がポストイットを差し出すのを、わたしは遠くから恐怖とともに眺めた。彼女がわたしの手のひらからそれをはがし、ブロイヤード先生の住所と診察日をうっすらいぶかしむような目で読んだ。六月十九日、木曜日。明日だ。ここまで来たら、もう決めたとおりにやるしかない。

「あなたのその足なんだけど──つまり、臭いのこと──」

人間の顔がこんなにも急変するものだとは知らなかった。顔を形作る何もかもが、すとんと下に落ちた。わたしは急いで続けた。

「友だちのフィリップがね、水虫に関してはこの先生が一番だって太鼓判を押してるの。向こうで受付の人に、わたしからの紹介だって言って。本当はわたしの診察日なんだけど、あなたに譲るから」わたしは紙を指さした。

彼女の顔が紅潮して、今にも爆発しそうになった。目に涙がたまっていた。彼女が大きく一つ息を吸い、次の瞬間にはもう完璧に平静を取り戻していた。平静どころではない。完全なる無表情だった。

まさか本当に行くとは思っていなかった。ところが金曜日の朝、バスルームの窓の金具からはクリスタルのサンドロップが下がり、彼女の歯ブラシの横には小さなガラス瓶が置かれていた。〈白〉。これは色と呼べるんだろうか。けれども彼女の金色の頭を後ろから見ただけでわかった。かすかに、でもはっきりと、何かが前とちがっていた。言葉で説明するのは難しい。明るくなったとか、悲しげになったとか、臭くなくなったとか、そんなのではない。ただ白くなっていた。淡くなった、というか。次のセラピーが今から待ち遠しかった。これでルース＝アンもクリーを見たことになる。もしかしたら、それこそがわたしの真の狙いだったのかもしれない。

わたしはレザーのカウチにゆったりもたれかかった。「で？　クリー、どうだった？」

「若い感じの方ね」

わたしは先を促すようにうなずいた。できることなら〝スタイルがいい〟とか〝グラマラスだ〟というような賛美の言葉を、冷静かつ客観的な感じで言ってほしかった。けれどもルース＝アンはそれ以上クリーを褒めるつもりはないようだった。

「じゃあ、想像していたとおりの感じだった？」

「まあ、おおむねそうですね」

「男だったら誰でもコチコチになっちゃう、でしょ？」フィリップが使った言葉を、思い切ってルース＝アンの前で使ってみたいと前から思っていた。効果はてきめんだった。股間がじんわり熱くなり、精液が満ちてくるのがわかった。家に帰ったら、さっそくルース＝アンに見られながらするバージョンを試そう。

ルース＝アンがとつぜん立ち上がった。

「だめ」彼女は大声で言って、乱暴に手を叩いた。「今すぐやめて」

顔から血の気が引くのがわかった。「え？　なに？」

彼女は腕組みをし、椅子の周りをひと回りして、また座った。

「だめです。わたしはやめて。フィリップを使うのは構わない。用務員でも、消防士でも、ウェイターでも、誰でも好きに使えばいい。でもわたしはだめ」

英語の不自由な人間に説いて聞かせるような話し方だった。ゴリラにでもなった気分だった。指が無意識に目もとに行った。きっと今ので涙が出たにちがいないと思った。出ていなかった。

「わたしを巻きこまないでほしいの」少しトーンをやわらげて彼女が言った。そして窓のほうを手で指した。「世界じゅうの誰でも好きなだけ使ってかまいません。でもわたしはだめ。わかりましたか？」

「はい」わたしは消え入りそうな声で言った。「ごめんなさい」


恥ずかしさが尾を引いて、午前中はずっと不調だった。クリーのTバックの下着を使ってみたけれどかえってだめで、フィリップがせっせと励んでもわたしの指はこわばって、いたずらにふやけるばかりだった。わたしたちはあきらめた。わたしは仕事机に向かった。シャワーを浴びた。クリーの長い髪のせいでだんだん排水口の流れが悪くなっていて、シャワールームの足元にお湯が浴槽みたいに溜まって床にあふれそうになったので、急いでシャワーを切り上げた。クリーが帰ってきて、女陰まる見えのピンクのボクサーにはき替えた。腹が立った。バスルームは使い物にならず、わたしはずっと勃ちっぱなしで、なのにちっとも発射できなかった。

わたしは配管工を呼んだ。すぐに来て、電話でそう言った。わたしたち、あそこが完全に詰まっちゃってるの。やって来たのは小太りで二重顎のラティーノのおじさんで、カウチに座っている巨乳の女を見たとたん、目つきが蕩《とろ》けた。わたしはもう一秒だって待てなかった。シャワーのほうを指さして「終わったらノックして」と言い捨てて、自分の部屋に早足で向かった。これはルース＝アンよりも効いた。フィリップの初めてのときぐらい良かった。シャツを脱ぎ捨ててバスルームに入ってきたクリーを見て、目を丸くする配管工。最初のうちは彼も疑心暗鬼だ、面倒に巻きこまれるのはごめんだ。けれどもまるまる太ったズボンの前をクリーに引っぱられて切なげにおねだりされるうちに、とうとう彼も善人の顔をかなぐり捨てる。善人くそくらえだ。腹の底には積もりに積もった鬱憤《うっぷん》が渦巻いている。きっとラティーノゆえにさんざん煮え湯を飲まされ、移民ならではの苦労もあり、それでも歯をくいしばってここまでやってきたのだ。事が済むと彼は排水口を直し、ちゃんと流れるかどうか確かめるために、二人で互いの体に石鹼を塗りあう。修理代はしめて二百ドルだった。わたしは排水口にセットしてある金網をクリーに見せて、たまった髪の毛を取る方法を教えた。彼女はこっちをろくに見もしなかった。このあいだの足のことでまだ怒っているんだろうか。でもくよくよしている暇はなかった。わたしはがぜん大忙しだった。

自然食品の店で見かけた痩せっぽちの草食系男子。クリーは彼の後をつけて車まで行き、あなたの硬いモノを一、二分握らせてと迫る。おとなしそうな妻を後ろに従えて、丁重にわたしに道を訊ねたインド系の子連れの男。クリーに全身くまなくプッシーを擦りつけられてあえなく勃起し、甲高い歓喜の声をもらす。うっかり部屋に入ってきた妻は気後れして何も言えず、夫がクリーの胸の上にイくまで息を殺してじっと立っている。もう何十年もセックスとごぶさたのお爺さん、全員コリンという名の童貞のティーンエイジャーたち、肝臓ぼろぼろのホームレス。ついにはわたしの知っている男性が総動員された。幼稚園から中学校から大学までのすべての教師。人生最初の大家《おおや》。男の親戚全員。かかりつけの歯医者。わたしの父。ジョージ・ワシントンは勃起しすぎてカツラがずり落ちた。わたしはそこここでフィリップも割りこませようとして、たとえばわたしがお爺さんになってクリーの口としているときに、彼を呼んで後ろからさせたりした。だがそれは単に罪悪感からしただけのことで、新鮮味があるわけではなかった。きっとわたしたちはもういっしょの放蕩をし尽くしたんだろう。それとも、わたしの非実在の男たちが束になっても、生身のキアステンの重みにはかなわないのか。でも正直、罪悪感を感じている暇はなかった。わたしはほとんど絶え間なしに自慰をしっぱなしだった。郵便屋さんが何かの箱を届けにくると、蓋を開けるよりも先にクリーが彼の郵便公社支給のズボンのジッパーを下ろしにかかった。わたしは彼がボタンみたいに小さくて短いものをクリーの中に入れるのに手を貸した。無数のペニスはどんどん抽象化されて現実味をなくし、もうわたしの手に負えなくなっていた。微妙に細長いの、ヤマイモみたいに先が尖ってひょろひょろしているの、肉厚の松ぼっくりみたいに切れこみが入っているの。受け取った箱をキッチンに運んでバターナイフで封を切った。はてさて中身は何でしょう。内蓋の隙間から手を入れた瞬間、それが何だったか思い出してぞっとなった。リックのカタツムリだ。ぜんぶで百匹、みんなが尻尾を宙に振り立てている。中の何匹かは仲間の重みでつぶれ、茶色の殻がどろどろの黄色い臓物にまみれていた。カタツムリたちは何重にも層をなして箱の内側にびっしり張りつき、互いに乗り越え乗り上げながら、何百もの角をてんでにあちこち泳がせていた。おまけにこの臭い――強烈に鼻を突く、腐ったような悪臭。携帯が鳴っていた。

「もしもし?」

「シェリル? こちらカール、いま携帯ショップからお試しでかけてるんだ。なんと通話料タダ! どう、ちゃんと聞こえてる?」

「ええ、とってもよく」

「雑音とかエコーもなし？」

「なし」

「待てよ、いまスピーカーホンを試してみるから。何か言ってみて」

「スピーカーホン。スピーカーホン」カタツムリが一匹手に這いのぼってきたのを、急いで箱の中に振り落とした。

「うん、ちゃんと聞こえるな。こりゃなかなかいい」

「もう切ってもいい？」

「いや待て、それじゃただ電話をテストするためだけにきみにかけたみたいになっちゃうじゃないか」

「いいのよ、ぜんぜん」

「ちょい待ち、もうちょっと長く話してもいいか訊いてみる」

無料通話に時間制限はあるのかとカールが質問するのが聞こえた。男の店員が前のめりな声で言うのが聞こえた。「どうぞどうぞ、一日じゅうでもお話しください！」気がついたらもうクリーが床に四つんばいになって、わたしの手がズボンの中に滑りこんでいた。カタツムリをさわった手で触れているせいか、あそこがピリピリする。けれども店員の前のめりな声だけでは足りなかった。クリーだって声まではしゃぶれない。カールが観客としてスタンバイしていたけれど、頭の中でなかなかイメージが像を結ばなかった。クリーが四つんばいのまま、魚みたいに丸く口を開けて店の中を這いまわりはじめた。

「一日じゅう話せるってさ！」とカールが言った。

クリーが父親めがけて一直線に突き進んだ。**だめだめ、**とわたしは頭の中で言った。**カールは絶**

**対だめ。**けれどもわたしの指はすでに照準を定めて加速を開始していた。

「あの娘《こ》はどうしてる？　うちのクリーは元気かな？」

名前を呼ばれたとたん、クリーが彼にむしゃぶりついた。もちろんカールはぎょっとした。

「ええ、とても元気」息がはずむのを抑えきれなかった。「仕事も楽しそうだし」

ぎょっとしつつも、まんざらでもないようだ。気持ちはよくわかった。もちろんいけないことだが、でも気持ちはわかった。彼は勝手知ったる娘の後頭部に手を当てると二、三度引き寄せ、ちょうどいいリズムを教えこんだ。

「金曜日にイこうと思ってるんだが――よかったらクリーと三人で、何かごちそうでも食べないか」

携帯ショップに居合わせた人々は、みんなあっけに取られていた。誰かがこれは違法だとか何とか小声で言ったが、例の前のめりな声の店員が、これは法には触れない、なぜならば裸体は見えていないからだ、と説明した。言われてみればそのとおりだった。左右に割れたワイシャツの裾のあいだから突き出したカールの男根はクリーの口の中に消え、彼女が頭を後ろに引くたびにシャツのカーテンもいっしょについていきた。押して、引いて、押して、引いて。カールがふいに太くうなりを上げ、発射の時が近いことを知らせた。本当はもっと長くもたせたかったが、娘かわいさの親心のほうが上回った。

「とっても素敵」わたしは熱をこめて言った。

「いい店を探しておくよ」彼は言った。そしてイったが、娘の口の中だと本当に法に触れてしまうので、かわりに自分のシャツの中にイった。クリーがシャツの下から手を入れて、最後の一滴まで丁寧にしぼり取った。おぞましさと侘《わび》しさがいちどきに襲ってきた。フィリップのいつもの一物がなつかしかった。ここはいったいどこなんだろう。彼はどこにいるんだろう。いたるところがカタツムリだらけだった。床やキッチンの壁に貼りついているのはもちろん、家じゅうに散らばっていた。カタツムリと思えないくらい足が速かった。ランプシェードの上で無性生殖を始めているのがいる。二匹でソファの下にしけこんだのがいる。わたしの人生、今が底なんだろうか、それともまだまだ落ちていくんだろうか。それが問題だった。何とかしなければならない。

似たようなことは前にも起こった。九歳のとき、伯父さんが受けねらいでわたしに誕生カードをくれた。正直、小さい子に贈るには不適切な内容だった。遊び人ふうの帽子をかぶったやさぐれた鳥が何羽か、葉巻をくちばしにくわえてトランプをしている。表の文句は忘れたけれど、内側には宿主を待ち受けるウィルスか自己増殖する寄生虫のようなフレーズが、じっと身を潜めていた。開いたとたん、それはばっと飛び出して、凶暴な猛禽の爪でわたしの脳をわしづかみにした。〈類はトリを呼ぶ〉。一度では済まされなかった。何度も何度も何度も、それはわたしの脳の中で再生された。ルイハトリヲヨブ、ルイハトリヲヨブ、ルイハトリヲヨブ。一日に千万回、学校でも家でもお風呂でも、どこまで逃げてもそれは追いかけてきた。他のことに気が逸れるとそのあいだだけ引っこむけれど、すぐにまた鳥か、群れか、葉巻か、トランプか、何かが引き金になって、同じことの繰り返しだった——ルイハトリヲヨブルイハトリヲヨブルイハトリヲヨブ。わたしは怖くなった。このままじゃまともな人生なんて送れないんじゃないか。こんな障害を抱えたままで、どうやって結婚したり子供を生んだり就職したりできるんだろう。魔のループは強まったり弱まったりしながら、まる一年続いた。ところが十歳の誕生日に、何も知らない例の伯父さんが、またもやカードをくれた。こんどのはノーマン・ロックウェルの、小さな女の子が両目を手で覆っている絵がついているやつだった。表には〈また一つ年をとるの？　見てらんない！〉と書いてあって、中を開くと〈だって明日はわが身だもの〉とあった。これが銃弾みたいに効いた。やさぐれ鳥の群れが舞い降りてこようとするたびに、頭の中でダッテアスハワガミダモノと唱えると、鳥はたちまち消えうせた。その伯父さんはもう死んでしまったけれど、カードは今もドレッサーの上に置いてある。今のところ百発百中だ。

「と思ってたんだけれど」わたしは暗い声でそう言って、レザーのカウチの上で身を乗り出した。「でもだめ。こんどのやつにはそれも効かなかった」

ルース＝アンは、お気の毒です、というようにうなずいた。先週の治療のときのわたしの浅ましいふるまいは、もうお互いのなかでなかったことになっていた。

「つまりなにか解毒剤が要るというわけね」と彼女は言った。「そのカードみたいに、今回のループを中和してくれるようなものが。でも〝ダッテアスハワガミダモノ〟じゃだめね、短すぎるから」

「そう、そこなの。あれだと短すぎて効かないのかもしれない」

「もっと時間がかかるものを考えなくちゃね」

わたしたちはもっと時間のかかる解毒剤はないかと考えた。

「何か歌を知らない？『神のみ子は、今宵しも』なんてどう？　知っている？」

「歌うのは無理、音痴だし」とわたしは言った。

「それは大して問題じゃないの。ただ歌詞を知っていればいいのよ。じゃあ『メリーさんのひつじ』は？」

わたしはか細い声で『メリーさんのひつじ』を歌ってみた。

「どう?」

「うーん……」彼女の案をむげにするのは気が引けた。「でも一日じゅう『メリーさんのひつじ』を歌うっていうのもねえ」

「まあそうね。そっちのほうがフェラチオなんかよりもよっぽど神経が参っちゃうか。では、あなたの好きな歌は? なにかあるでしょう、好きな歌」

あった。大学のときの友だちがいつもかけていた曲。いまだにラジオでこれが流れないかといつも期待している。

「歌えるかどうかわからないけど」

「でも歌詞は知っている?」

「ええ」

「じゃあちょっと言ってみて、詩を読むみたいに」

体が熱く、冷たかった。ふるえている。額に片手を当てて、口を開いた。

「〝出ていかないで、ぼくらのラブストーリーから〟」

ひどい声だった。

「これ、デヴィッド・ボウイなの」

ルース＝アンがうなずいて、先をうながした。

〝きっと後悔させないよ　だって
ぼくらは、きぃぃみの、みぃぃぃぃかただから〟

わたしは何度も息を飲んだ。空気がうまく喉を出入りしてくれなかった。

〝いつかきみも大人になる　だから今は
この変てこな二人に　まかせてほしい
まだゆぅぅぅめばかり見てる　ぼくと彼女に〟

「知ってるのはここまで」

「どんな感じ？」

「うーん、音程はひどいけど、曲のパワーみたいなものは何となく感じたかも」

「わたしが言っているのは、クリーのこと」

「ああ」

「すこしは楽になった？」

「そうね、たしかに」

次の朝は早く起きて、歌の効果をテストする機会をうかがった。用心しいしいシャワーを浴びてみた。魔のループはまだ襲ってこなかった。服を着て、リックに向かって手を振った。彼は悲痛な面持ちでカタツムリを見つめていた。

「おはよう！」わたしは大きな紅茶のマグカップを持って庭に出た。

「これはじつに困った状況です」

「うん。ちょっと頼みすぎちゃって」

「四匹なら私の手に負えます。私に管理できるのは四匹までです。こんな大群を扱う訓練は、私はカールのドレッシーなローファーが、タップシューズみたいに舗道でカツカツ鳴った。どっちが受けていないんです」

「じゃあ、呼ぶのはどう？　群れを呼び集めるの」

「呼ぶ？　どうやって？」

「カタツムリ笛を使うとか？」

言いおわるか言いおわらないかのうちに、クリーがリックの股間の小っちゃなカタツムリ笛をしゃぶりはじめた。彼は愕然としたけれど、云々。

「リック、ちょっと歌をうたってもいいかな」

「さあ、それはどうかな。カタツムリには耳がないから」

「〝出ていかないで、ぼくらのラブストーリーから〟……」リックがそっと目をそらした。きっと路上では、もっと頭のおかしい人をたくさん見ているんだろう。「……〝きっと後悔させないよ、だってぼくらは、きぃみの、みぃかただぁぁぁから〟」

効果は、一応はあった。ただし〝アブラカダブラ〟と唱えたらウサギが消えました、じゃん！というような効き方ではなかった。〝アブラカダブラ〟を何十億回、何年もかかって唱えつづけているうちにウサギが老衰で死に、それでもまだ唱えつづけているうちにウサギは腐って分解されて土に還りました、じゃん！　という感じだった。これをやるにはかなりの覚悟が必要だった。朝起きてすぐは固かった決意も夕方に近づくにつれてだんだんぐらつき出し、歌をうたうか、それとも彼女の熱いプッシーをジーンズごしにまさぐるかという段になると、けっきょくいつもくじけて、明日からはちゃんとやろう、となってしまった。

助手席に乗るか——年上のわたしか、それとも娘のクリーか——でひとしきり譲りあったあと、けっきょくわたしが後部座席に乗った。車の中では三人とも無言だった。

カールはテイスティングしたワインを却下して、べつのを持ってくるように言いつけた。

「テイスティングってのはそのためにあるんだ」と彼は言った。「店だって客に喜んでもらいたいんだからね」

クリーは退屈そうな顔をしていたが、それが表向きだけなことぐらいわたしにもわかった。彼女もわたしと同じく、なぜここに呼び出されたのかと疑心暗鬼になっているのだ。でも彼女の乳首のほうはちっとも退屈そうに見えなかった。ぴんと直立して、グリーンのストレッチ素材のチューブドレスの下ではりきっていた。当たり障りのない会話をしながら口の中で小さく歌うのは難しかった。

カールが買ったばかりの携帯を出して見せた瞬間、うっすら吐き気がこみ上げた。ひょっとしてカール、このあいだわたしが妄想に召還したせいで実の娘に禁断の欲望をかきたてられ、矢も楯もたまらず会いにきたんだろうか。でも彼はクリーのほうを見ていなかった。ゆっくりとワイングラスを傾けながら、目はじっとわたしに向けられていた。

「シェリル。きみと知り合ってどれくらいになる?」

「二十三年です」

「長い付き合いだよな。今までよくやってくれたし、いろんなことで世話にもなった」

〝世話〟というところで彼はクリーのほうに手を振った。クリーは目を大きく見開いて、指のささくれを噛んでいた。ばれている。わたしが昔のビデオを持ち出したことをクリストフがしゃべったんだ。そこからすべてを推理した。青あざ。倉庫から消えた防護スーツ。

「何を言いたいか、もうわかるね」

厳しい顔つきだった。胸がつぶれそうだった。

「じつは今日はスーザンも来たがっていてね。だからこれは二人を代表して言わせてもらう」彼はスプーンを宙にかざした。「シェリル、うちの理事になってはもらえないか？」

クリーが一瞬目を閉じて安堵を押し殺した。カールはわたしの顔がみるみる赤くなるのを黙って見つめた。この赤面に字幕スーパーもこれ見よがしの解説文もついていなくて、本当に助かった。わたしは頭《こうべ》を垂れた。

「カールとスーザンとナカコとジムとフィリップだけでも理事はできます」わたしは唱えはじめた。「彼らは理事をするのに最適の人材です、わたしは理事をするのが得意ではないので大してお役に立てませんが、それでも彼らをお手伝いします」

カールがわたしの肩を右、左とスプーンで軽く叩いた。こんなことオフィスではしないし、たぶん日本でだってやらないだろう。それから彼はグラスを持ち上げた。

「シェリルに」

クリーもグラスを上げた。同じ安堵を分かち合ったせいか、わたしは彼女にほとんど優しさに近いものを感じた。最近のわたしは、頭のなかで彼女のヴァギナや口に根菜や触手を突っこむばかりで、彼女のことをちゃんと考えていなかった。最近どうしているんだろう。ワインはとても強くて、額の内側にぼんやり霧がかかったようになった。カールがわたしのグラスにおかわりを注いだ。

「じつはフィル・ベテルハイムが理事を降りることになった。それで空きができたんだよ」

わたしの表情は変わらなかった。変わらないように気をつけた。

「だがべつに喧嘩別れっていうわけじゃない。辞める前にたくさん寄付してくれたしね」

わたしは膝のナプキンに向かってほほえんだ。理事会のメンバーになることの一番のメリットは、もちろんフィリップに近づけることだったけれど、彼の地位を受け継ぐのも悪くなかった。なんならそっちのほうがいいくらいだった。生まれてはじめて、葉巻に火をつけてふんぞりかえりたくなる気持ちがわかった気がした。

クリーもわたしもマンダリン・ビーフを注文した。わたしの皿はふつうに置かれたが、クリーの皿を置く速度はスローモーションだった。わたしは顔を上げ、ウェイターの長くて赤いのどくびが生唾を飲むのを見た。現実世界でこの手のことが起こるのをひさびさに目の当たりにすると、クリーがこの男の硬いモノを一、二分握りしめるのも、そう現実ばなれしたことではない気がした。ましてやテーブルの下にはフィリップのモノも怒張して控えているのだ。わたしが他人《ひと》の女に手を出すな、というようにウェイターをにらみつけると、彼はそそくさと立ち去った。

彼は三分後にまたやって来て、料理はいかがですかと訊ねた。そして質問にかこつけて、犬みたいな目でクリーのおっぱいを舐めまわした。

「なんなんだろう、厚かましい」ウェイターが行ったあとわたしは言った。つい低くてぶっきら棒な声になった。フィリップの声だ。気づくか気づかないかぐらいの些細なことだった。カールは気づかなかった。だがクリーは首をかしげ、まばたきした。彼女はさっと手を上げて、さっきのウェイターに合図した。

「この椅子、ちょっと壊れてるみたいなんだけど」

「え、本当ですか」ウェイターが大げさに言った。

「ええ。スカートが引っかかるみたいなの」彼女が立ち上がり、ウェイターは椅子を調べた。

「特に何もないみたいですが、すぐに新しい椅子を持ってきます」

「本当に？　スカート、破れてない？」

ウェイターは一瞬ためらってからおもむろに前かがみになり、クリーのお尻をしみじみ拝んだ。彼女が振り向いて意味ありげに微笑みかけると、彼もきっちり整えたあごひげでそれに応えた。二つのベクトルが握手のように絡みあい、すぐにでも寝る約束が暗黙のうちに交わされた。

「僕、キースといいます」とウェイターは言った。

「キース、よろしくね」

わたしが大きな音をたててグラスを置くと、キースとクリーがおおこわ、というように目配せをした。わたしのことを母親だとでも思ったらしい。まさかこのわたしがコチコチに硬くなって荒ぶる力にふるえていようとは、この若造は夢にも思わないだろう。今ここでわたしがクリーをテーブルの上にうつぶせにしてスカートをまくりあげ、彼女のきつく締まった後ろの口に一物をねじこんだら、キースはいったいどんな顔をするだろう。わたしは腰を使いながら両手を高々と上げ、客からシェフからスーシェフからボーイからウェイターから、この店にいる一人残らずに、わたしがクリーの母親じゃないことを見せつけてやる。

料理が進んでいくにつれて二人の体の親密度は増していき、デザートの種類を説明するころには彼はクリーの肩をなでまわしていた。

「知り合いなのか？」カールが困惑顔で訊いた。

「キースっていうの」クリーは言った。

だが帰り際、キースがクリーを店の外まで追いかけてきて電話番号を訊くと、彼女はこう言った。

「あなたのを教えてくれる？」

帰りの車の中で、彼女は一言も口をきかなかった。

玄関のドアを閉めたとたん、クリーがわたしの髪をつかんで頭を後ろに引っぱった。ぐはっと間抜けな音が口から出た。こんなのはシナリオにない。クリーは昔のやり方で闘おうとしている。態勢をたてなおすのに少し時間がかかった――彼女と立場を逆転させて、フィリップになるための時間が。彼がクリーを壁に叩きつけた。これだ。わたしたち、長いことこんなふうに全力でぶつかりあっていなかった。こういう解放をわたしはずっと待っていた。このふしだらな娘にはお仕置きが必要だ。彼女がわたしの胸を平手で打ってきた。今までに一度もそんなことをされたことがなかったしシミュレーションにも出てこなかった。彼女の胸を打ち返す、その手応えを味わうために全神経を研ぎ澄まそうとした。そのせいなのかどうか、たぶんわたしの顔にぎらぎらした男の表情がよぎったのだろう。わからない。彼女の目が何を見たのか、本当のところはわからない。

「いまの、何?」彼女が言って、一歩うしろに引いた。

「何でもない」

彼女が何度か荒い息をついた。「なんか考えてたでしょ」

「なにも考えてない」わたしは急いで言った。

「うそだ。なんか汚らしいこと《シット》考えてた。あたしの顔にクソを塗りたくってた」

もちろんそんなつもりはまったくなかったけれど、でもある意味ではそうだったのかもしれない。この一か月間、わたしは絶え間なく彼女をクソで汚しつづけてきた。わたしが何か言うのを彼女は待っていた。わたしが自分の身の潔白を、きちんと言葉で証明するのを。

「ちがう」――口にするのも嫌な言葉だった――「クソなんかじゃない」

「クソ。しっこ。汁。なんだっていい。あたしの体じゅうに――」彼女は自分の顔を、髪を、胸を、手で示した。「そうなの? そういうことなのね?」

「ごめん」とわたしは言った。

彼女は手ひどく裏切られたような顔をした。シェイクスピア劇のどんな登場人物よりもひどい裏切りにあった顔。

「よりによってあんたが」──彼女の声がかすれて、ささやきに変わった──「あんただけは、そんなことしないって信じてた」

「本当にごめんなさい」

「あたしが何度こういう目にあってきたと思う？」彼女は自分の顔を指さして言った。まるでそれが本当に何かにまみれているみたいに。

わたしはいろいろな数字を思い浮かべた──七十三回、四十九回、五十回。

「いつもだよ」彼女は言った。「いっつもこうなるんだ」

彼女はわたしに背を向け、自分の部屋がないのでバスルームに行き、内側から鍵をかけた。

壁に貼ってあった世界地図がはがれて、大きな音をたてて床に落ちた。わたしはのろのろとそれを貼りなおした。彼女の心。それをわたしは傷つけた。彼女には心があって、それをわたしは傷つけた。壁に手をついてやっと体を支えながら、わたしはバスルームのドアを長いこと見つめていた。

ルース＝アンは、とにかく続けろと言った。歌が効こうが効くまいが、気にせずとにかく歌え、と。清らかに過ごせた日が何日か続いて、いけるかもと希望を抱きかけては、また何かが起こってふりだしに戻った。あるときはクリーとフィリップがいっしょにシャワーを浴びて互いに石鹸を塗りあっている夢を見て、目が覚めてもまだ夢の続きのふりをして、そのまま射精してしまった。べつのときには自分は魔のループの奴隷なんかじゃない、主導権は自分が握っている、だから一回ぐらいやったって絶対にループの餌食になんかならないんだと証明するためだけに、フィリップのコチコチの一物をちょっとだけクリーの口に突っこんでみたこともあった。でもやっぱり主人はわたしではなくループのほうで、一度それをやったがために二日にわたって十五回同じことを繰り返すはめになり、その後には底なしの自己嫌悪が待っていた。しかもいまやクリーにもそれを知られていた。わたしが彼女の上にイくと、なぜか彼女はすぐにそのことに勘づいた。クリーがケイトに電話して、ここを出て独り暮らしをするのにあとどれくらいお金がいるかと話していた。大した額ではなかった。

口の中で小さく〝出ていかないで、ぼくらのラブストーリーから〟とつぶやくことしかできないときもあったけれど、いちばん効くのは、脳内でも車の中でも、腹の底から声をふりしぼり、全身全霊で〝きっと後悔させないよ！〟とがなることだった。彼女が留守のときは、歌の効果をより深く自分の意識に刻みつけるために、太極拳ふうの動きもつけた。外の通りでは下水管の工事をしていた。アスファルトを切るときの耳をつんざくような鋭い音に加え、黄色い作業車がバックするたびにいちいちピーッピーッピーッピーッと音をたてた。ピーッピーッのリズムに逆らって頭の中でちがうリズムの歌をうたうのには、とてつもない集中力が必要だった。一日六、七時間、ピー音に耐えて歌ってみたけれど、四日めにとうとう家を飛び出して通りに向かった。近くで見る黄色い作業車は巨大で禍々《まがまが》しく、その鉤爪を前にすると自分が小人になったみたいだった。そしてその機械の主《あるじ》の作業員も鉤爪に見合った巨体だった。その人はゲータレードをごくごく飲んでいた。頭を後ろにそらし、大きくて肉厚な顔の側面を汗が伝い落ちていた。まさにクリーに一物をしゃぶらせたくなるようなタイプの男性だった。

「あの、すみません」とわたしは言った。「今日はあと何回くらい車バックさせます？　すぐそこの家に住んでるんだけど、音がすごく大きくて」

「山ほど」作業員は後ろをふりかえって言った。「うん。今日はそりゃもう山ほどバックしますよ」

涼しい風が吹き抜けて、汗まみれの顔にはさぞや心地よいだろうと思ったけれど、それだけだった。それ以外のことを彼がどう感じるか、わたしには知りようがなかった。

「うるさくてすいませんね」

「いえ、いいの」とわたしは言った。「すごく大事なお仕事ですものね」

彼がちょっと居ずまいをただし、はにかみと誇りの入り交じった表情を見せた。わたしは身構えた。いつクリーが出てきてもおかしくないシチュエーションだった。でも何も起こらなかった——ついにループは断ち切られたのだ。今まで何度となく、声をかぎりに歌ってきた効果がやっと出たのだ。もう二度とあれを歌うこともないだろう。歩いて家に戻る途中、お隣の庭にオレンジの樹が植わっているのに初めて気がついた。ほとんど作り物みたいに見えた。オレンジ、海、スモッグ——あらゆるものの匂いが感じられた。そしてあらゆるものが目に見えた。わたしはふいに息をのんだ。いい歳をしてオナニーを必死に我慢している中年女の図にぶん殴られたような衝撃を感じて、崩れるように舗道にしゃがみこんだ。その横を車が何台も通りすぎた。あるものは速く、あるものは物見高くスピードをゆるめながら。

# 8

　七月いっぱい、クリーはわたしを襲わなかった。話しかけもしなかった。見もしなかった。傍若無人なのはわたしのほう、わたしが彼女を汚した、逆ではなく。なぜこんなことになってしまったんだろう、どうすれば汚名をそそげるんだろう。チャンスさえあれば全身全霊で懺悔《ざんげ》するつもりでいたけれど、チャンスは与えられなかった。そのあいだにも時はいたずらに過ぎていき、彼女が仕事に出かけていくごとに、一日また一日と家を出ていくことが現実に近づいていった。きっとこれでよかったんだろう。でも、そのことを考えるたびにはらわたをえぐられるような思いだった。自分でもおかしくなくらいに。

　月の最後の日、夜中に熱波が降りてきて世界をすっぽり包みこみ、生きとし生けるものを眠りから覚まして互いに向きあわせた。わたしはキッチンの窓の前に立ち、月のない夜闇をすかして耳を澄ませた。庭で生き物の叫びが聞こえた。たぶんコヨーテがスカンクを襲っているのだ——でも狩りはひどく手際がわるく、手こずっていた。しばらくするとクリーがリビングからのっそり起き出してきて、少し離れたところに立った。死が迫るにつれ、動物の叫びはしだいに変化していった。音程が人間の領域に近づき、苦しげに吐き出される声の一つひとつに耳慣れた母音が混じりだした。

もしも言葉になりそうになったら、行って止めないと、とわたしは思った。たとえうんと単純な言葉であっても、発せられたとたん何かが決定的に変わってしまうだろう。もちろんそんなのはただの偶然だ——人間の苦しむ声だって、たまたま豚にとって意味のある鳴き声に聞こえるかもしれない。それでもわたしは止めずにいられなかった。わたしたちは耳を澄ませて、言葉が聞こえるのを待った。〈タスケテ〉なのか、誰かの名前なのか、それとも〈オネガイ、ヤメテ〉なのか。

　でもそうなる前に生き物は死に、ふいにあたりは静まり返った。

「中絶って、良くないことだと思う」悲しげに首をふりながら、クリーがささやいた。

　ずいぶんと突飛な連想だとは思ったけれど、この際どうでもよかった。彼女がわたしに話しかけてくれているのだ。

「法律で禁止にするべきだと思う」と彼女は言った。「そう思わない？」

　わたしは庭の奥の闇に目をこらした。わたしはそうは思わなかった。嘆願書に署名をしたことだってあった。でもクリーはわたしたちがたった今した、あるいはしなかったことについて言っているのだろうと思った。

「もちろん、わたしは絶対に生命の味方よ」中絶反対《プロ・ライフ》というよりも、生命のファンです、ぐらいの意味をこめて、わたしはそう言った。クリーは、そうだよね、というように何度もうなずいた。それからわたしたちは、歴史に残る重大な条約に署名しおえた二人の外交官のようなおごそかな気持ちで、それぞれの寝床に戻っていった。まだ許されたわけではなかったけれど、家の中の空気は変化していた。明日になったら彼女に道をたずねよう。**ドラッグストアはどこにありますか？**　まるでわたしがダンスに誘ったみたいに、彼女の顔に安堵の笑みが浮かぶ。そしてすべては許される。

その〝明日〟は一本の電話で始まった。スーザンは怒り心頭だった。

「こんなことには、あたしは一切かかわりませんから。そのことに何ら良心の呵責なんて感じない。起こしたかしら？」

「いえ」朝の六時だった。

「あの子が手元に置くっていうんなら、そりゃあ腹も立つけど、まだあたしも何とかしてあげなきゃって思うわよ。ところがケイトの母親の話じゃ、そのつもりはないっていうじゃない。まったくバカげたまやかしよ。きっとケイトとか、あのへんの下層のクリスチャン仲間に感化されてるんだ、あの子」

脳の奥がむずむずした。あることを言い表す単語を、あとちょっとで思い出しそうな感じ。

「クリーをただちにそこから追い出してもらって結構よ……いえ、ぜひそうしてちょうだい。現実の厳しさをたっぷり思い知るがいいわ。だいいち父親は誰なの？　その男と住めばいいのよ」

父親《ファーザー》。サンタクロース《ファーザー・クリスマス》？　羽根《フェザー》、遠い《ファーザー》、それとも休耕地《ファロウ》？　わたし、耳からなんか汁が垂れてない？　鏡を見た。垂れていなかった。けれども今この瞬間の自分の表情を見ることには意義があった。わたしの顔は、非常な衝撃を受けた人がよくやる大々的でドラマチックな表情を演じていた。口は薄く開き、目は飛び出さんばかりに見開かれ、肌は血の気が失せている。どこかで大きくて柔らかな槌《つち》が巨大シンバルの上に振りおろされた。

いまここで話し合われていることを言い表す言葉は〈妊娠〉だ。

クリーが妊娠している。

妊娠する方法って、いくつもあるんだろうか。そうは思えない。噴水の水で妊娠することは？　あり得ない。自分の耳がやかましすぎて、父親が誰か知っているのかとスーザンが問い詰める声もよく聞こえなかった。自分の返事さえほとんど聞こえなかった。

「いいえ！」わたしは叫んだ。

「ケイトも知らないっていうの。いまそこにクリーいる？」

わたしは寝室のドアをうんと細く開けた。クリーは寝袋の上で起きあがっていた。顔がまだらになっているのは、泣いていたからなのか、それとも妊娠のせいなのか。

「います」わたしは小声で言った。

「そ、じゃあ自分でなんとかしろってあなたから言って。あたしから言ってもいいんだけど、電話に出ないのよ。いえ待って、もしもし？ やっぱり言わなくていい。あの子が逃げないようにだけ見張ってて。一時間半ほどでそっちに行くから」

クリーは契約を破った。でもこんなことまで契約には入ってなかった、入ってるはずがない。わたしの知ったことじゃない。契約って何よ？ そんなものの存在しなかった。わたしはベッドに顔を押しつけて自分を窒息させた。こないだの配管工だろうか？ あり得ない、あれはわたしの妄想だ。でも明らかに何か妄想じゃないことが起こったのだ、それも一度じゃなく何度も、何人もと。もともとそういう娘じゃないか。構うもんか。わたしには関係ないことだ。好きなだけ非妄想の男と寝まくればいい。もちろんすぐにここから出てってもらおう。契約はこれにて終了だ。だから契約って何？ どこでしたんだろう？ わたしのベッド？ わたしは彼女の持ち物の詰まったビニール袋をぜんぶ道に放り出すことに決めた。動きやすいようにフィットネス用のジャージの上下に着替えた。

スーザンのボルボが音もなく家の前に来て停まった。一ブロック手前からエンジンを切ってきたらしい。わたしは窓ごしに親指を立てて見せたが、彼女はこっちを見なかった。スーザンもジャージの上下だった。ここまで運転しながらずっと鬨《とき》の声を上げつづけて、いまや完全に戦闘モードといった感じだった。ドアを鋭くノックする音がした。鉄のくちばし、でなければ車のキー。わたしはぐっと胸をそらし、顔の表情を完全に消して部屋から出た。

クリーはリビングのカーテンの隙間から外をのぞいていた。そして母親の鬼の形相からわたしの顔、わたしのジャージ上下から母親のジャージ上下と目を移した。彼女はみぞおちの前で腕を組んで、自分のビニール袋が並べてある壁まで後ずさりした。カツカツカツカツ、くちばしが鳴る。カツカツカツ。クリーの裸足がふと目に入った。片方の足がもう片方をかばうように上に重ねられていた。カツカツカツカツ。二人で同時にドアのほうを見た。ドアはびりびり震えていた。スーザンは今度は拳でドアを叩きだした。

わたしはドアを開けた。大きいほうではなく、ドアの上のほうについている小さいドアを。ちょうどわたしの目鼻がすっぽり収まるぐらいの大きさだ。わたしは四角の枠に顔を押しつけて、スーザンを見おろした。

「あの子まだ中にいる?」スーザンは口の形だけで言って、窓のほうを共犯者めかして指さした。

「クリーはいまあなたに会いたくないみたいです」ドアは言った。

スーザンが目をしばたたいた。きょとんとして表情が固まった。わたしは体全体をオークのドアにぴったり押し当てた。**オークのように硬くあれ**。

「ココニハ誰モイナイヨ。帰ッテチョウダイ」

「あっはっは、シェリルったら、お上手ね。さ、クリーを出して」

わたしはクリーのほうを見た。彼女は無理、というように首を振り、済まなそうに小さくほほえんだ。わたしはありったけの勇気をふりしぼった。

った。

「いまは話したくないそうです」

「なに勝手なこと言ってるの」スーザンが声を尖らせた。ドアノブが猛烈な勢いでガチャガチャ鳴った。

「デッドボルト二つですよ」

スーザンはわたしの顔の前を覆っている細い鉄格子をげんこつで叩いた。こういうときのための鉄格子だ。彼女は自分の拳を見、停めてある自分の車を見、その後ろに停まっているクリーの車、かつて自分のものだった車を見た。一瞬、彼女がただの母親に見えた。心配で疲れはて、自分の本当の気持ちをうまく伝えられない、不器用な母親。

「だいじょうぶ」とわたしは言った。「クリーなら心配いりません。わたしが保証します」

彼女がわたしを恐い目でにらんだ。そろそろ四角い枠が顔に食いこんできた。

「なら、せめてお手洗いを使わせていただけないかしら？」彼女が冷やかに言った。

わたしはひとまず小さいドアを閉めた。

「トイレを貸してほしいって言ってるけど」

クリーの目がきらきらしていた。

「入れたげて」用心深さと寛大さを半々に、彼女は言った。

わたしは鍵をはずしてドアを開けた。スーザンは一瞬ためらい、最後の悪あがきのように自分の娘に一瞥をくれた。クリーがバスルームのほうを指さした。スーザンが放尿し、流し、手を洗う音をわたしたちは無言で聞いた。彼女はわたしたちを一度も見ずに家を出ていった。ボルボはゆっくり走り去った。

クリーは気のぬけたダイエットペプシの残りを一気に飲み干すと、空のペットボトルをキッチンのごみ箱のある方角に放った。リノリウムの床をペットボトルがはずんで転がった。わたしは理解した。わたしを許したのは一時の勢いで、本心からではなかったのだ。朝からの騒ぎでベッドがぐちゃぐちゃのままだった。ベッドを整えようと寝室に戻りかけた。

「でさ」クリーが大声で言った。わたしは足を止めた。「健康のこととか、そういうの、あたしよくわかんないんだよね。何を食べたらいいかとか、そういうのってあんたのほうが詳しいでしょ？ ビタミンとかなんとか」

わたしは部屋の戸口のところで振り向いて、彼女を見た。いま彼女は月面に立っていて、もしいまわたしが返事をすれば、わたしも彼女といっしょに月面に立つはめになる。彼女の隣で、あらゆるものから遠く離れて。そこはとても遠くに見えるけれど、手を伸ばせば触れることができる。

「そうね」わたしはゆっくり言った。「まず手はじめに妊婦用のビタミンを飲むべきだと思う。で、いま何週目なの？」〝何週目〟という言葉が、ごく自然に口からするりと出た。まるでその言葉が今までずっとわたしの口の中にあって、この瞬間を待っていたみたいに。

「たぶん十一週目ぐらい。わかんないけど」

「でも、子供は欲しいのね？」

「まっさか」彼女は笑った。「養子縁組に出すつもり。だって想像できる？　あたしだよ？」

わたしも笑った。「そうね、言っちゃ悪いけど……」

彼女は赤ん坊を抱っこする恰好をして、素っ頓狂な笑顔で右、左と乱暴にあやしてみせた。

十二週目、それはまだただの神経の管、背中のない一本の背骨だ。次の週になると神経のいっぽうの端が平たくなって頭になり、いずれ目になる小さな黒い点が両脇にできる。〈グローベイビー・ドットコム〉に書いてあるそうした成長過程を、わたしは毎週クリーに読んで聞かせた。「〝お通じがない？　それはあの厄介な妊娠ホルモンのせい。この時期は意識して食物繊維を摂るようにしましょう。〟」じっさいクリーは今週から便秘しているとわたしに打ち明けた。〈グローベイビー・ドットコム〉は、彼女がこれから経験するであろう変化を怖いくらい的確に予言した。まるで彼女の体がそのサイトの週きざみの指示どおりに行動しているみたいに。だからわたしは、大事な箇所は何度か繰り返して読むようにした。（「〝今週はヒレのような手足ができあがります。〟今週は、手と足。ヒレみたいな形ね」）わたしがうっかり一週飛ばそうものなら、細胞たちは所在なげに親指を回して次なる指令を待った。クリーはビタミンを飲み、わたしの作る料理を食べたが、こと妊婦検診となると拒絶反応を示した。

「近くなったら行くよ」彼女は寝袋の上で丸くなった。そのときはわたしも強くは言わなかった。こんなふうに彼女と話していると、なんだか決められた役割を演じているようだった。ビデオの〈女が道を訊ねる〉に似ていなくもなかった。〈女が若い妊婦の世話を焼く〉、とか。

「既成の病院や医者には診てもらいたくないの」何時間か経ってからクリーが口を開いた。「ぜったいに家で産みたい」

「それでも検査はしなくちゃ。もし何か問題があったらどうするの」まるでビデオであらかじめデイナのセリフを予習したみたいに、言うべきことがすらすら口をついて出た。

「問題なんかないよ」

「ま、それに越したことはないけれど。でもねえ、たまにちゃんとくっつかないことがあるらしいのよ。お腹の中に赤ちゃんのパーツがばらばらに入ってて、いきんだらチキンライススープみたいなものが出てきた、とかね」

ビンワリ先生がわたしたちに胎児の超音波画像を見せたとき、クリーは地球を外から見た宇宙飛行士みたいに泣くにちがいないと思ったが、彼女はスクリーンから顔をそむけてしまった。

「性別を知りたくないんで」

「大丈夫だよ、まだどっちかわからないから」とドクターは言った。それでもクリーは左右に開いた自分の両脚が視界に入らないよう、頑として目を天井に向けていた。今だけの話ではない。彼女はとにかく、こんりんざい胎児を見たくないのだった。

「ではお祖母《ばあ》ちゃんに見てもらいましょうかね。ほら、ここにまだ尻尾のなごりがあるでしょう」先生はスクリーンをこつこつ叩いた。

クリーもわたしもまちがいを訂正しなかった。わたしたちはもうレールの上を走りだしていた。善意の人々が母娘の周りに集まってきて、ドアを開けたり荷物を持ったりしてくれた。わたしたちはそれを拒まなかった。

彼女のもともとの体型からすれば、ふっくら母性的な感じになりそうなものなのに、このところはいかつい顎と、がさつな動作ばかりがやけに目についた。それと膨れたお腹が合わさると、なんともいえず妙な、ほとんど奇形じみた絵ができあがった。妊娠の度合いが進めば進むほど、クリーはどんどん女から遠ざかっていった。いっしょに外出したときなど、ほかの人たちが彼女を見てぎょっとしたり二度見したりするんじゃないかとあたりを見まわした。でもわたし以外は誰もそのことには気づいていないようだった。

「〝十七週目〟」わたしは読みあげた。「〝今週、あなたの赤ちゃんは体に脂肪がつきはじめ（われらがクラブにようこそ！）、さらに世界にたった一つしかない彼や彼女の指紋をもつようになります。〟」ちゃんと聞いているのかいないのかわからなかった。「ということは、今週は脂肪と指紋を作りましょうってことね」わたしは要約してあげた。クリーはコーヒーテーブルからカタツムリを一匹つまみあげてわたしに渡した。わたしはそれを玄関脇に置いてある蓋つきのバケツの中に入れた。リックがぜんぶそこに集めているのだ。

「〝あなたの赤ちゃんはいま体重一七〇グラムで、だいたいタマネギほどの大きさです。〟」

「〝あなたの〟はやめて。〝赤ちゃん〟だけでいい」

「赤ちゃんはタマネギの大きさなのね。〈読者からのアドバイス〉っていうところも読んでほしい？」

クリーは黙って肩をすくめた。

「〝読者からのアドバイス。マタニティ・ウェアに高いお金を払う必要なんかなし！　旦那さんのボタンダウンのシャツを借りればOK。〟」

クリーは自分のお腹を見た。タンクトップからビール腹がはみ出ているみたいだった。

「わたしのシャツでよかったら貸すけど」

わたしはクリーを自分の部屋のクローゼットに案内した。服はみんな洗濯してあったけれど、全体からそこはかとなくもわっと脂っぽい匂いが漂っていることに、いまになって初めて気がついた。クリーがハンガーをたぐりはじめた。ふいにグリーンのコーデュロイの長いワンピースを抜き出して、高く掲げてみせた。

「これか、例のレズビアン服」と彼女は言った。

ケイトの父親のマーク・クウォンとデートしたときに着ていった服だ。目ざとく見つけられてしまった。長袖で、ふくらはぎまで届く裾の一番下からスタンドカラーの首もとまで、小さいボタンがずらっと一列についていた。三、四十個ありそうだ。

「今でも似合いそうじゃん」

「うーん、どうかな」もっと年配の、白髪で本物の真珠のイヤリングをした貴婦人が着れば素敵に見えるかもしれない。でも中途半端に若かったり貧乏な女が着れば、どこかの国の自動小銃を構えた女兵士みたいになりそうだった。わたしはピンストライプの男もののシャツを出した。クリーはそれを持ってバスルームに入ったが、元のタンクトップのまま出てきた。

「あたしの趣味じゃなかった」彼女はそう言ってシャツを返した。

「自分で自然な感じがする？」わたしは訊いてみた。「その、妊娠してるのって」

「妊娠は自然だよ」クリーは言った。「既成の病院だの医者だのが、妊娠を不自然なものにしてるだけ」

　クリーの友だちのケリーは自宅のバスタブで出産した。ダイシャもだ。オーハイには、産んだ子供を〈フィロミナ家族協会《PFS》〉なるキリスト教団体を通じて養子縁組に出した女の子たちの一団がいて、みんな自宅で助産師に赤ん坊を取り上げてもらっていた。

「でもロスのこのあたりは病院もすごく進んでるんだし、わざわざそんなことしなくたっていいじゃない」

「あたしにあれこれ指図しないで」クリーはきつい目をして言った。瞬間、壁に突き飛ばされるんじゃないかと思った。でももちろんそんなことはなかった。そういうことは、もう終わったのだ。

〈オープン・パーム〉の同僚たちもみんな知っていて、そんな状態のクリーを受け入れるなんて、なんて心が広いんだと口々にわたしに言った。

「でもその前からうちにいたんだから……追い出さなかっただけよ」

「でもさあ、ほら」とジムが言った。「職場での立場を危険にさらしてまでだよ？」わたしの立場はまったく危険になんかさらされていなかった。スーザンとカールはしょっちゅう同僚たちに探りを入れては、クリーの近況を仕入れていた。だからわたしは定期検診のたびに最新情報を流すように心がけた。みんなわたしが父親が誰だか知っていると思っているようだったが、知らなかった。本当に、わたしは何ひとつ知らなかった。クリーにその話を切り出そうとすれば、わたしたちの過去を、シナリオや、わたしの裏切りを、記憶から呼び覚まさずにはおかなかった。過去は振り返らない。それが二人のあいだの暗黙の了解だった。

妊娠五か月めに、いちどフィリップの姿を見かけた。わたしがオフィスを出ようとしたら、彼のランドローバーが駐車場に入ってくるところだった。わたしはとっさにドアの陰に身をひそめ、彼が運転席に座ったまま誰かと電話で話すあいだ、二十分間じっとしていた。たぶん相手はキアステンだろう。考えたくなかった。すべては微妙な均衡の上に成り立っていて、それを乱したくはなかった。やっと自分の車に向かって歩きだすと、脚はふるえ、嫌な汗をぐっしょりかいていた。

毎晩のようにクリーがどたどたとバスルームに行き、ドア枠にぶつかり、出るときにまた同じようにぶつかる音が聞こえた。耐えられなかった。

とうとうある晩、ベッドの中からどなった。「気をつけてよ！」

クリーは棒立ちになった。半分開いた寝室のドアごしに、月の光を浴びた彼女が、まるでたったいま妊娠が自分に振りかかったように、ぎょっとした表情でお腹の膨らみに手を当てるのが見えた。

「相手はキース？」わたしは大声で言った。

クリーは身じろぎしなかった。起きているのか立ったまま半分眠っているのかもわからなかった。

「パーティに来てた誰か？　あのパーティのときなの？」

「ちがう」彼女がかすれた声を出した。「彼の家で」

つまりその男には〝彼の家〟と呼ばれるものがあって、そこでそれが起こった、それとはつまりセックスだ。もっと知りたくもあり、そんなこと知りたくもなかった。

「悪夢だよ」クリーはお腹に両手を当てたまま言った。

「そうなの？」もっともっと知りたかった。クリーはふらふら寝床のほうに歩きだした。「そうなの？」わたしはもういちど叫んだけれど、彼女はすでに半分眠りの中だった。顔を見るのもいやな赤の他人がお腹の中にいるのだ。それが悪夢でなくてなんだろう。


翌朝、わたしはもっとビジネスライクなアプローチをこころみた。

「万が一のときのために、子供の父親が誰か知っておくべきだと思うの。だって、もしあなたの身に何かあったらどうするの？　わたしはあなたの保護者なんだから」

クリーは驚いたような、ほとんど胸を打たれたような顔をした。

「相手には知らせたくない。あんまりいい人じゃないし」クリーは低く言った。

「あんまりいい人じゃないのに、どうしてそんなことするのよ」

「さあ」

「もし合意の上じゃないんだったら、警察に行かなきゃ」

「そうじゃない。ふだんはぜんぜん付き合うようなタイプじゃないってだけ」

それでどうやって合意に達したんだろう。投票でもした？　賛成のかたは挙手を願います。はい、はい、はい。わたしはアイロン部屋に行き、ペンと紙と封筒を取ってきた。

「絶対に開けないから。約束する」

クリーはバスルームに名前を書きに行った。出てくると、封筒を本棚の本と本のあいだに差しこみ、その前にソーダ缶のプルタブをきっちり置いた。まるで、いちど動かしてまた元どおりに置くことなど不可能だとでもいうように。


わたしのとった行動は素早かった。クリーが冷静になって、わたしを信用するのは危険だと気づいてしまう前に、セラピーの急患予約を入れた。わたしはおしっこ衝立の陰に隠れると、バッグの中を見てほしいとルース＝アンに頼んだ。

「封をしてある封筒と、してない空の封筒が一つずつあると思うんだけど」とわたしは言った。「封をしてあるほうを、開けてほしいの」

「破っていいの？」

「どんなふうにでも、いつも開けているやり方で」

不器用に紙を破く音。

「はい。開けた」

「紙に名前が書いてある？」

「ええ。読みあげてほしい？」

「いえ、いえ、いいの。男の名前？」

「ええ」

「そう」その男が衝立の向こうに立っているような気がして、わたしは目を閉じた。「その名前をメモしてほしいの」

「何に？」

「何でも、アポイント用のカードとか」

「はい、書いた」

「もう？」ということは短い名前だ。珍しかったり、長かったり、アクサンやウムラウトがやたらついている外国の名前だったりして、見直す必要のない名前。「オーケイ、じゃあさっきの紙をあいているほうの封筒に入れて、封をしてくれる？」

何か複雑な紙の音、それからゴンという音。

「何やってるの？」

「何でもない。下に落としちゃって。拾った拍子に机に頭をぶつけたの」

「だいじょうぶ？」

「ちょっとくらくらするかも」

「封、した？」

「はい、今した」

「そう。じゃあその封筒をわたしのバッグに戻して、名前を書いたカードはどこかわたしに見つからない場所にしまって」

ルース＝アンが笑った。

「何かおかしい？」

「いえべつに。とてもいい場所に隠したから」

「終わった？　もう出ていくけど、いい？」

「どうぞ」

ルース＝アンは目を大きく見開いて、両手を後ろに回して、にやにやしながら立っていた。床のカーペットには、びりびりに破かれた封筒が散らばっていた。なにかを公文書化する手続きには厳粛な気分がつきまとうものだ、たとえその証人が文房具店の店員であっても。わたしはもっとそういう感じを期待していた。

「何を隠してるの？」

ルース＝アンが両手を前にもってきて開いてみせた。何もなかった。彼女は部屋のいっぽうの壁のほうに、妙なぐあいに目玉を動かした。

「何なの？　どうしてあっちのほうを見るの？」

彼女の目玉がさっと元にもどった。唇をきつく結び、眉を上げて肩をすくめた。

「あそこにカードがあるの？」

また肩をすくめた。

「隠し場所は知りたくないの」わたしはカウチに腰を下ろした。「これってもしかしたら道徳に反することかもしれない」わたしは彼女が何か質問してくれるのを待った。診察時間はあと十分残っていた。ルース＝アンは椅子に座り、片手で肘を支え、もういっぽうの手で顎をさすりながら、もったいぶってうなずいた。なんだか滑稽に誇張したセラピストのキャラを演じているように見えた。子供のセラピストごっこ。「クリーとの約束は破りたくない」わたしは続けた。「でも、いざという時のために知る手段は確保しておきたいの。だって、もし何か問題が起こったら？　子供の父親の病歴を知る必要が生じたら？　それって、いけないことだと思う？」

何かが壁から滑り落ちた。ルース＝アンが目をまん丸に見開き、でもわざとらしく気がつかないふりをした。

「あれがさっきのカード？」

彼女が勢いこんでうなずいた。医師免許証の額の後ろに隠していたのだ。カードは床の上に落ちていた。わたしは目をそむけた。

「べつにイースターの卵みたいに隠さなくてもいいの。デスクの引き出しにでもしまっておいて」

ルース＝アンはカードに飛びつくと、自分のデスクではなく部屋の外の受付デスクまで走っていき、まるでカードが隙あらば脱走をこころみる性悪な生き物ででもあるかのように、引き出しをぴしゃりと閉めた。

「で、何の話でしたっけ」息を切らして戻ってきて、椅子に座ってまたセラピストのポーズを取ると、ルース＝アンは言った。

「それってていけないことだと思うかって、わたしが質問したところ」

「だからいま答えているつもりですよ」ふいにいつものノーブルで知的な態度に戻ると、彼女は言った。

「どういうこと？」

「あなたが子供の遊びをしたがっていたから、わたしもそうしたの」

わたしはカウチにどさっともたれかかり、乾いた涙で目頭が痛くなった。つくづくルース＝アンはいいセラピストだと思う。いつだってドラマチックなやり方で問題を浮き彫りにしてみせてくれる。

「カード、捨ててもいいわ」わたしは声をつまらせて言った。

「あなたの気が済むまでずっと預かっておきますよ。ねえ、人ってしょっちゅう子供じみたいたずらをするものなの。自分の遊びから逃げないで、ちゃんと認めてあげて。『そうか、わたしは子供みたいに遊びたいのね。でもどうして？　なぜわたしは子供みたいになりたいんだろう？』」

その質問に答えさせられるのは怖かった。

「もう一度、生まれてみたいと思ったことはない？」ルース＝アンが訊いた。

「生まれ変わるっていうこと？　宗教的な意味で？」

「生まれ直し療法《リバーシング》。あなたには有効なんじゃないかと、ブロイヤード先生と話し合ったの」

「ブロイヤード先生？　あの先生にわたしのことを話したの？」

彼女はうなずいた。

「〝患者の秘密保持は？」

「医者どうしは別ですよ。呼吸器の医師が神経科医に情報を開示しないと思う？」

「ああ、なるほど」自分がそこまで深刻な状態だとは思ってもみなかった。

「わたしたちは」——彼女は壁の修了証のほうに手を振った——「二人一組で治療をする資格を持っているの」

わたしは目をこらして修了証の字を読んだ。〈**超越リバーシング法　上級　修了証書**〉

「どうしても、やる必要があると思う？」

「どうしても必要か？　いいえ。人間にとって必要なのはちゃんと食べて生きることだけです。あなた、お母さんのお腹の中で幸せでしたか？」

「さあ、わかりません」

「わたしたちの治療を一回受ければ、それがわかるようになりますよ。最初一つの細胞だったあなたが胞胚になり、激しく伸びたり縮んだりした、そんな記憶をぜんぶ思い出すの」ルース＝アンは苦悶の表情を作り、上半身をぶるぶるふるわせながら苦しげに縮め、それから思いきり伸びをした。

「その激変の記憶があなたの体の中には残っているんです。小さい子供にとっては大変な重荷よね」

わたしは自分が床に寝そべって、ルース＝アンの股間に頭のてっぺんを押しあてているところを想像してみた。「ところでブロイヤード先生は何のためにいるの？」

「いい質問ね。赤ちゃんには受胎以前の、二つの生物だったときの記憶もあると考えられているんです――つまり精子と卵子。だからそこから始める必要があるの」

「受精から？」

「もちろん象徴としての、儀式的な受精ですよ。ブロイヤード先生が精子を、わたしが卵子の役を演じます。そこの待合室が」――彼女は待合室を指さした――「子宮になって、あなたはそのドアを通って生まれてくるんです」

わたしはドアを見た。

「今週末、先生が奥さんといっしょに特別にこっちにいらっしゃいます。日曜日の三時は空いている？」

「ええ」

ルース＝アンが時計を見た。もう時間は過ぎていた。

「あの、これ――？」床に散らばった封筒の破片を指さして、わたしは言った。

「ありがとう」ルース＝アンが携帯のメッセージを確認する横で、わたしは膝をついてちぎれた封筒をかき集めた。彼女のごみ箱を散らかすのは気が引けたので、そのまま家まで持ち帰った。

本と本のあいだに封筒を差しなおして空き缶のプルタブを元の場所に置くと、〈グローベイビー・ドットコム〉にアクセスして、サイト内をすみずみまで検索した。胞胚が伸びたり縮んだりするなんて、どこにも書いてなかった。わたしはマンガふうの胎児のイラストを見ながら爪を噛んだ。

このサイトはべつに手順書じゃないのだ。もしクリーのお腹の子がわたしの読みあげる指示どおりにやっているとなると、成長過程に重大な抜けが生じてくるかもしれない。やる気のない胎児が、メールをチェックしつつガムをくちゃくちゃ嚙みつつ、いいかげんに臓器を形成している図が思い浮かんだ。

奮発してお急ぎ便にしたおかげで、『胚発生《エンブリヨ・ジェネシス》』は次の日届いた。全九百二十八ページの大著は週ごとにきちんと分かれていなかったので、頭から読むのがいちばん確実に思われた。わたしはクリーがケールとテンペの食事を済ませるまで待った。そして彼女がカウチに落ちつくと、咳ばらいを一つした。

「〝何百万もの精子の大群は上へ上へと泳いで子宮に達し、さらには卵管にまで──〟」

クリーが片手を上げた。「ちょ、ストップ。そんなの聞きたくないんだけど」

「もう起こっちゃったことだから。これはただのおさらい」

「でも、あたしが聞く必要ある?」クリーはスマホとイヤホンを手に取った。

「音楽はちょっと邪魔なんだけど──その子にわたしの声が聞こえなくなるから」

「平気だよ、あたしの頭は上のほうだから」

クリーはスマホの画面をスクロールすると、重低音のビートの音楽を見つけ、どうぞ続けて、というようにわたしに顎をしゃくった。

「〝勝者となった精子は──〟」わたしはクリーの丸いお腹に顔を近づけて唱えた。「〝卵子と結合し、精子の細胞核と卵子の細胞核が合わさって、一つの新しい細胞核を形成します。細胞膜と細胞核が融合することにより、二つの配偶子は一つの細胞、すなわち受精卵となります〟」わたしの目に、その受精卵の姿がありありと浮かんだ──ぷっくりと丸くつややかに輝いて、自分が二つのものだったころの記憶を痛いほど鮮やかに宿しながら、ずっと一つのものとして生きていく孤独を運命づけられた、受精卵。その寂しさは永遠に消えることがない。クリーは目を閉じ、額に汗を浮かべていた。そう遠くない昔には、この子も二つの生き物——カールの精子とスーザンの卵子——だったのだ。そして今また同じことが彼女の胎内で繰り返されようとしている。また一つ、寂しい生き物がせいいっぱい自分を組み立てようとしている。

次の日の朝、わたしは同情のこもった目で上司夫妻を見た。自分たちの体から作られたものだもの、口ぐらいきいてほしいと思うのも無理はなかった。もう何か月も、スーザンとカールはクリーから電話一本もらっていなかった。二人はできるかぎりわたしから離れた場所に座り、テーブルの上で両手を組んで礼儀正しく壁を築いていた。ジムがわたしに励ますような笑みを送ってよこした。今日はわたしが理事になって初めてのミーティングなのだ。テーブル脇の、以前のわたしの席にはサラが座って、議事録をつけていた。わたしの加入が正式に承認され、フィリップの辞任が報告された。

「フィリップは健康状態が思わしくないらしい」とジムが言った。「そこでお見舞いにチーズの詰め合わせを贈ることを提案します」というよりも、後ろめたくて顔を出せないんだろう——そうでなきゃ嘘だ。十六歳！　十六歳の子供と付き合うだなんて！　クリストフ以下倉庫のスタッフに退職金を出す案にスーザンが難色を示すと、わたしは思わず椅子から立ち上がり、労働組合の古参さながら拳を高々と突き上げた。フィリップの後任だと思うと、気持ちいいくらい大胆になれた。多数決でわたしの意見が通り、スーザンは口の形だけで「やられた」とわたしに言った。彼女は初めて会う人間を見るように、わたしの髪や服をしげしげ眺めていた。わたしはサラに向かって「ミス・サラ」と、召使いにするように呼びかけた。スーザンが面白がって笑い、〝ミス・サラ〟にコーヒーのお代わりを持ってくるように命じた。

「いや座っていいよ、サラ」とジムが言った。「この人たちはふざけてるんだから」わたしはスーザンとの同胞意識に酔いしれた。今までずっと友だちになりたいと思ってきたけれど、彼女は友だちなんか必要としていなかった。ところが好敵手――それが彼女を振り向かせた。ミーティングがお開きになると、スーザンとわたしは給湯室で黙って紅茶を淹れた。わたしは彼女が会話のきっかけを作ってくるのを待った。わたしが紅茶をひと口飲む。彼女も紅茶をひと口飲む。しばらくしてわたしは気がついた。これが会話なんだと。今まさに、わたしたちは語り合っているのだ。彼女は自分の子の面倒を見ることをわたしに許可し、わたしも謹《つつし》んでその任を受けた。ナカコが入ってくるのと入れ替わりにスーザンは出ていった。これからもわたしたちは、互いを敬いつつ距離を置きつづけることだろう。

地下の駐車場には車を駐《と》めないよう、前もってルース＝アンから言われていた。土日は係員がいないのだ。車は路上に駐めた。エレベーターに乗りこむと、中に掃除のおばさんがいた。わたしが乗ってドアが閉まると、すかさずウインデックスでドアを拭き、それから階数ボタンも拭いて、拭きながら全部のボタンを点灯させていった。でも親切にも、わたしが押したのより下の階には触れなかった。

診察室のドアは閉まっていた。わたしのほうが早く着いたらしい。生まれ直し《リバーシング》の最中に鳴るとまずいから、携帯の電源を切った。廊下に座りこんだ。二人とも、もう十五分ちかい遅刻だった。もしかしたら、こっちは本業ほどには身が入っていないのかもしれない。軽く考えているんだ。じゃあ時間きっちりに来たわたしが馬鹿みたいじゃないか。しばらくして、約束の時間は二時ではなく三時だったことを思い出した。まだあと四十分ある。わたしはうろうろそのへんを歩きまわった。休日は誰も働いていないらしく、ビルの中はしんとしていた。ルース＝アンの診察室は、長い廊下をべつの長い廊下とつなぐ長い廊下の、ちょうど端にあった。つまりH字形だ。それがわかったのは収穫だった——今までずっと、このビルの間取りがよくわかっていなかったから。**ほかに何かこの時間を有効活用する方法はない？** そう自分に問いかけた。**わたしに必要なことで、今ここでできることって何だろう？** わたしは診察室のドアまでジョギングし、角を曲がり、すべての廊下をジョギングした。これはすごくいい運動になるし、距離も馬鹿にならない。Hを三、四十往復すれば一マイル、二百カロリーくらいになるかもしれない。七Hめぐらいで早くも汗だく、息もあがってきた。エレベーターの前にさしかかったとき、ちょうど停止音が鳴った。わたしは足を速め、ドアが開くより早く角を曲がった。

「でも週末は駐車場の係の人が仕事をしないのよ」ルース＝アンの声がした。「いつもそう」わたしは診察室のドアの前も過ぎ、角を曲がった。息を整えて汗をぬぐう時間が欲しかった。

「ああ、しまった」彼女が言った。

「どうした？」

「ちがう鍵を持ってきちゃった。キーホルダーを新しくしたから、それで……」

「ええっ、なんてことだ」

「家に取りに帰るべきかしら？」ルース＝アンの声は妙に甲高かった。馬に乗ったネズミみたいに。

「戻ってくるころにはもう終わりの時間になってるよ」

「わたしが戻るまで、あなたが一人でやるのは？」

「廊下でか？　彼女に電話してキャンセルしろよ」

ルース＝アンがわたしの番号を探しているらしき間《ま》があった。

「だめ、すぐに留守電につながっちゃう。きっと今ごろ車を駐めているのかも。たぶんもうすぐ来ると思う」

まだ息は荒く、鼻もスピスピ鳴っていた。廊下をもっと奥まで行っておけばよかったが、いま動くのは危険だった。

ブロイヤード先生がため息をついた。「結局いつだってうまくいかないよな」飴の包み紙をむくような音がした。口の中で何かがカチカチ音をたてている。「どうしてなんだろうな」

「リバーシングのこと？」

「いや――こっちが家族といるときにきみが小細工して僕と会おうとすることだよ」

ルース＝アンは黙っていた。長いこと、どちらも何も言わなかった。彼が飴を噛みくだいた。

「彼女は本当に来るのか、それともこれをきみはやりたかったのか？　二人で廊下に突っ立って――何をするんだ？　ファックか？　それがきみの望みか？　それともしゃぶるか？　犬みたいにおれの脚にあそこをすりつけたいか？」

頭上の通風口から何かよくわからない甲高い音が聞こえてきたと思ったら、それが砕けて、水気を含んでもつれあう、わななくような息の音に変わった。ルース＝アンが泣いているのだ。「本当に来るの。嘘じゃない。本当の治療なの。信じてほしい」

ブロイヤード先生は腹立たしげに飴をがりがり噛んだ。

わたしは髪を耳にかけ、眉毛をなでつけた――お互い気まずい思いはするけれど、少なくとも彼女が嘘つきじゃないということはこれで証明できる。大きく息を吸いこんで、思い切って一歩踏みだして角を曲がろうとした。

「もしかして――」激しく泣きじゃくりながら、彼女はやっとのことでそう言った。「もしかして、わたしにそうしてほしくて言ったの?」――それから甲高く裏返った声で言った――「しゃぶってほしくて?」

わたしは音を立てずにすっと後ずさった。姿は見られなかった。

「ちがうよルース゠アン。そんなつもりで言ったんじゃない」彼はもう一度、さっきよりもっと大きなため息をついた。

「でも」と彼女は言った。「なんならわたし、してもいいのよ」つまった鼻と流れるマスカラで、無理やり上目づかいに笑顔を作るのが見えた気がした。

はじめのうち、彼女は彼のことがむしろ嫌いだった。傲慢で、自分に都合の悪いことには目をつぶる人だとわかった。自分の欠点を彼女に指摘されて、彼は驚いた。愕然とした。思い知らせるためにこの女と寝てやりたいと思った。だが彼には妻がいて、そうまでする価値はないと思った。彼女は見た目も理想のタイプではなかった――やや年増すぎたし、肩まわりがごつすぎたし、顎もいかつかった。彼女にもそれがわかった。まるで彼に面と向かって「きみは年増すぎる、肩まわりがごつすぎるし、顎もいかつい」とはっきり言われたように。その屈辱が彼女を惹きつけた、それと、彼が既婚者であるということが。三度三度の料理と、子供たちの便の硬さチェックに血道をあげる彼の家庭的な妻のことを想像すると、彼女は激しく奮い立った。そしてついに彼は陥落した。ある夜リバーシングの講座を終えたあと、彼は妻との仲がうまくいっていないことを酔った勢いで打ち明けた。彼女が例の取り引きを持ちかけたのは、その夜のことだった。彼女は、それを一種のセラピーだと言った。彼は彼女を全面的に信頼すると言い、最初の数か月はその信頼が二人の関係の原動力だった。彼女は彼の受付係になったが、むしろ彼のほうが彼女の部下だった。二人の関係においては、彼の一挙一動を彼女が導いた。それはとても心地よく、彼は彼女をほんの少し愛しさえした。彼女も満たされ、心おだやかだった。彼がしだいに自信をつけるにつれ、ゲームは熱を帯びた。彼にとってそれはエアロビクスのような心おどるスポーツだった。彼女の筋肉質の体つきやたくましい肩幅を美しいと思える瞬間さえあった。小柄な女だったらすぐにばててしまうだろうが、彼女は荒々しく疲れ知らずだった。

だがけっきょくは彼女のほうが強くそれを求めるようになり、そのせいで彼女は彼より低い存在になった。すでに地面に寝ている女を倒すことはできない。二人の性交渉はしばらくは形だけ続いたが、やがて通りすがりに尻に触れる程度になり、ついにはまったくなくなった。それからもう何年も経つ。

「どこに行くの?」彼女が泣き声で言った。

彼がまっすぐわたしのほうに歩いてきた。壁の向こうから彼の腕が伸びてきて角をつかみ、壁を利用して肩をストレッチした。わたしのおでこすれすれのところに彼の手があった。にらみつけると、手は引っこんだ。彼は太い息を吐き、ルース=アンのところに戻った。

「きみに正規の給料を払わせてくれ。アムステルダムの僕の秘書はきみの三倍もらっている」

「だって、その人は本物の秘書でしょう」

「きみは本物の秘書だ」

平手打ちをくらったように、彼女は黙った。

「今のきみと本物の秘書と、何がちがうんだ? 教えてくれ。何年もだルース=アン、もう何年もだ」

**契約書**、とわたしは念じた。**契約書の文言のことを言うのよ。**

彼女は何も言わなかった。

「きみが正規の給料を受け取らないのなら、だれか受け取る人間を雇う」

ルース＝アンが咳ばらいした。「いいわ。べつの人を雇って」冷静で明晰な、いつもの彼女の声に戻っていた。

「そうさせてもらうよ。ありがとう。それがお互いのためだ」と彼は言った。「もう行こうか」

「先に行って。わたしはもう少しここで待つから」

ブロイヤード先生はうんざりしたように笑った。私が来ることを、まだ疑っているのだ。「本当にいいのか？」

いいわけがなかった。火を見るよりも明らかだった。ルース＝アンは彼に最後のチャンスを与えているのだ。わたしを選んで、わたしとここにいて、末永くいっしょにいて、わたしの面倒くささをすべて受け入れて、そして愛と性の新たな世界で共に生きて、と。

「ええ、いいわ」彼女がまとった笑顔が見えるようだった。これが最後よ、その笑顔は言っていた。今を逃したら、二度とチャンスはないのよ。

「こっちにいるあいだはヘルゲといっしょだから、もう会えない。アムステルダムに帰ったら電話で話そう。いいね？」

彼女はたぶんうなずいたのだろう。彼はエレベーターのほうに向かった。彼がボタンを押し、そうしてわたしたちは、わたしとわたしのセラピストは、この場面が終わるのを黙っていっしょに見届けた——彼がすでに去り、でもまだわたしたちといっしょにここにいる、この場面の最後を。エレベーターが勢いよく昇ってきて、ドアが開いて閉まり、そして長い道のりを降下していく音を、わたしたちはいっしょに聞いた。音はしだいに小さく遠ざかりながら、でもいつまで経っても終わらないように思えた。彼女が泣きながら壁をずるずる滑って床にへたりこんだ。冷房なのか暖房なのか、ビルのどこかで何かがふいに停まり、静けさが一段と増した。彼女の湿ったしゃくり上げを、わたしは聞くまいとした。しばらくすると彼女は派手な音をたてて鼻をかみ、バッグを拾い、帰っていった。

ぬくぬくとした自分の車に戻り、クリーのいる家をめざして運転すると、やっと人心地がついた。携帯を見た。新着メッセージが一件あった。

「ハイ、シェリル。こちらルース゠アン、今は日曜の午後三時四十分です。三時の予約のリバーシングの治療に来ませんでしたね。二十四時間以内にキャンセルの連絡をいただかなかったので、料金は全額いただきます。わたしあてに小切手を切ってください。では、火曜日のいつもの時間にお待ちしています。お大事に」

もう無理だ。わたしはすぐに電話をかけ、急患のアポをメッセージに吹きこんだ。たったいま自分のしたことを彼女に話して、彼女に対するイメージが揺らいでしまったと正直に伝えよう。今の彼女はもう、哀れでみじめな、男にすがりつく女にしか見えなかった。

「ふむふむ、なるほど」もしかしたら彼女はそう言うかもしれない。「いいわね。続けて」じつはこれこそが治療のカギだったのだ——原初の母親と父親のあのやり取りを、わたしが目の当たりにすることが。

「でもわたし、盗み聞きしたのよ?」わたしは驚いて叫ぶ。

「あなたがスパイ、あるいはいたずらな子供の役割を演じることが、治療には不可欠だったの」彼女は声を弾ませて言う。二十年のセラピスト人生で初めて、患者がフィールドをシフトするところに立ち会って、興奮しているのだ。〝フィールド・シフト〟というのは精神医学の専門用語で、すべての物事がその本質をあらわにし、すべての疑問が解決し、治療者と患者、双方の意識が覚醒する、そういう状態のことだ。その結果、両者のあいだには真の友情が築かれ、セラピストはその落成記念に今までの治療費を全額一括で患者に返金する。ブロイヤード先生が、ぞんざいな自分の似顔を描いた仮面をかぶって登場し、廊下でのあの一連のやり取りはすべて仕組まれたお芝居だったことを明かす――そう、つまりあれこそが生まれ直し《リバーシング》だったのだ。

「きみは受胎の解体を目撃し、そしてそれを乗り越えた。よく頑張ったね」

「でもわたしが早く着きすぎるって、どうしてわかったんです？」わたしは半信半疑の、ほとんど怪しむような調子で訊ねる。

「腕時計を見てごらん」ブロイヤード先生が言う。見るとわたしの時計は一時間遅れている。ブロイヤード先生が仮面を脱ぐと、その下からよく似た本物の顔があらわれ、続いてルース＝アンも自分の顔を仮面のように脱ぐふりをする、そして彼女の顔の皮膚は少々たるんでいるので一瞬ほんとうにぺろりと脱げてしまいそうに思える。でもさいわい脱げない。わたしたち三人は声をたてて笑い、笑うことの心地よさにさらに笑う。いい肺のマッサージだ、誰かが言う。

　こうなるともう急患アポも必要がない気がしたけれど、でもけっきょく行くことにした。本当に今までの治療費を全額一括で返してくれるかどうか知りたかったのだ。一見ありそうにないことだったけれど、もし本当にフィールド・シフトをやってのけたんだったら、それくらいは当然だった。ただしフィールド・シフトなんていうものが本当にあればの話だったけれど、レザーのカウチに座った瞬間、そんなものはないことに気がついた。わたしはあの日早く着きすぎたこと、やり取りをすべて聞いてしまったことを彼女に話した。

　ルース＝アンが目を丸くした。「どうして声をかけなかったの？」

「わからない。本当に自分でもわからないの。でも、わたしがスパイの役割を演じることが大事だったとは思わない？　スパイっていうか……」言いながら、もうちがうのがわかった。「いたずらな子供っていうか？」

「理解できない、どうしてそんなことができるの？」彼女は顔を両手で覆った。「ひどすぎる」

もしかしてこれもお芝居のうちなのかも？　わたしは試しにちょっと笑ってみた。

「ちなみにだけれど、あなたのしたことは正しいと思う」とわたしは言った。「彼と別れたこと」

ルース＝アンは立ち上がり、ひと呼吸おくために長い髪を後ろで束ねると、わたしとのセッションはこれで終了だと告げた。

「もうこれ以上できることはありません。あなたが患者の秘密保持のルールを破ったから」

「それって患者を護るためにあるものでは？」

「双方向なのよ」

わたしは次にどうなるか、黙って待った。

「では、さようなら。今日の治療は途中で終わったので、料金は割り引きます。二十ドル」

どうやら本気で言っているようだったので、わたしはバッグの中から小切手帳を出した。

「現金はないの？」

「ええ、ないみたい」わたしは一ドル札ばかり入っている財布の中を見た。

「いくらある？」

「六ドルとか？」

「それでいいです」

わたしは六ドルを渡したが、うち一枚はいつかテープで貼りあわせようと思いながらもう何年も持ち歩いていた、半分に破れた一ドル札だった。

「これは結構」と彼女は言った。

駐車場から出ていくわたしの車を、十二階の窓からルース＝アンが見ているのが気配でわかった。セラピーってすごいな、とわたしは思った。こんなふうに放っぽり出されてみると、たしかにいろいろな感情がわいてくる。彼女としたセッションのなかで、これがいちばん効いた。

# 9

クリーのマタニティ・クラスに来ているのは全員が二十代か三十代の女で、そうでないのはわたしと同年代の講師のナンシーだけだった。二十年前、彼女が子供を産んだときの産科がどんなだったかという話をするたびに、ナンシーはわたしのほうを見た。わたしも昔を思い出すような顔でしみじみうなずいた。そうしないわけにいかなかった。時にはナンシーといっしょにやれやれというように笑ってみせたりもして、するとクラスの若いカップルたちはみんなわたしに尊敬の笑みを向けた。そんな大変な経験をして、いまは美人だけれどかわいそうにシングルの娘をサポートしている母親。いざお産というときに、陣痛の間隔の測り方や痛みをやわらげるためのイメージ法を忘れてしまったら読むようにと、色分けされた数冊セットの小冊子が全員に配られた。わたしたちはいきみ方を学び（おしっこをするときの要領）、分娩の最中に飲むべきものについて学び（エナジードリンクとハチミツ）、出産直後に食べるものについて学んだ（自分の胎盤）。クリーはそれをいちいち熱心にメモしているように見えたけれど、ノートをよく見ると、どのページも退屈しのぎの渦巻きもようで埋めつくされていた。

最後の三か月《トリメスター》で筋骨格と血液系の生成が完了すると、クリーはいっさい動くことをやめた。はちきれそうに膨らんだ体でカウチにどっかりと根を下ろし、あれを持ってきて、これを持っていってとわたしに頼んだ。まさにバターカップ姫だ。

「クラスでナンシー先生が言ってたこと、忘れたの」わたしは言った。

「何よ」

「とにかく体を動かさないとだめだってこと。その子の親になる人たちだって、あなたが一日じゅうテレビばっかり観ているなんて知ったらがっかりするんじゃない」

「残念でした、これその人たちのお気に入りの番組なの」クリーはそう言って『爆笑！ ホームビデオ傑作選』のボリュームを上げた。「だから今のうちにこの子にも慣れさせといたほうがいいの」

「誰のお気に入りの番組って？」

「この子の里親。エイミーとゲイリー」

クリーは空き缶から鼻が抜けなくなったまま歩きまわる犬を観て、けらけら笑った。

「会ったの？」

「え？ 会ってないよ。ユタかどっかに住んでんだもん。ホームページで選んだの」

〈ペアレント・プロフィール・ドットコム〉のことだ。フィロミナ家族協会の担当者が、何か月か前にリンクをクリーのところに送ってきていた。

「どうしてエイミーとゲイリーなの？」わたしは何ページも何ページも続く清潔で子供が欲しくてたまらない夫婦たちをクリックしながら言った。「なんでこのジムとグレッチェンじゃないの？ ダグとデニースは？」

「お気に入りがよかったから」

わたしは二人のお気に入りをクリックした。エイミーの好きな食べ物はピザとナチョス、ゲイリーが好きなのはコーヒーアイスクリーム。二人が共通して好きなのは犬とヴィンテージ・カーのレストア、そして『爆笑！　ホームビデオ傑作選』だった。ゲイリーは大学フットボールとバスケットボールのファン。エイミーのお気に入りのクリスマスの行事はジンジャーブレッドのお家作り。

「どのお気に入りが気に入ったの？」

クリーはわたしの後ろから画面をのぞきこんだ。

「なんか、アヒルがどうとかっていうのなかった？　下に送って」彼女は眉間にしわを寄せて画面を見た。「べつの人だったかな。でもジンジャーブレッドの家——これなんかも好き」

「それが決め手？」

「そうじゃないけど。でもほら見て、この納屋」彼女はいちばん上のサイトのタイトルロゴの写真に指で触れた。

「これはイメージ写真よ。どのページにもついてるの」

「ちがう、この人たちの納屋だってば」彼女はその納屋をクリックしようとした。「ま、何でもいいよ。もう決まったんだし」

「この人たちにメールしたの？」

「キャリーがね。ＰＦＳの。あたしはべつに会う必要ないし」

本当にそうしたらしい。必要書類ももう提出済みだった。

「どこか事務所に行ってサインしたの？」

「キャリーがなんかメールしてきた。ぜんぶパソコンでできるの」

カタツムリが一匹、本棚を這っていた。わたしはつまんでリックのバケツに入れた。

「父親の名前も書いたの？」

「わからないって書いといた。言わなきゃいけないっていう法律はないから」

わたしはもう一度エイミーとゲイリーをクリックした。二人とも感じはよかったが、問題はゲイリーだった。サングラスをかけていないのに、サングラスをかけているように見えた。クールなタフガイ気取り。〈私達から貴女への手紙〉をクリックしてみた。「きっと貴女は今、人生のとても苦しい時期を過ごしている事でしょう。貴女がお子さんに示す愛情と思いやりは、計り知れないくらい大きな物だと私達は思っています」わたしは振り返ってクリーを見た。

「いま人生のとても苦しい時期だって、自分で思う?」

クリーはどうかなと確かめるように部屋の中を見まわした。

「いや、ぜんぜんオッケーだと思う」彼女は何度かうなずいた。「うん。すごくいい感じ」

わたしは誇らしさに顔をしかめた。「たぶんホルモンね」

わたしはこれが向いていた。わたしは良い母親だった。このことをルース＝アンに言いたかった。彼女が知らないのだと思うと胸が苦しかった。いや、もしかしたら知っているのかもしれない。わたしは今も彼女に見守られているのかもしれない。わたしは髪を耳にかけ、パソコンに向かってほほえんだ。

「〈グローベイビー・ドットコム〉に行って」とクリーが言った。

わたしは『胚発生《エンブリヨ・ジェネシス》』の表紙を指でさわった。「筋骨格系を最後までやったほうがよくないかしら。そこのところ、手抜きしないほうがいいと思うけど」でも、予定日はすでに三週間後に迫っていた。ここから先はもう、案内なしでも彼女の体が自力で仕上げられるかもしれない。わたしは〈グローベイビー・ドットコム〉をクリックした。

〝お腹の赤ちゃんに話しかけたり、歌ったり、ハミングしたりすることで、楽しみながら絆を深めることができます。さあ、喉の調子を整えて、ミュージカルの開幕です！〟

「子供と絆なんか深めたくなかったら？」クリーがテレビに目を向けたまま言った。

わたしは咳ばらいをして、ちょっとハミングしてみた。「じゃあ、わたしがやってみてもいい？」

クリーはリモコンでチャンネルを変えてから、シャツをめくった。

すごい大きさだった。おへそから下に向かって、不気味な黒い筋が一本走っていた。熱が顔にあたるほど唇を近づけると、彼女はぴくっとした。

わたしは高くハミングし、低くハミングした。いにしえの智恵をたたえた異国の賢者のように、一つの音を長く引っぱってハミングした。しばらくすると、低音が二つに割れて和音を奏ではじめ、つかのまトゥーヴァ族のあの美しいホーミーを奏でているような気持ちになった。

クリーは目をテレビに向けたままだったけれど、唇をきつく結んで、わたしに声を合わせるようにハミングを始めた。この子は怖がっている――ふいにはっきりとそれがわかった。たったの二十一歳なのに、もうあと何日もしないうちにこの家で、事によるとこのカウチの上で、お産をするのだ。わたしは彼女を安心させるように歌った。きっとぜんぶうまくいく、そうハミングした。なんにも心配いらないからね。クリーのお腹が急に跳ねて、わたしの口に当たった。赤ちゃんが蹴ったのだ。わたしたちは驚いて、ユニゾンで一段と声を張りあげた。最後、やめどきがわからずにぎこちない終わり方になったらどうしようと心配したけれど、ハミングはだんだん小さくなって、自然にやんだ。まるで声が自分から去っていったように。列車のように。

その時が近くなると妊婦の顔はむくんでくると、マタニティ・クラスでは教わった。あるいは巣作りの本能に駆られて、壁をやたらと拭きはじめる。二番めのほうは想像できなかった――クリーはたぶんスポンジの場所も知らない。

彼女が夜明け前に起きてきて、家の中で猫がおしっこをしたと言いだした。

「このへん、嗅いでみて」クリーはわたしの本棚のあたりをくんくん嗅いだ。わたしにはわからなかった。彼女は見えない侵入経路をたどって、家の中を嗅いでまわった。「どっかから入ってきて、おしっこをして、また出てったんだと思う」シャワーカーテンを勢いよく開けた。「入ってきた穴を見つけ出すしかないと思う」そんなわけで、わたしたちは朝早くから穴の捜索にいそしんでいたが、とつぜんクリーがはっと息をのんでカウチに座りこんだ。彼女はお腹の下側に両手を当て、驚愕の目でわたしを見あげた。陣痛だ。

「もしかして、猫じゃない？」わたしは言った。

「うん、猫じゃない」まるでわたしの察しが悪いみたいに、彼女は鋭く言った。

わたしはすぐに助産師に電話をして、猫のおしっこのことから穴のことから陣痛のことまで事細かに説明した。医者ならともかくも、相手は助産師歴十五年のベテランだ、どんなささいな情報も参考になるはず。「もうそろそろ来てもらったほうがいいでしょうか？」わたしは必死さを押し殺して言った。「それともまだ早すぎる？」

「いまアイダホなのよね」と助産師は言った。「でも大丈夫、すぐに戻るから。なるべく急いで運転するわ」

「え、車？」

「友だちの車をロスまで運ぶことになってるの」すぐに結論を出してしまう前に、わたしは相手の身になって考えてみた。どうするべきだろう、車では戻らないとか？　友だちって、いったいどういう友だちだろう。助産師を友だちに持つような人。

「やっぱり病院に行きます」

彼女が笑った。「だーいじょうぶ、みんなもうすぐにでも赤ちゃんが産まれちゃうように思うけど、あと十二時間は出てこないから。ひとついいニュースを言うと、いつでも好きなときに電話してくれていいですからね。完璧に出られるようにしておくわ」

わたしはクリーに、大丈夫、あと十二時間は出てこないからと言った。

「そんなに長くこれをやれない」クリーが呻くように言った。カウチを爪でしきりに引っかいた。

「PFSのキャリーに電話して、里親に連絡してもらおう」クリーの胸のあたりで聞いたことのないような低い音がして、彼女が目をむいた。

「あなたの両親に電話したら?」わたしは言ってみた。

「死んでもいや」

陣痛が教わったよりも長く、間隔も短かったけれど、そもそも測り方がこれで合っているかどうか自信がなかった。それにこんな初期の段階ではまだ測らないことになっていた。クラスでもらったブルーの冊子を見ると、友だちを家に呼びましょうとか、映画を観たりダンスに行きましょうなどと書いてあった。そんなこと、これまで一度もいっしょにしたことがなかったが、いちおうクリーに言ってみた。

「どれかやってみたい?」

クリーは首を振り、世にも恐ろしい呻き声をあげた。わたしは途中を飛ばしてピンクの冊子を開いた。そしてクラスで習ったイメージ法をやってみることにした——一回一回の陣痛を山に見立てるのだ。「頭の中に山をイメージして、さあ途中まで来た、さあ頂上に着いた、これから反対側に下りていってどんどん楽になる、はいもうほとんど終わった」

「無理、イメージできない」クリーがかすれ声で言った。「あたし絵で考えるタイプじゃないから」

わたしはなんとかリアリティをもたそうとして、岩でごつごつした頂上とか、高くそびえる山の威容をあれこれ描写した。「一ドル札についてる絵を思い出して。ほら、あの山」わたしは自分の財布を出した。一ドル札に山はついていなかった——ピラミッドだった。「これをよく見て。いまはここ、ふもとよ」わたしは汚い一ドル札をクリーの顔の前に突き出した。

「わかった」クリーは小さなピラミッドを一心に見つめた。「来た」わたしは陣痛の進みぐあいに合わせて、ヘアピンの先でピラミッドの側面の急傾斜をたどっていった。「速すぎる」クリーが言った。ピラミッドがうんと小さいので、最初のうちはゆっくりやるのは難しかった。でもすぐに慣れて、新しい波が来るたびにクリーが一ドル札をつかんでわたしに突きつけ、二人でいっしょに頂上に浮かんでいる目をめざして斜面をのぼっていった。これは政府が国じゅうの出産中の女たちのために配布した道具だ。何度も繰り返し使えて、一度に一つの陣痛が買える。

朝の七時、リックが鍵を使って家に入ってきた。わたしたちはちょうどピラミッドの真ん中あたりだったので、声をかけなかった。リックはトイレを使い、戸口に立ってわたしたちのほうを見た。山を越えると、クリーがあの人を追い出してとわたしに言った。

「庭のほうにいますから」リックは言って、そうっと出ていこうとした。

「声を聞かれたくない」クリーが悲痛な声で言った。「窓から覗かれるのもいや」

リックはしゅんとなって、足音を忍ばせて出ていった。わたしの携帯が鳴った。

「わたしよ」助産師だった。「どう、どんな具合?」

「なんとか。イメージ法をやってるところです」

「そう、とてもいいわ。花が開くやつ?」

「いえ、山のほう」

「このへんも高い山がいっぱいよ。アイダホは行ったことがある？」

「まだアイダホなの？」

「きれいなところなんだけど、あんまりぱっとしないっていうのかしらね」歯でポテトチップスの袋を開けるような音がした。「昔、この辺に住んでる人と付き合ってたことがあるんだけど、わたしには田舎すぎて。今ごろどうしてるかな、彼」

この人、ヒマなのだ。ヒマつぶしに電話をかけてきたのだ。

クリーが一ドル札を突き出したので、電話を切った。旅はしだいにスローに、険しくなっていった。

「だめ、もうできない」クリーが言った。

「がんばって、目のところまで行くの。ほら、てっぺんに字が書いてあるでしょ？〈アンヌイト・コエプティス〉」

「どういう意味」

「〝彼は我らの業《わざ》に味方したもう〟。神様が応援してるってこと」

クリーは荒く息を吐いた。「もう無理。マジで限界」

顔が狂人じみて、むくんでいた。金色の髪が汗で濃くなり、顔に貼りついている。彼女は不器用にショーツを脱いだ。目をそらすと、リックが忍び足で寝室に行くのが見えた。なんでまだいるんだろう？　わたしはピンク色の冊子も捨てて、白に行った。

「変化期に入ったのよ」とわたしは言った。クラスの先生はそれを〝いいサインです〟と説明した。

「それどういう意味」いっしょのクラスに出ていたとは思えなかった。

「今までの人生でいちばんの痛みがやってくるってこと」

「いちばん?」

「そうね、今までいちばんっていう言い方は正しくないかも。死ぬときだって誰も経験したことがないわけだし——だから今まで経験したことがないくらい痛いっていうことかも」話が変な方向にいった。わたしは彼女の顔の前に自分の顔を据えた。「あなたはできる」そう言った。全知全能の人を見るように、彼女がわたしを見た。わたしの言葉の一つひとつに彼女はすがっていた。

「わかった」クリーは言って、いきなりわたしの両の前腕をつかんだ。「始まる」

一ドル札は遣《つか》われ、捨てられた。一回ごとの陣痛のあいだじゅう彼女はわたしの目の中に住んだ。まばたきせず、目を逸らさず、鋼《はがね》の手すりのようにわたしの両腕にしがみついた。わたしはもう体力の限界だったが、今はそんなことは気にしていられなかった。

「あの人、いつになったら来るの?」クリーがあえぎあえぎ言った。彼女には助産師は今こちらに向かっていると言ってあって、それは嘘ではなかった。次に痛みが途切れるのを待って、状況を説明して、冷静にどうするのがベストか話し合い、それからまた産む作業に戻ろうとわたしは思った。

「彼女ね、友だちの車をアイダホからカリフォルニアまで運んでるの。たぶん間に合わないと思う。病院に行こう?」

「本当に? 本当に来ないの?」

わたしはうなずいた。

クリーは泣いていた。泣きながら、また次の陣痛が始まった。

「病院に行ったら切られちゃう、切られるのはいや」クリーは失禁しはじめた。そしてまだおしっこを太腿に伝わせたまま頭を下にさげ、床に吐いた。彼女という人が破裂し、分解しようとしていた。濡れた体を拭こうとしたが、彼女は壁のほうを向いて丸くなった。「もし病院に行かなかったら、赤ちゃん死んじゃうの？」

「ううん、ううん、絶対そんなことない」クリーはありがとうと言った。とにかく病院に行きたくないということしか彼女の頭にはなかった。もしも今の場面をもう一度やり直せるなら、わたしはきっと〝かもしれない。大丈夫かもしれないけれど、でもわからない〟と言っただろう。そしてもしやり直せるなら、助産師から「アイダホ」のひと言を聞いた瞬間、クリーをビンワリ先生のところに無理やり引っぱっていっただろう。でももう手遅れだった。病院は何時間も前に通りすぎてしまった高速道路のサービスエリアみたいに思えた。クリーが獣じみた声で吠えた「もういきむべき？」

「いきみたいような感じがする？」

「がまんできない」

「オーケイ、じゃあそうっとね。いま助産師さんに電話する」

だがクリーはいきみ終わるまでわたしを離そうとしなかった。助産師は大音量でラジオをかけていた――カントリーソングのようだった。

「お産のとき、何を用意すればいいの？」わたしはどなった。

「もう始まっちゃってるの？　すぐ病院に行って」

「もういきみ始めてる。ここでやるしかない。お湯をわかすべき？　どうすればいい？」

彼女がラジオを切った。

「参ったな。わかった、じゃあ最低限必要なものを言うね。きれいなタオル三枚、オリーブオイル、お湯をボウルに一杯、消毒してあるよく切れるハサミ、それから清潔なヒモ一本」

わたしは家じゅうを駆けずりまわり、彼女が言うものを順につかんでいった。キッチンにリックがいて、マグカップに熱湯を注いでいた。

「そのお湯がいるの！」わたしは叫んだ。

リックは落ちつきはらって自分のテニスシューズのひもを片方はずしはじめた。「お湯はもう寝室のほうに用意してあります」彼は言って、靴ひもをマグの中に入れた。「ヒモはないみたいですけど、たぶんこれでいけます」彼は汚れた袖をまくりあげ、流しの前に立って、落ちつきはらって素早く手を洗った。

向こうの部屋でクリーが苦しげに絶叫した。

「あなた、やり方知ってるの？」

リックは控え目にうなずいた。「はい」

わたしはあらためて彼の顔を見た。弱さも狂気も、その顔にはなかった。目つきは精悍で、戸外の暮らしのせいで日に焼けすぎていたとはいえ、表情はタカのようだった。エリート外科医の栄光と転落――医療ミス、困窮、そして路上生活。なんていうことはひと言も口に出さず、彼のあとについて寝室に行った。ドレッサーの上で湯気をたてているボウルの横に、彼はマグをそっと置いた。ハサミとオリーブオイル、畳んだタオルもきちんと並べてあった。床には黒のゴミ袋が敷きつめてあった。わたしは弱々しい安堵の笑みを浮かべた。

「前にもやったことがあるのね」

彼が眉を曇らせて口を開き、「イエス」よりもはるかに長くおそろしく込み入った何かを言いそうな気配を見せた。クリーが何か叫びながら、四つんばいで部屋の中に入ってきた。王冠《クラウン》が出てる、と彼女は叫んでいた。ロイヤル・ベイビー。彼女は赤ちゃんの頭頂《クラウン》が出てきたと言っていたのだった。でもまだ出ていなかった。

わたしは彼女に、わたしたちの命運はリックの手の中にあること、そして彼はちゃんと手を洗ってあることを説明した。部屋じゅうを飛びかう疑問符にクリーが気づかなければいいと思ったが、彼女はもうそれどころではなかった。

「ほんとにもういきんでいい？　早くこの子を出しちゃいたい」

心臓がどきんとなった。この子。わたしは赤ちゃんのことをすっかり忘れていた。それまでクリーは出産を出産していた――陣痛と、声と、液体を。でもこの中には人間がいるのだ。

わたしたちはクリーに水とエナジードリンクを飲ませ、ハチミツをなめさせた。そんなこと今まですっかり頭から飛んでいたが、リックがそばにいてくれると考える余裕ができた。次の陣痛が始まる前に手を洗ったほうがいいとリックがわたしに言った。でももう遅かった。クリーは中腰になり、人間ばなれのした雄叫びとともにゆっくりと脚を開くと、そのあいだから完璧な頭の一部がのぞいた。クリーは手をのばしてそれに触った。

「顔がない」彼女は言った。

リックがわたしの両手をつかんで、手のひらに消毒ジェルを出した。それから両手を振って、同じようにするようわたしに促した。わたしたちは両手をひらひらさせた。クリーは急に全身の力が抜けて、眠ったようになった。わたしが眉を上げてリックの顔を見ると、彼は手のひらを水平に動かして、これはよくあることだと身振りで示した。彼は彼女の前に顔を近づけ、低い、別人のような声で言った。「次のいきみで出るよ」クリーは目を開け、素直にうなずいた。まるで長年の相棒どうしのように。

「大きく息を吸って」リックが言った。彼女は大きく息を吸った。「はい、声を出しながら息を吐いていきむ。もっと強く」

ほとばしる水といっしょに出てきたそれを、リックが手で受け止めた。男の子だった。死んでいるように見えたが、マタニティ・クラスで出産ビデオを見せられていたので、正常だとわかった。それでも沈黙は恐ろしかった。それに何かがひどく臭う。リックが赤ちゃんを横に傾けると、咳をした。それからしゃがれた声で泣きはじめた。この世に産まれてきたばかりの人間が初めて上げる声というよりも、老いぼれたカラスの鳴き声みたいだった――くたびれたような、世をはかなんだような。そしてまた静かになった。リックは赤ちゃんを床に寝せ、わたしの爪切りハサミを取ると、熟練の手さばきでへその緒を切った。それから根元の部分を消毒した靴のひもでしばった。クリーは立ち上がりかけたが、たまらずまたしゃがみこんだ。臓物のかたまりが脚のあいだからどさっと落ちた。胎盤だ。クリーはベッドにもたれかかった。「あなたが抱いて」

彼は空気のように軽かった。脚が豆のスープのような緑色のどろどろにまみれ、目玉は酔っぱらいのお爺さんがここがどこだか思い出そうとしているみたいに上を向いていた。手も脚もふにゃふにゃした、青白い酔っぱらいのお爺さん。

「すごく色が白い」とわたしは言った。

わたしはクリーの肌の色を見た。こんななかでもきれいな小麦色だった。

「あなたは白くないのに。父親が色白なの?」

わたしはクリーの世界にいるすべての図抜けて色白の男を思い描こうとした。赤ちゃんは白いを通りこして、ほとんど青かった。知り合いに誰か青い人っていたかしら? 青いお顔の人はいったい誰、誰、誰かしら? ――でもこの問いかけは、頭が本当に考えていることに無理に着せた道化の衣装、おどけた付け鼻にすぎなかった。

「救急車を呼んで」わたしは言った。

クリーが眠たい顔をあげ、リックは硬直した。

携帯は彼の膝の横に転がっていた。彼がゆっくりそれを拾った。

「豆のスープ。クラスで習った。良くないサインよ。救急車を呼んで」

赤ちゃんの青はさらに濃くなり、ほとんど紫色に近づいた。**秒だ**、とわたしは思った。**もう一秒も無駄にできない**。羽ばたくような、大きな濡れた翼を広げるような音がした――クリーがビニールのゴミ袋から体を引きはがす音だった。彼女は立っていた。彼女の大きな手がリックから携帯を奪った。番号を押し、住所を告げ、郵便番号も通りの名前も正確に言い、電話の相手が指示を出すとそれを一つずつ明朗に復唱し――「赤ちゃんをタオルにくるむ」「頭のてっぺんを包む」――その各ミッションをわたしは目ざましい迅速さでこなしていった。まるで二人でこのシナリオを、赤ちゃんの命を救うシミュレーションを、もう何年も練習しつづけて、ついにそれを実行するときが来たみたいに。リックは髪も服もぼさぼさのまま、部屋の隅で小さくなってそれを見ていた。元のホームレスの庭師に戻っていた。

救急車の人たちはSWATチームみたいに口々に何かを叫び、いろんな機材をそこらじゅうに投げ出した。クリーはベージュの毛布でくるまれた。アスリートみたいな中年女性が赤ちゃんの何かを数えていた。彼が死んでから何秒経ったか調べているのかもしれない。もし彼が死んでからの時間を計るというのなら、永遠に数えつづけることになるだろう。

救急車に乗りこむ直前、リックがわたしにタッパーウェアを渡した。

「洗っときました」と彼は言った。「だから清潔です」

**スパゲッティ**、とわたしは思った。**ケイトのスパゲッティ。小腹がすいたとき用の。**

# 10

小さな喉に、ものすごく太い何かが挿入されていた。赤く痛々しいおへそには管が埋めこまれていた。体のいたるところが白いテープだらけだった。いくつものケーブルとチューブが網目のように絡まりあって、ピーピーと大きな音をたてるたくさんの機械と彼の体をつないでいた。こんなにたくさんのものを受け入れるには、赤ん坊の体はあまりにも小さすぎた。

「ここの人たち、知ってるの?」車椅子に乗せられたクリーが声をひそめて言った。

わたしたちは病院の白いガウンの襞のあわいから手と手を出して、きつく握りあっていた――白い指関節を組み合わせて作った、小さくて堅い一つの脳。わたしはそっと周囲のナースたちを見まわした。みんなこの子が養子縁組に出されることを知っていた。

「いいのよ。〝彼〟さえ知らなければ」

「赤ちゃん?」

「赤ちゃん」

だが、この赤ちゃんが自分がこの世で完璧に独りぼっちなのだと知らないまま必死に生きようと戦っているのだと思うと、途方もなく恐ろしかった。彼にはまだ家族というものがいなかった。法律の上ではわたしたちは、今ここを出ていって二度と戻らないことだってできるのだ。わたしたちは何かに魅入られて犯行現場から逃げるのを忘れた犯人みたいに、その場にとどまっていた。

自分の本当の脳もその思考も、今は遠くの雑音だった。何秒かおきに彼女かわたしがぎゅっと互いの手を握る、その信号にだけ意味があった——**生《い》きろ、生きろ、生きろ**。輸血袋が緊急輸送された。サンディエゴからだった。いちどあそこの動物園に行ったことがある。筋骨隆々のシマウマから取られた血のような気がした。そのほうがいい。失恋や肺炎ですぐにへたってしまう人間なんかより、動物の血のほうがきっとずっと強い、**生きろ、生きろ、生きろ**。牛みたいに体格のいい手術着の男の人が、わたしたちを手招きした。

「今のところは何とか容体が安定しています。血中酸素濃度が下がったらすぐにまた離れてもらいます」

その人は透明プラスチックの保育器にあいた二つの穴から手を入れるやり方をクリーに説明した。赤ちゃんの手が奇跡のようにクリーの指を握った。神経の反射ですよ、と男の人は言った。**生きろ、生きろ、生きろ**。

クリーが聞き取れないくらい小さな声で、何か抑揚のある歌のようなものを唱えていた。はじめはお祈りかと思ったが、よく聞くと、ただ「よしよし、いい子、ベイビー、よしよし、いい子、いい子ね、ベイビー」と何度も繰り返しているだけだった。主治医の先生が来たときだけ、その歌声がやんだ。背の高いインド系の人だった。暗い、いかめしい表情だった。いつもこういう顔つきの人というのはいる、単に生まれ育った環境のせいだ。だが話してみると、この人はそうではないとすぐにわかった。〝胎便《メコニウム》〟という言葉が何度も出た。マタニティ・クラスで聞いたことがあった。胎内で便が出てしまったのだ。胎便を〝吸引《アスピレイト》〟したため、〝PPHN〟を引き起こしています。

PPHMだったかも。先生はゆっくりしゃべってくれたが、それでも追いつかなかった。〝一酸化窒素《ニトリック・オキサイド》〟。〝人工呼吸器《ベンティレーター》〟。わたしたちはただただうなずくだけだった。何ひとつ自然に演じられない大根役者がテレビでうなずくみたいに。先生は最後を〝厳重な経過観察〟という言葉で締めくくった。わたしたちは赤ちゃんが助かるのかどうか訊くのを忘れた。

眼鏡をかけた歯の出たナースがクリーに、分娩フロアの回復室で少し休んだほうがいいと言った。大丈夫ですとクリーが言うと、ナースは言った。「でもあなた、だいぶ出血してるし」クリーのガウンのお尻はぐっしょり濡れていた。彼女は車椅子にへなへな座り、急にぜんぜん大丈夫ではなくなった。両目が落ちくぼんで別人のようだった。もし何かあったら電話しますから、とナースは言った。わたしとクリーは暗い目を見かわした。ここを離れなければ、恐ろしい電話も受けずにすむ。「わたし、ここに残ります」わたしが言うと、クリーは車椅子ごと運ばれていった。

彼を見るのが怖かった。部屋にはほかにも赤ちゃんが十人、十五人とそれぞれ機械につながれていて、ひっきりなしにピーピーとアラーム音を鳴らしていた。アラームは重なり合い、うねるようなカオスを奏でていた。新生児集中治療室《NICU》の向こう端ではべつの医師とナースのチームが、小さな動かないもののまわりを取り囲んでいた。その子の両親は互いに離ればなれに立ち、こうなったのは相手の責任だしそのことを未来永劫絶対に許すつもりはない、と体全体で表明していた。怒りが二人の祈りだった。母親が顔をあげてわたしを見た。わたしは目をそむけた。

握りしめるクリーの手を失って、わたしの考えはとめどなく暴走をはじめた。あらゆる考えが浮かんだ。たとえばこう考えた、**なぜわたしはここにいる？** こうも考えた、**きっと最悪の結果になる。**それから**このことで自分が壊れてしまったらどうしよう、気が狂ってしまったらどうしよう。**大粒の涙がびしょびしょ流れた。

は。わたしったら、泣いてる。

いざそうなってみると簡単だった。あっけないくらいに。わたしは両手で鼻をぬぐい、手を洟《はな》で汚した。玄関ホールに戻ってもう一度手を洗った。お湯の温かさに、家が恋しくなった。戻るとき、今度は記帳するように言われた。〈新生児との続柄〉の欄に「祖母」と書いた。周りじゅうがそう思っていたから。

わたしは勇気を出して小さな灰色の体を見た。目は閉じていた。この子は自分がどこにいるのか知らない。アラームの音やリノリウムを走りまわる足音から、ここが病院だと推測することもできない。病院が何かも知らない。何もかもが彼にとっては未知の謎だった。ホラー映画のようだったけれど、ホラー映画が何かを知らない彼はそんな譬《たと》えをすることもできない。いや恐怖そのものすらまだ知らない。彼は**ぼくこわいよ**と思うこともできない、「ぼく」ということを知らないのだから。わたしは目を閉じてハミングを始めた。まだ彼がお腹の中にいたときのほうが簡単だった。いま思えば、三人ともふわふわと夢の中に浮かんで自分たちは絶対に安全だと信じきっていた、あのころはまるでお気楽なテレビのドラマのようだった。今のこれこそが現実だった。あまりに長くハミングしすぎて、だんだん頭がふらついてきた。目を開くと、彼がまっすぐこちらを見ていた。そしてゆっくり、ものうげに、まばたきをした。

知っている目だった。

クベルコ・ボンディ。

わたしは病院のガウンのしわを伸ばし、髪を両耳にかけた。

**お恥ずかしいけど、今の今まであなただって気がつかなかった、**とわたしは言った。彼は最初に出会った九歳のときからずっとそうしてきたように、あたたかな、うれしそうな目でわたしを見た。

でもその顔は故郷に戻るために命を投げうち、瀕死の状態でやっと家の前にたどり着いた勇者のように、精も根も尽きはてていた。彼が針や管のほかに何にも触れられずに横たわっていると思うとたまらなかった。わたしは丸窓を開け、彼の手や足にそっと触れた。もしいま死ねば、彼はずっと死んだままだろう。次のクベルコ・ボンディは、もう二度と生まれてこないだろう。

**わかる？　人間ってこういうものなの、**とわたしは話しかけた。**みんな時間の内側に存在している。それが生きるっていうことなのよ。あなたも、ほかのみんなも、今それをやっているの。**彼が迷っているのがわかった。今はまだ手さぐりで、どっちとも決めかねているようだった。もともといた暗くてあたたかな場所に戻るか、それともこのまぶしくて騒音にあふれる乾いた世界にとどまるか。

**どうかこの部屋だけで判断しないで、この部屋だけがこの世界じゃないんだから。世界のほかの場所では、まぶしいお日さまがつやつやした葉っぱに照りつけていたり、雲が何かの形になって崩れてまたべつの形になったり、クモの巣が少し破けて、それでもまだ用をなしていたりするの。**もしかしたらそんなに自然に興味がないタイプかもしれないと思い、こうも付け加えた。**それに今は科学の進歩もすごいのよ。一人に一台ロボットをもつのがあたりまえになる日だって来るかもしれない。**

まるで崖から飛びおりようとしている人を説得しているみたいだった。

**もちろん選択に〝正しい〟も〝まちがってる〟もない。もしあなたが死を選んだとしても、わたしは怒ったりしない。わたしだってそうしたいって思ったことが何度かあったし。**

彼の大きな黒い瞳が、天井で手招きする蛍光灯を一心に見あげていた。

**クベルコ？　あの、いま言ったこと、やっぱり取り消す。あなたはもう生きはじめてしまったの。**

**あなたはこれから何か食べたり、くだらないことで笑ったり、徹夜ってどんな感じか知りたくて朝まで起きてたり、苦しいくらい誰かに恋したり、子供を作ったり、迷ったり後悔したり憧れたり秘密を持ったりするの。そして歳をとってよぼよぼのお爺さんになって、長い人生にすっかりくたびれて、そして死ぬ。そうなってはじめてあなたは死ぬの。今じゃなく。**

彼は目を閉じた。疲れさせてしまったらしい。自分の心の回転数を下げられなかった。さっきの眼鏡のアジアンのナースはお昼休みに出ていって、かわりにショートヘアで鼻がブタみたいに上を向いたナースが入ってきた。彼女はわたしを見て、少し休んではと声をかけた。

「何かお腹に入れて、あたりを散歩してくるといいです。戻ってくるまで赤ちゃんはどこにもいきませんよ」

「本当に?」

ナースはうなずいた。それがこの子の命が助かるという意味なのか、それともわたしが戻ってくるあいだだけのことなのかは、あえて訊ねなかった。それに、もしわたしが出かけなくても彼は生きるのかどうかも。

**ちょっと出かけるけれど、すぐ戻ってくるからね。**彼を置いて出るなんて、とてもできなかった。でも置いて出た。

緊張が解けると同時に、罪悪感がすこしクールダウンした。あの恐ろしい、耳がどうにかなりそうな部屋から出たのはいいことだった。日常の物音が支配する廊下の静けさに目まいを感じながら、〈分娩〉と書いてある矢印のほうに歩いていった。

ナース・ステーションではちょっとした行き違いがあった。

「すみません、患者さんのお名前をもう一度?」

「クリー・ステングル」

「えーっとっとっとっと」小太りのナースは画面をつぎつぎクリックしていった。「この病院でまちがいありません?」

「NICUのほうで、こちらで休むように言われたんです。その――」わたしは自分のズボンのお尻のあたりに手をやって、出血を身ぶりで示した。クリーの落ちくぼんだ目を思い出した瞬間、あの子こそいま危険な状態なんじゃないか、いまこの瞬間にも生きようと必死に戦っているんじゃないかという気が急にしてきた。すこし離れたところで雑誌をめくっていた年配のナースがこちらを見ていた。わたしはカウンターごしに身を乗り出した。

「もうちょっと……広く探してみてもらえます?」本当は、もしかしたら緊急救命室かICUにいるかも、と訊きたかったけれども、それを言葉にはしたくなかった。「Stenglの、gとlのあいだに母音を入れてません? そこ何も入らないんです、半分スウェーデン系だから。すごい金髪で」そして何かの足しになるかもと、こうも付け加えた。「わたし、母親です」

年配のナースが雑誌を置いた。「回復室」もう一人のナースの後ろに立って、彼女は静かに言った。「たしか二〇九。自宅出産の方」

二〇九号室のドアは半分開いていた。クリーは病院のスモックを着て、電動ベッドに寝ていた。腕から出た管が、上に吊るした点滴袋につながっていた。眠っている。いや、ちがう――まぶたがひくひく動いている。

「よかった」わたしの顔を見て、彼女は言った。「シェリルか」

わたしはベッド脇に腰を下ろした。神妙なようなそわそわしたような、変な気分だった。クリーは髪をお下げにしていた。はじめて見る姿だった。ウィリー・ネルソンとかネイティブ・アメリカンを思い出した。

「今のところは落ちついてるみたい。看護師さんにちょっと外に出てこいって言われて」

「聞いてる」

「そう」

まるで彼女がずっとこの部屋にいて病院のことを何もかも見通しているあいだ、わたしひとりが物乞いみたいによたよたさまよっているみたいだった。

「その点滴は？」

「ただの生理食塩水。脱水起こしてたから。さっきビンワリ先生が来てくれたの。あたしは心配ないって」

「先生、そう言ったの？」

「うん」

わたしはしばし天井を見つめた。泣くのだって簡単にできたのだ、こんなの何でもなかった。

「わたし、てっきり」——わたしは小さく笑った——「あなたが死んじゃうんじゃないかと思って」

「なんであたしが死ぬのよ？」

「わからない。そんなわけないのにね」

以前だったら絶対にしなかったような会話だ。でもいまやわたしたちはいっしょに救急車に乗り、内側からサイレンを聞いた仲だった。彼女がはじめてわたしの手を握ったのもそのときだった。

ナースが入ってきた。

「ナースコール、押しました？」

「お水、もっとお願いします」クリーが言った。

ナースは水差しを持って出ていき、あとに何とも言えない金属っぽい体臭が残った。すぐに戻ってくるのがわかっていたから、今は何も話せないと思った。勢いよくドアが開いてナースが水差しとともに戻ってきて、銅くさい匂いがさらに一段濃くなった。わたしは待った。まず彼女が出ていくのを待ち、匂いがその後を追って出ていくのを待った。

「何か食べ物がほしい」クリーが言った。「あのタッパーは?」

ケイトのスパゲッティ。プラスチックの椅子の上に置いてあった。

クリーは蓋を開けると頭を下げ、容器に口を近づけた。片手をシャベルの形にすると、中身を口の中にすすりこみはじめた。スパゲッティではなかった。そんなわけがなかった。ケイトが来たのはもう何か月も前のことだ。わたしは立ちあがり、見なくて済むように窓の前に立った。それでもまだ窓に映った彼女が見えていたが、血みどろの食べ物までは見えなかった。自分の一部だったものをあんなに食べて、どうなるんだろう。彼女は体を起こし、ひたすら口をもぐもぐさせていた。一度にたくさん頬張りすぎて、嚙むのが追いついていなかった。そういう色なのかフィルムが張ってあるのか、窓ガラスのセピア色が、彼女を昔の人のように見せていた。ガラスの中の女とふだんのクリーのあまりのちがいに、なんだかくらくらした。彼女はゆっくり蓋を戻してぱちんと音をたてると、ナプキンで両手をぬぐい、水を一杯飲み、角度をつけたベッドに頭をもたせかけた。お下げ髪を胸の前に垂らした彼女は、三〇年代の砂嵐の写真の中の避難民のように、悲壮感に満ちていた。彼女のこれからの人生が苦難の連続になるであろうことがありありと伝わってくる、あの写真。

「もし助かっても」とクリーは言った。「障害が残っちゃうのかな」

「わからない」

「エイミーとゲイリーがもらってくれないかもしれない」彼女はゆっくり言った。「もし養子にしてもらえなかったら、そういう子たちはどうなっちゃうんだろう」

彼女はガラスごしにわたしをまっすぐ見ていた。わたしも同じ哀しいセピア色だった。

わたしはその夜ずっとクベルコ・ボンディの横について、自分の親指を握りしめる彼の小っちゃな指を見ていた。ただの反射なのはわかっていた――きっとニンジンを出しても同じようにするだろう――でも、こんなに長く誰かにしっかり手を握られたのは人生初だった。わたしがそっと指を抜くと、彼の手が宙をつかんだ。**朝になったらまた来るからね。**今はまだ、それも嘘ではなかった。

わたしはクリーのベッドと窓のあいだに置いた鉄の簡易ベッドで眠った。夜中、どこかで赤ちゃんが泣いた。とぎれめなしに泣いて泣いて泣いて、それからふっつり静かになった。カートの音が廊下に響き、「だれ?」と声がして、「アイリーン」と答えるのが聞こえた。アラームが鳴り、すぐに切られ、また鳴って、また切れて、それきり二度と鳴らなかった。わたしは何分か眠り、何の悩みもない脳天気な昔のわたしに戻って目を覚まし、すぐにまた現実が水死体のようにゆっくり浮び上がってきた。彼を手放すのは、人殺しをして誰にも見つからずにいるのと同じことだった。罪はずっとついてまわる。そんな人生に何の意味があるんだろう。もう終わった人生だ。

彼は独りぼっちであそこにいる。生きているかどうかもわからない。わたしはそれこそ赤ん坊みたいに泣きたかった。本物の祖母は、牧師様は、酋長は、神は、ルース゠アンは、どこにいる?だれもいなかった。ただわたしたち二人きりだった。

簡易ベッドの寝心地は最悪だった。起きあがり、床に足をおろした。マットレスが両側でVの字に折れ曲がった。

「行っちゃうの?」クリーがささやいた。「行かないで」

「どこにも行かないよ」

彼女はベッドを起こした。モーターの音がひどく大きかった。

「悪いことばっかりぐるぐる考えちゃう」

「わかる。おんなじよ」何か楽観的なことを言えるようなシナリオではなかった。〝大丈夫、きっと何もかもうまくいくから〟とか、そんなことは言えなかった。何ひとつうまくいきそうになかった。それが一番の問題だった。わたしは立って、彼女の手を取ろうとした。もう一度、あのこぶしを作ってもいい。彼女はわたしの腕全体をつかんだ。

「ほんとに、置いてかないで」

目をまじまじと見開いて、歯がカチカチ鳴っていた。パニックで半狂乱になっていた。わたしは自分のベッドから毛布をはいで彼女の肩にかけ、何につながっているのかわからない温度調節の目盛りをあげた。洗面所で水差しにお湯をくみ、病院の白いハンドタオルでおしぼりを作った。

両親に電話をするべきだと思うか、とクリーが訊いた。

「したほうがいいと思う」

「ほんとに?」

「だって娘に子供が産まれたんだもの。知らせるべきよ」

「あの人たち、そういうんじゃないんだよ」

「でも本能にはぜったい逆らえないはず」

「そうかな?」

わたしはわけ知り顔でうなずいた。

クリーは番号をプッシュした。わたしがそっと部屋を出ていこうとすると、彼女は激しくかぶりを振って、そばの椅子を鋭く指さした。

「ママ？　あたし」

スーザンの声のトーンはいきなりトップギアだった。言葉は一つも聞き取れなかった。

「病院。産まれたの」

「わからない。まだ何もわからない。いまNICUに入ってて」

「したかったんだけどできなかったの。それどころじゃなくて」

「だからできなかったんだって。まだ誰にも電話してない」

「ううん。シェリルがいっしょ」

「知らない、たまたまそうなっちゃったんだってば。救急車にいっしょに乗って来て」

スーザンの声が一段と大きくなった。わたしは聞こえないように窓のほうに移動した。

「だから――」

「だから――」

「だから――」

クリーはあきらめて、腕をいっぱいに伸ばして電話を遠ざけた。電波にひずんだヒステリックな絶叫が、キンキンあたりに響きわたった。クリーはからかい半分で電話をそんなふうに持っているのだろうか？　ちがう。過呼吸を起こしていた。お腹の中で何かが故障したみたいに、片方の手でみぞおちをつかんでいた。わたしが電話のほうに顔を近づけると、憎々しげな声が嫌味たっぷりに言うのが聞こえた。「……どうやらあたしはもうあなたの母親じゃないみたいね。代わりの誰かさんが……」わたしはスーザンを殴ってやりたかった。首根っこをつかまえて床に引き倒して、頭をリノリウムに何度もぶつけたかった。あんたの（ガン！）娘は（ガン！）いま地獄を見てんのよ

(ガン!)。もっと優しくしてあげなさいよ!

クリーに身振りで電話を切るように言うと、彼女は人語を解さない野生動物のような目でわたしを見た。

「切るの」わたしはささやいた。「いいから切って」

彼女の手が先に言うことをきいた。電話は急に沈黙した。

わたしは電話をかけるようにすすめたことを謝った。あたし今までに母親の電話を途中で切ったこと一度もない、と彼女は言った。

「ほんとに?」

「うん」

わたしたちはしばらく無言だった。それからクリーはグラスに水を注ぎ、一気に飲みほした。

「もっと飲む?」わたしは立ちあがってグラスを取ろうとした。「ナースを呼ぼうか?」

「こないだと同じ人かな」

「あの人、変わった匂いがしなかった?」

「うん、金属っぽい匂いだった」クリーが真面目な顔で言った。

わたしは笑った。

「ほんとだよ」と彼女は言った。「あれ嗅ぐと、なんか歯が痛くなるの!」

さらにおかしかった。わたしはベッドの手すりをつかんでヒイヒイ笑った。ちょっとテンションがおかしくなっていた。クリーは顔に似合わない、大口を開けた高笑いをした。前にもいちど、彼女の笑った顔を見たことがあった。クリーがわたしの唇を見ていた。わたしは笑いおわって唇を手でぬぐった。二人とも笑うのをやめていた。彼女がまだわたしの口を見ていた。わたしは口に手をやったままだった。その手を彼女が静かにどけて、わたしにそっとキスをした。彼女は顔を引き、唾をのみこみ、また始めた。わたしたちはキスをしていた。最初のうちはキスをしながら、これはそういうキスじゃないんだ、と考えた。信じられないくらい柔らかでふっくらした彼女の唇に何度も何度もキスしながら、家族どうしで平気で唇にキスする人たちだってたくさんいるし、と頭で言い聞かせようとしていた――フランス人とか、若い子たちとか、農家の人たちとか、古代ローマ人とか……。でもそんな理屈もすぐにあっけなく崩れた。彼女の手のひらがわたしの背中を、髪をさすり、わたしの顔を両手で包んだ。わたしは彼女のお下げ髪を何度も何度もなでた。まるで何百万年も前からの願いがついにかなって、これからも永遠にそうし続けるみたいに。十分か、それとも十五分か、長い時間がすぎ、キスはだんだんゆるやかになっていった。しめくくりのキス、最後のキス、箱に蓋をするようなキスがいくつも続き、その蓋がぽんとはずれて、また蓋をしなおした。さあ、これで最後。ちがう、これが最後。ほんとのほんとに今度こそ最後。じゃあ、これはキスにするおやすみのキス。

　クリーはベッド脇のライトを消した。わたしは後ずさり、簡易ベッドの上にうずくまった。彼女が電動ベッドを下げた。モーター音が部屋に鳴りひびいた。そして静かになった。

　人生でいちばん目が冴えていた。今のはどういう意味？　どういう意味？　誰かとキスするのなんて、何年、何十年ぶりだ。あんなにすべすべの唇にキスしたのは初めてだ。気持ちよかったんだろうか。なんだかちょっと不気味だった。もっともっとしたかった。たぶんもう二度と起こらないだろう。二人とも極限状態だった。真夜中に極限状態にさらされているときに、とくに意味もなく起こるたぐいのことだ。どういう意味なんだろう？　自分のむさぼるような必死さを思い出して、顔が熱くなった。まるで前々からずっとそうしたかったみたいじゃないか。ほんとはそんなこと毛ほども考えたことなかったのに。わたしは指をぴんと上に立てた——毛ほどもです！——でも陪審員がどう思ったかはわからなかった。明日の朝、どんな顔をして会えばいいんだろう。クベルコ・ボンディ。ふしぎと彼が死ぬことはもう考えられなくなっていた。だって、彼ももうこの物語の一部なのだから。〝柔らかい《ソフト》〟は言葉が正しくない気がした。〝すべらか《サティニー》〟？ 〝しなやか《サップル》〟？ 何か新しい単語を考える必要がある。どの文字を使うだろう。Sはきっと入る。たぶんOも。こうやって言葉って生まれるんだろうか。できた言葉はどうやって発表すればいいんだろう。どこに申請すればいいんだろう。

朝、起きるとクリーのベッドは空《から》だった。わたしは急いで靴をはき、エレベーターでNICUの階に上がった。リノリウムの廊下はどこまでも長く蛍光灯色で、キスの一件はきのうの激動の一日の遠い一コマとしか思えなくなった。今日は彼の人生で二番めの日だ、うまくいけば。手を洗い、ガウンを着た。クリーはガラスのケースにかがみこみ、またあの「いい子ねベイビー」の聖歌を唱えていた。もうお下げはなくなっていた。わたしを振り返らずに、彼女は一歩下がってわたしに順番をゆずった。

体がひと晩で縮んだみたいに、喉に入れられた管は今日はさらに太く見えた。彼の倦み疲れた黒い目がちょうど開いたとき、あの背の高いインド系の医師がわたしたちの背後にあらわれた。
「おはようございます」そう言ってわたしたちと握手した。「ちょっとこちらへ」
医師の表情の厳しさに、いよいよ赤ちゃんは助からないと宣告されるのかもしれないと思った。もしかしたら実質的にはすでに死んでいて、ただ機械のマジックで生きているように見せかけているだけなのかもしれない。クリーが恐怖の目でわたしを見た。

「あの、この人は赤ちゃんといっしょにいてもかまいません？」わたしは訊いた。「いまちょうど目を開けたところなので」

わたしは部屋の向こう端に連れていかれた。電話を一本かける権利と弁護士を要求したかった。でもそれは逮捕された人たちに与えられる権利だ。わたしたちには何もなしだ。これから告げられる新たな真実を、わたしたちは黙って受け入れるしかないのだ。医師はわたしをファイルを持った痩せた女性の前に立たせた。

「こちら、ステングル・ベイビーのお祖母《ばあ》さま」医師はそうわたしを紹介した。

「はじめまして、キャリー・スピヴァックです」女性はそう言って、踊るようについと一歩前に出た。

「〈フィロミナ家族協会〉の方です」

それだけ言うと、医師はさっさと背を向けかけた。わたしは彼をつかんだ。

「もうちょっとだけ待ってくれませんか、その――」

彼が自分のポケットを見おろした。わたしの手がポケットに入っていた。わたしは手を抜いた。

「待つ？」

「あの子が助かるかどうか、見届けるまで」

「ああ、それは助かりますよ。強い子ですからね。肺をちゃんと使えるか、もうちょっと見せてもらう必要がありますけどね」

〈フィロミナ家族協会〉のキャリーがあらためて手を差し出した。わたしは彼女を抱きしめた。葦《あし》みたいに細くてきゃしゃだった。彼は、助かる。

キャリーは一歩下がってわたしの腕から逃れた。そういうタイプのクリスチャンではなかったらしい。

「娘さんとお話しがしたいんですが――あそこにいらっしゃるのがそうですか？」

「ちがいます」

「え、ちがう？」

「今はまだ困ります」

「もちろんそうです」

「え、そうなんですか？」

「今はお別れを言う時ですから」とキャリーが言った。

「それにしばらく時間がかかる？」

「そのとおりです。養子縁組には曲線があるんです」

「曲線？」

「始まり、中間、終わりです。最後は必ず同じところに落ちつきます」

「そうは思えないんですけど」

「それはまだ娘さんが始まりの段階だからですよ。最初はみんなそう感じるんです。想定どおりですよ」

「どれくらいかかるんでしょう」

「そんなにはかかりません。ホルモンがちゃんと落ちつくまで、たっぷり余裕をみてさしあげます」

「でも、だいたいの目安として」

「三日ですね。三日もあれば、元の娘さんに戻りますよ」

キャリーは、また明日来る、なにも心配はいらない、と言った。エイミーとゲイリーはいまこちらに向かっている、とも。

「もうこっちに来る？」

「娘さんが直接会う必要はありません。これ、わたしの名刺です。あなたは独りぼっちじゃないと、お伝えください」

「あの子は独りなんかじゃありません」

「そうですか」

クリーのおでこは保育器にくっついていた。赤ちゃんはふたたび目を閉じていた。

「誰だった？」

「お医者さんが、この子は生きるって。強い子だよって」

クリーが体を起こした。「強い子？」彼女の下唇が小さくふるえた。クリーは丸窓の一つを開いてアームホールに口を当てた。「ねえベイビー、聞いた？」そうささやいた。赤ちゃんは色ムラだらけの細い腕を小さな胴体の上に力なくのせていた。「きみ、強いんだって」

わたしは部屋を奥まで見わたした。〝三日間〟に今日は含まれるんだろうか。それとも昨日が一日めで、今日はもう二日めなんだろうか。わたしたちがゆうべ何度も何度も何度もキスしたことも、計算に入っているんだろうか。ふいに恥ずかしさに身がすくんだ。

ナースが「エクスキューズ《ごめん》」と言いながら横を小走りに通りすぎた。「ミー」を言うひまもないくらい急いでいるのだ。わたしは部屋の奥の、未来永劫お互いを責めつづけるであろう夫婦を見た。彼らは二人とも、等しくこの場にいていい人間だった。彼らも、ナースや医者たちも、そしてクリーも。部外者が一人もぐりこんでいることにはまだ誰も気づいてないけれど、それも時間の問題だろう。わたしはドラマチックな場の状況に飲まれてつい深入りしてしまったけれど、それはまちがいだった。

もうここから出よう。

赤ちゃんは生き延びるし、キャリー・スピヴァックは来たし、昨日か今日から三日後に、クリーは赤ん坊なしで、独りでここから退院する。家を掃除して、彼女を迎える準備をしよう。玄関で靴をぬぎ、靴箱にしまう自分の姿を思い描いた。ふしぎだ。つい何分か前まで、このしっちゃかめっちゃかな恐怖、宙ぶらりんの地獄が永遠に続くような気がしていた。これが笑えることなのか確かめるために、無理に笑顔を作ろうとした。喉がぎゅっと固まる感じがして、思わず手を当てた。ヒステリー球。もう消えてなくなったかと思っていたが、もちろんそんなわけがなかった。けっきょく何ひとつ変わりはしないのだ。

クリーの反対側から保育器に顔を寄せた。彼の指が水の中の海草みたいにひらひら動いた。何年も経って、どこかで偶然この子と出会ったとき、どうやって見分ければいいんだろう。この海草の指も、ふつうの大人の男の指の中に埋もれて見えなくなっているだろう。名前も手掛かりにはならない、だってまだ名前はないのだから。

**惜しかったなあ！** どんな態度を取っていいかわからなかったから、わたしは無理に豪放磊落をよそおった。騎士《ナイト》のように、心を槍で突き刺して。**今回は今までで一番近かったわね。またどこかで会おうね！**

クベルコ・ボンディは愕然として、言葉もなくわたしを見ていた。

わたしはくるりと背を向け、クリーが顔を上げる前にＮＩＣＵをあとにした。エレベーターでロビーまで降りた。ロビーから外に出た。日差しがまぶしかった。人々がサンドイッチのことを考えたり理不尽さに憤ったりしながら行き交っていた。車はどこに置いたっけ。駐車場だ。わたしは駐車場のフロアからフロア、列から列を、自分の車を探して歩いた。救急車。そうだ、救急車でここまで来たんだった。タクシーを呼ぶしかない。でも携帯がない。病室に置いてきてしまった。えい仕方がない。取りに戻ろう。入って、また出てくる、それだけだ。ふたたびエレベーターに乗って七階に上がった。何もかもが元のままだった。ブタ鼻のナースは、あの鼻のままだった。たくさんのリアルな心配事に満ちたこの世界は、なんて良い所なんだろう。互いを責め合っていたあの夫婦もいた——二人は手をつないで、優しくほほえみあっていた。わたしは自分がいなくなったあとの世界をこっそり覗き見る幽霊だった。二〇九号室。早くしないとクリーがＮＩＣＵから帰ってきてしまう。携帯を取って、すぐに部屋を出るんだ。

彼女はベッドに座って泣いていた。わたしがいなくなった一瞬の隙に、何か悪いことが起こったのだ。クリーはわたしをきつく睨んで、形にならない怒りの声を出した。

「どこにもいないから。あちこち探したんだから」

悪いことは何も起こっていなかった。

「ちょっと電話かけに行ってたの」わたしはそう言って携帯の入っているポケットをぽんと叩いてみせた。そう、携帯はそこにあった。最初からずっとそこにあったのだ。わたしが戻ってきたのには、きっと何かべつの理由があった。

最初のキスのあと、涙の最後のしっぽが、吐息のかたまりになって彼女の口から洩れた。わたしたちは焦ってなかなか狙いが定まらないみたいに、最初のうち何度も的のはずれたキスを重ねた。やがて唇は指先に変わり、互いのふくらみやくぼみをまさぐるように動いた。彼女が途中でやめ、頭をちょっと引いて、わたしの顔を見た。口を薄く開き、何か考えるようなゆっくりとしたまなざしだった。わたしの顔を分解して、何がしかの美点をそこに見つけようとしている目だった——あるいはどうしてこうなったのか、なぜこんなことが起こったのか、答えを探しているような。

「来て」彼女は言って、糊のきいた白いシーツをめくった。

「二人は無理でしょ」わたしはそろそろとベッドの縁に腰をおろした。

「いいから」

わたしが靴を脱ぐと、彼女がゆっくり、不器用に、ベッドの端に体をずらした。お尻を二つ並べると、ベッドの手すりの内側になんとかぎりぎりおさまった。

わたしたちは一からまた始めた。今度はもっとゆっくり、そしてもっと深く。ブラなしの彼女の胸が、病院の寝巻ごしにわたしの胸に押しつけられた。彼女の舌が大人びた力強さでわたしの舌をまさぐり、わたしは彼女の顔を、あの柔らかなハチミツ色の肌を、両手で包んだ。今まで頭の中で彼女にしてきたどんなこととも、これはちがっていた。フィリップも配管工も、男たちはみんな肝心なことをわかっていなかった。肝心なのはキスだった。ふいに彼女がはっと動きを止めた。

「どうした？　どこか痛い？」

「うん、痛い」彼女が少しつっけんどんに言った。その豹変ぶりにわたしはうろたえた。

「ひょっとして水分が足りないのかも？」わたしは生理食塩水の点滴袋を見た。「ナースを呼ぼうか？」

彼女が乾いた声で笑った。「ちょっと気持ちをそらしたい」そう言ってゆっくりと、引き延ばすように息を吐いた。「たぶん、体がまだこういう感覚に慣れてないんだと思う」

「こういう感覚って？」

「性的なこと」

「ああ」

わたしは十一時に地下のカフェテリアまで行って、二人ぶんのランチを持って上がった。彼女はミネストローネとクラッカーとスポンジケーキとオレンジジュースを平らげ、それから少し眠った。でもその前にわたしの首すじにキスをしながら短い髪に手を差し入れた。なんだか夢を見ているようだった。あり得ないような相手、たとえば映画スターとか誰かの夫とかが、自分に一方的に熱を上げているような夢。こんなこと、あるはずがない。でも二人が互いに惹かれあっている、その気持ちは疑いようがなかった。理由なんてない、ただそうなのだ。そして月面か戦場では予想外のことが当たり前なように、ここは信じられないことがふつうに起こる場所なのだ。むっと生臭い二〇九号室の気候は、キャリー・スピヴァックの言っていた自然な変化のかわりに、見たことのない不思議な花を育んだ。それとも彼女は、赤ん坊を手放す前の三日めにはとても性欲が高まるんですよと言うだろうか。これも自然の曲線のうちなんだろうか。三日めは明日に迫っていた。

彼女が目を覚ますのを待っていたけれど、起きないので独りでNICUに行った。わたしがガウンをはおっている横で、男女がガウンを脱いでいた。二人は中古車の話をしていた。

「まずタイヤを蹴ってもみないで車を買う奴なんかいないだろ」男が言って、丸めたガウンをまちがってリサイクルのほうに投げ入れた。

「神様が悪いようにするわけないもの、信じて運を天に任せりゃいいのよ」

「神様だって、俺たちがわざわざ廃車寸前のポンコツを買うのはすすめないと思うぜ」

「でももう手遅れよ」女のほうはそう言って、バッグのストラップをこぶしで握った。〈ペアレント・プロフィール・ドットコム〉の写真よりも老けて見えた。彼女も、彼も。二人からはユタ州の自宅のにおいがむっと臭った。タバコの煙のしみこんだ古じゅうたんのにおい。これがあの子の人生の、あの子自身の、においになるのだ。

「そうか？」ゲイリーが言った。「まだ遅くないんじゃないか？　法律的には」彼は腰が引けていた。自分たちが買った車が気に入らないのだ。「手遅れよ」エイミーが言った。それから〝この人の前でこれ以上この話はやめたほうがいい〟と夫に目で合図した。ぞっとするような人たちだった。ほとんど最低の部類だった。わたしはガウンの袖を直すふりをして時間をかせいだ。こっちから名乗り出てやろうか、それとも殺してしまおうか？　手荒なやり方じゃなく、この人たちが存在をやめる程度に。出ていきぎわ、エイミーがこちらに軽く会釈した。わたしも会釈し返して、ドアが閉まるのを見送った。そのときわたしは気がついた。お医者さんは、あの子がただ〝生きる〟としか言わなかった。走ったり、物を食べたり、しゃべったりできるようになると言ったわけではないのだ。生きるというのは、単に死なないという意味で、その他の付属品《アクセサリ》がついてくる保証はどこにもないのだ。

クベルコ・ボンディは、目を見開いてじっと待っていた。

**あなたはどこもかしこも完璧よ**、とわたしは言った。

**帰ってきたんだね**、と彼は言った。わたしは顔を近づけて、自分の権限を越えない範囲でできる約束を言おうとした。

**あなたの小っちゃい肩が好きよ**、とわたしは言った。**今も、これからもずっと**。

クリーは午《ひる》ごろまで眠り、目を覚ますと、二人でもう一度上に行った。エレベーターの中で彼女はわたしの体に腕をまわし、廊下を歩くときもずっとそのままだった。二人の腰がぶつかって、複雑なシンコペーションのリズムを奏でた。かつてお互いを責めていたカップルとすれちがったが、二人とも事もなげに会釈をよこした。もしもわたしが〝クローゼットから出る〟ことになったら、きっと最初にカムアウトするのはこういう人たちだろう、と心の中で思った。二人とも、きっとわかってくれそうだった。何人かのナースは、わたしたちが打って変わって親密なのを見て、内心ぎょっとしているようだった。わたしのことをクリーの母親だと思っていたからかもしれない。それともあの子には二組の親がいて、いまやわたしたちは本当の親ではないからだろうか。保育器の前で、クリーがわたしの唇に軽くキスをした。こうしてわたしたちは、彼にも静かにカムアウトした。

キャリー・スピヴァックも来ていたらしい。〈ステングル・ベイビー〉と書かれた名札の端に、彼女のフィロミナ家族協会の名刺が差しこんであった。わたしは手品師のようにそれを手の中に隠し、ポケットにしまった。

「いつまでも〝赤ちゃん〟って呼ぶのも変よね」わたしは耳打ちした。

「そうだね。何かいい名前、ある？」

わたしは胸がいっぱいになった。わたしに名前を付ける権利があると、クリーが思ってくれている。クベルコ・ボンディという名前について彼女に説明するところを、頭の中でシミュレーションしてみた。

「でもあなたがつけるべきよ、お母さんなんだから」

クリーは笑った、いや笑いのように見えた――けれども最後のほうで、それはわななくような息の引きつれに変わった。赤ちゃんの腕に、見慣れない赤い小さな痕《あと》があった。わたしは脱色ブロンドのナースに向かって手招きした。

「ハイ、ハンサムちゃん」ナースはモニターをチェックしながら低いしわがれ声で言った。「今日はがんばらなくちゃね」香水がきつかった。きっとタバコの匂い隠しだ。腕の傷――タバコを押しつけた痕だ。怒りで全身がたぎった。でもわたしだって企業の管理職だ、こういうときどうするかは心得ている。事実を突きつけられて彼女がわっと泣きだすところまで、すでにわたしには見えていた。

「今日はこれから呼吸器をはずすのよ」とナースは言った。「この子がちゃんと立派に呼吸できるよう、わたしたちも祈ってるんです」

クリーとわたしは不安な目を素早く見かわした。呼吸。彼にこれからできるようになってほしいさまざまなことのリストの、一番上にあるのが呼吸だった。

「あなたもそのチームに?」わたしはふるえる声で言った。**お願い、ちがうと言って。**

「ええ。赤ちゃんにCPAP――持続的呼吸補助装置――を着けて、それで大丈夫か試すの」彼女はそう言ってウィンクした。感じのいいウィンクではなかった。ほかのナースや〈オープン・パーム〉の同僚たちがあなたのこと何て言ってるか、あたし知ってるのよ――そう言っているようなウィンクだった。ねえ、これから二人で――ぱちん――あいつらに仕返ししてやろうよ。彼女の名札を見た。〈カーラ〉。今からカーラにギフト券やニンジャの5カップ用スムージーメーカーを贈る暇はない。キャンディとか、コーヒーを一杯おごるか。

カーラは彼の腕の痕を見て、舌打ちをした。

「注射針を抜くとき、たまにこうなっちゃうのよね。まあ、わたしがやれば」――またウィンク――「絶対こうはならないんだけど」

ウィンクではない、チックだった。悪意でも仄めかしでもない、ただのこの人の癖だった。もちろんNICUで喫煙なんか許されるわけもない。コード類が彼の体に当たらないように位置を直す彼女の手を、わたしは見た。もう九百回おなじことを繰り返してきたような、素早い指の動きだった。

クリーが呼吸器をはずすのは何時ごろかと訊いた。

「四時の予定。終わったら会えますよ。麻酔で眠ってるけれど、今よりずっと楽になってるはず」

「ありがとう、カーラ」わたしは言った。「何から何まで、本当に感謝してます」どう言葉にしても嘘っぽく、馬鹿げて聞こえた。

「どういたしまして」ナースは顔いっぱいで笑った。馬鹿げているとは思っていないようだった。

「本当に」わたしは熱をこめてもう一度言った。「何から何まで、本当に感謝してます」


四時半、わたしたちは下の部屋からNICUに電話をかけた。

「予定よりもちょっと長びいているみたいで」と受付の人は言った。「まだドクターがついてらっしゃいます。終わったらお知らせします」

「ドクターって、あの背の高いインド系の？」

「ええ、クルカーニ先生」

「いいお医者さんよね？」

「一番ですよ」

わたしは電話を切った。

「いまお医者さんがそばについてるんだって、一番いい先生ですって」

「クルカーニ先生のこと？」

わたしはクリーにナースやドクターの名前を一人ずつ挙げさせて、それを紙に書き留めた。ずんぐりした男の看護師はフランシスコ、反っ歯で眼鏡のアジアンのナースはキャシー、あのブタ鼻のナースはタミーだった。

「よくこれだけ覚えられるわね」

「だって名札つけてるし」

部屋が暗くなっても、わたしたちは電気をつけなかった。いい知らせが来れば電気をつけるし、もし来なければ、このまま永遠に暗闇の中に住む。

十五分が過ぎ、それからさらに五分が過ぎた。わたしは簡易ベッドから起きあがり、部屋の蛍光灯をつけた。

「名前、つけよう」とわたしは言った。

クリーはまぶしそうに目をしばたたいた。

「何か考えた？」

彼女は人さし指を立て、水をひと口飲んだ。**名前のこと、忘れていたんだ。いま時間稼ぎして考えているんだ。**かつて彼女に抱いていた憤りが、とたんによみがえった。

「二つ考えたの」と彼女は言って、咳ばらいをした。「一個めは、いまのあの子にはあんまし合わないんだけれど、でもそのうちぴったりになるはずの名前」わたしはさっき憤ったことを後悔した。

後悔は、愛に似ていた。

「なるほど」

「それはね」彼女は口ごもった。

「なに？　言ってよ」

「〝リトル・ファティ《おでぶちゃん》〟」

わたしは無表情のまま黙った。今のが本当に名前なのかどうか、とっさにはわからなかった。「だってさ」——彼女の目にみるみる涙があふれ、声がふるえた——「だって、あの子はいつかはぜったい太るんだもん」

わたしは彼女の肩を抱いた。「うんうん、いい名前ね。リトル・ファティ」

「リトル・ファティ」彼女は涙声でささやいた。

「でもね、そういう名前の人って、世の中にあんまりいないと思うの」わたしは彼女の背中をさすった。「もう一つのほうは?」わたしは無頓着をよそおって訊いた。何であれ、それがきっと彼の名前になる。

クリーは大きく息を吸って、吐き出しながら言った。「ジャック」


五時半に電話がかかってきて、呼吸器がはずれて、CPAPで順調に呼吸ができていると告げられた。わたしたちは七階に飛んでいった。

口から太い管が取れた彼は、まるきりちがって見えた。赤ちゃんだった。鼻にプラスチックの器具をつけた、小っちゃなかわいい赤ちゃんだった。

「ハイ、ジャック」クリーがささやいた。

**今日からジャックがあなたの名前よ、**とわたしは彼に言った。**でも、魂の名前はこれからもずっとクベルコ・ボンディだからね。**そこで一つ深呼吸して、思い切って続けた。**それとね。あなたはこれから三つめの名前を持つことになるでしょう。エイミーとゲイリーがあなたにつける名前。それはトラヴィスかもしれないし、ブレイダンかもしれない。わたしたちにも、まだわからないの。**

わたしとクリーは保育器をはさんで立ち、両側から中に手を入れた。彼は右手でクリーの指を、左手でわたしの指を握った。一人の人間の指だと思っているのかもしれなかった。年取った手と若い手を一つずつもっている人。わたしたちは二十五分か三十分ぐらい、ずっとそうして立っていた。腰がだるくなり、手の感覚がなくなった。ときおりプラスチックのケースごしにクリーとわたしの目が合って、そのたびに胃がぎゅっと縮こまった。病院付きの牧師が入ってきて、赤ちゃん一人ひとりに祝福を与えはじめた。わたしはあたりを見まわした。これって合法なんだろうか。政教分離はどうなってるの？　でも誰も気にしている様子はなかった。やがて牧師はジャックのところにもやってきて、わたしが首を振るより早く、クリーがうなずいた。祈りの言葉がわたしたち三人を包んだ。顔がちりちりし、目眩《めまい》がした。神聖な、結婚の誓いを立てているような気持ちになった。

二人で腕を組んで廊下を二〇九号室に向かって歩いていると、わたしたちの前を足早に歩いていく女がいた。キャリー・スピヴァックだった。わたしはそれとなく歩調をゆるめ、彼女が廊下を右か左に曲がってくれるのを待った。でももちろんそうなってはくれなかった。彼女もわたしたちの部屋を目指しているのだ。今日が三日めだった。行く手には消火器と窓があった。窓を選んだ。声を出すのは危険なので、手を大きく窓のほうに振って、景色を見ようと誘った。クリーが真下の駐車場を見おろした。かつて互いを責めあっていた夫婦が横を通りかかり、何事かと不思議そうに笑みを浮かべて、わたしたちが見ているものを見ようと立ち止まった。わたしたちは四人で並んで窓の下を見た。中年の男の人が、お婆さんを車椅子からステーションワゴンの助手席に乗せようとしていた。

「未来のわたしたちね」かつて互いを責めあっていた夫婦の妻のほうが言った。「わたしと、ジェイジェイ」夫が彼女の肩をぎゅっと抱き寄せた。ジェイジェイというのが二人の赤ちゃんの名前なんだろう。

お婆さんの足はまったく動かず、息子はひどく不器用な一つながりの動作で彼女を車椅子から助手席に移そうともたついていた。母親が必死の形相で息子の首に両手でしがみついた。エイミーとゲイリーのエイミーも、いつかあんなふうにジャックの首にしがみつく日が来るかもしれない。今はまだあの子の首はうんと細いけれど、いずれはがっちりとした、事によったらいかつい、猪首の中年男になるのだろう。この男の人よりもずっと手際よく母親を車に乗せるだろう、**いいかい母さん、僕が支えててやるから、せえの、で行くよ、**などと言いながら。激しい嫉妬がわきあがり、思わず目をそらした。

　わたしたちが近づいていくと、キャリー・スピヴァックは居ずまいをただし、笑顔の口角をさらに研ぎすまし、客人を迎えるように病室のドアを開けた。クリーは血圧を計りにきたナースか何かだと思ったらしく、さっさと中に入った。

「すみませんが、少しはずしていただけますか？」キャリー・スピヴァックがわたしに言った。どうやらわたしが祖母ではないと勘づいたらしい。祖母どころか、何者でもないことに。彼女の背後で、クリーがわたしに向かってよくわからないまま肩をすくめ、あいまいな笑みを作ってみせた。『タイタニック』で、岸壁を離れる船の上から乗客たちが見送りの家族に向けたのも、こんなあいまいな笑みだった。よい旅を《ボン・ボヤージュ》、キティ！　よい旅を《ボン・ボヤージュ》、エステル！

　わたしはふわふわ浮かぶようにエレベーターまで歩いた。

「下ですか？」生まれたばかりの赤ちゃんを抱いた、ラティーノの若夫婦だった。車椅子のハンドルに結びつけた青い風船が上下に揺れていた。

「ええ、下に」

　夫婦のわくわくがこちらにまで伝わってきた。いま、二人は人生でもっともすごい体験をしようとしている。赤ちゃんを外の世界に、本物の世界に連れ出そうとしているのだ。赤ちゃんは濡れたような黒髪が豊かに生え、ジャックよりずっとまるまる太っていた。エレベーターのドアが開いて若い父親がわたしを見、わたしも彼に会釈して、心の中で言った――**そうよ、あなたの人生、行ってらっしゃい。**三人は出ていった。

　わたしはロビーをあてどなく歩いた。携帯の番号を下までスクロールしてみたが、かける相手は誰もいなかった。ほとんど上の空で、保存してあったメッセージを、去年自分で自分の電話に吹きこんだ一件を残してすべて消去した。声をかぎりの「ノー」が十回、どうにもならない怒りと悲しみをかかえた女が通りで叫ぶ、か細く震えるような**ノーノーノーノーノーノーノーノーノーノー**。

　カフェテリアには、レジ係のほかに人はいなかった。お湯を注文すると、レモンの輪切りと紙ナプキンがいっしょについてきた。わたしはひと口ごとに舌をやけどしながら、うんとゆっくりそれを飲んだ。壁の三面は白かったが、一面だけはピンクとオレンジに塗られていた。しばらく目をこらしているうちに、トスカーナとかローデシアとか、そんなような場所の夕陽を描いた壁画なのだと気がついた。わたしが入ってきたドアのあるあたりは浜辺だった。太陽の左側には、中身が空のペーパータオルのディスペンサーが、仰天した人みたいに口をあんぐり開けていた。上の部屋でいま何が起こっているのか、考えようとしたけれど何も浮かばなかった。それはわたしの想像力を超えていた。壁の下のほうには手すりが描かれていて、ちょうどヴィラとかパラッツォのテラスに座って景色を眺めているような恰好になった。鼻の奥に潮が香った。下のほうでは荒波が一つ、また一つ、さらに一つと岩にくだけ散っていた。わたしは泣いて、泣いて、泣いた。天井近くでカモメたちが哀しげな声で啼いた。遠くのほうに人影が一つ、浜辺を歩いてくるのが見えた。男か女かわからない、ただ白いガウンをはためかせていた。黄金《きん》色の髪、温かな地中海の笑み。彼女が手を振った。わたしは両手の甲で頬をぬぐった。彼女は隣の席にひょいと腰を下ろした。

「ロビーを最初に探しちゃった」彼女は言った。

「うん、しばらくそっちにいたんだけど」わたしは紙ナプキンで鼻をかんだ。

彼女はあたりを見まわした。「ここ、あんまりはやってないね？」

「そうだね」

彼女はわたしのレモンの輪切りを指で押さえて、その指を舐めた。

「あそこがあんなに宗教くさいって、知らなかった」

「あそこって？」

「フィロミナなんとかって協会。エイミーとゲイリーがあの子を欲しがらなくても、どっちみちほかのキモいクリスチャンの夫婦んところにやられてたんだって」

壁の絵に、不思議なことが起こりはじめた。太陽が昇りはじめたのだ。ゆっくり、とてもゆっくりと。

「でもあの女の人はいい人だった――ゴリ押ししようとしなかったから。あたしは状況が変わったって、ただ言っただけだった」彼女はわたしの手を取った。

もしかしたら最初から昇っていたのかもしれない。夕陽の絵ではなく、日の出の絵だったのかもしれない。**ああ、わたしのベイビー。大事なわたしのクベルコ・ボンディ。**

「あたし、まちがってないよね？」クリーが背筋をのばして言った。「あたしたちのこと」

「うん、まちがってない」わたしはかすれ声で言った。

「だと思った」彼女は椅子の背にもたれかかり、脚をVの字に大きく伸ばした。「でもコミュニケーションさえあれば……あたしはコミュニケーションがすべてを解決するって思ってる」

わたしもそう思うと言うと、彼女は言った。ジャックはすごく物分かりのいい子だと思う、あたし最初は母親になるつもりなんかなかったけれど、すごくひねくれた子供でないかぎりきっと何とかなると思うし、ジャックはそんな子じゃないって、ぜったい自信がある。「それに」と彼女は言った。「きっとシェリルも超その気だろうって思ったし」

そう、超その気よ、とわたしは言った。彼女とわたしの関係のこと、わたしとジャックの関係のことで、質問したいことが八個も九個もたてつづけに浮かんだけれど、いまここでせっついて、せっかく決まったことを壊してしまいたくなかった。彼女が親指で、わたしの手のひらを力をこめてさすりながら、「あなたにいい呼び名を考えなきゃ」と言った。

「〝シェーア〟とか？」わたしは言ってみた。

「シェーア？　それじゃなんだかお爺さんみたい。待って、いま考える」

彼女はこぶしを頭に当てて考えていたが、言った。「オッケー、決めた。〝ブー〟にする」

「ブー？」

「ブー」

「お化けが〝ブー〟っておどかす、あのブー？」

「ううん、〝きみは僕のブー〟のブー」

「そうね、面白いかも。ブー」

「ブー」

「ブー」

# 11

クリーがステングル・ベイビーを自分で育てることにしたと知ると、ナースたちはすぐさま搾乳器を彼女に渡して、二時間おきにしぼるように言った。「何も出なくても、とにかくしぼるのよ」とキャシーは言った。カーラもうなずいて言った。「ボトルのほうは見ないで、気楽にね。大丈夫、きっと出ます。ほんのちょっとでも出たらこっちにちょうだいね。点滴がはずれたら飲ませるので」

クリーは搾乳器を自分から遠ざけるように持って、困ったように笑った。「えーっとね。うん。やっぱいいや」そう言ってキャシーに返した。「こういうの、無理なんで」

その夜、樽みたいな体型のメアリというおばさんが、搾乳器を台にのせてわたしたちの部屋に入ってきた。「この病院とシダーズ・サイナイ病院で母乳指導をしてます。ハエからだってお乳出してみせるわよ」わたしは彼女に、クリーは母乳で育てるつもりはないのでと言った。するとメアリは強い調子で、母乳がいかに子供の糖尿病・ガン・呼吸器の病気・アレルギーのリスクを低減させるかを一気呵成に述べた。クリーが恥ずかしそうにうつむいて、シャツのボタンをはずした。ピンク色の重たげな胸があらわになった。見るのははじめてだった。メアリは熟練の手つきでいろいろなサイズのカップをクリーの乳首にあてがった。

「任せて、どんぴしゃのサイズを見つけてあげますからね。はい、あなたはＬ」

クリーの頭はうつむいたまま動かなかった。髪のカーテンにすっかり隠れて、顔は見えなかった。

メアリはカップをボトルにつなぐと、年季のはいった機械のスイッチを入れた。**シュパ、シュパ、シュパ。**クリーの乳首が音に合わせて伸びたり縮んだりした。

「牛とおんなじ。牧場に行ったことはある？　牛のお乳をしぼるのと原理はいっしょよ。はい、これ持って」クリーはカップを左右の胸に当てた。

「出てきたかな？」メアリがボトルをのぞいた。「まだね。ま、とにかく続けて。二時間ごとに十分ずつね」

メアリが出ていくと、わたしはすぐに機械のスイッチを切った。

「冗談じゃないわよ。かわいそうに」

クリーは目を伏せたまま、スイッチを入れなおした。

**シュパ、シュパ。**吸引されるたびに、クリーの乳首があり得ないくらい細長く伸びた。

「ちょっと、そこどいててくれる？」彼女が言った。

わたしは急いで部屋の隅に移動した。

「胸をじろじろ見られたくないから。そういうの、趣味じゃない」

「ごめん」とわたしは言った。「自分だったらよかったのになと思って」

**シュパ。シュパ。**

「どうして」

「わたしだったら、べつに気にしないから」

シュパ。

「あたしにはおっぱいが出せないって思ってるの？」

「ちがう、そういう意味じゃない」

「牛にもできるのに、あたしにはできないってこと？」

シュパ。シュパ。

「ううん、ちがう！　もちろんできるってば。牛にもできるけど！　両方ともできるわよ」


その夜は一滴も出なかった。クリーは夜中の二時、四時、六時に携帯のアラームをセットした。出なかった。八時にメアリが様子を見にやって来た。

「どう？　出ない？　とにかく続けて。赤ちゃんのことを考えてみて。お子さんのお名前は？」

「ジャック」

「ジャックのことを考えるのよ」

クリーは搾乳器にかかりきりだった。ミルクなしでNICUに行きたくないと言うので、わたしが一人で行って、あなたのママはいま一生懸命おいしいごはんを作ろうとしてるからねとジャックに報告した。部屋に戻ると、クリーは搾乳していた。ボトルは空のままだった。

「ママはいま頑張ってるからねって言ってきた」

「あたしのこと、ママって言ったの？」

「マミー？　お母さん？　なんて呼んでほしい？」

シュパ。シュパ。彼女の目にふいに怒りがよぎった。

「ちくしょう！」搾乳器にこぶしを叩きつけると、マグカップとフォークがテーブルから落ちて、すさまじい音をたてた。

**シュパ。シュパ。シュパ。**

明け方、彼女がわたしの耳をさわっていた。わたしは搾乳器が動いている夢を見ていて、でもちがった、すべてはとても静かで、明け方で、そして彼女がわたしの耳をさわっていた。わたしの耳のきれいな輪郭を指先でなぞっていた。その日最初の光が狭い部屋の中に射しこんでいた。わたしは彼女にほほえんだ。彼女もほほえんで、ベッド脇のテーブルを指さした。母乳。両方のボトルに、黄色いミルクが三ミリずつ入っていた。

翌朝、クリーは退院になった。だがジャックはもちろんまだだった。退院はミルクを六十ｃｃ飲んでちゃんと消化できるようになってからだ、とクルカーニ先生は言った。

「ざっとあと二週間」と先生は言った。「それより早いかもしれないし、遅くなるかもしれません。自力でちゃんとおっぱいを飲めるということを見せてもらわないとね。つまり吸って、飲みこめるようになるってことです」

先生は向こうに行きかけた。クリーが私服を着て、バッグを下げて待っていた。わたしは先生の袖をつかんだ。

「なにか？」先生が言った。わたしは口ごもった。自分の中にある質問の多面体の面を、すべてとらえるのは簡単ではなかった。わたしの人生、息子がいて、若くきれいなガールフレンドがいるこの人生は、病院の外でも存在できるでしょうか。それとも病院がそれを容《い》れる器なんでしょうか。わたしは自分のことを小さなクマだと思いこんでいるハチミツで、本当にクマなのは外側の容器なのに、そのことに気づいていないんでしょうか。

「おっしゃりたいことはわかりますよ」クルカーニ先生が言った。

「本当に?」

先生はうなずいた。「まだ断言はできませんが、お子さんの回復は今のところすばらしく順調です」

わたしたちは明日の朝また来るからねとジャックに言い、出ていき、わたしがまだ彼に愛していると言っていなかったことに気がついて——**愛してるわ、かわいいポテトちゃん**——引き返し、それからまた出ていき、ぐらぐらする足で正面玄関のドアを抜け、日の光の下に出ていった。タクシーの中で、わたしたちはずっと手をつないでいた。家の近所は何ひとつ変わっていなかった。二軒先のお隣さんがごみバケツを家に入れようとして、よろよろと家に入っていくわたしたちを見送った。クリーが玄関で靴を脱ぎかけた。

「もういいわ、それしなくて」

「いいよ、脱ぐ」

「これからは、わたしの家であると同時にあなたの家でもあるんだから」

「でももう慣れちゃったし」

何もかも出ていったときのままだった。寝室は、いたるところに乾いた血の痕があった。キッチンの天井にはカタツムリが群れをなしていた。突拍子もない場所にタオルが転がっていた。ボウルに入ったリックのお湯が、すっかり冷えてドレッサーの上に並んでいた。わたしはクリーが搾乳をしているあいだに大急ぎで掃除をし、カウチから寝袋を取り払って、タオル戸棚にしまった。

はじめてわたしのベッドに入ってくるとき、彼女は小さな声で足の臭いのことをあやまった。

「あのカラーセラピー、効かなかったみたい」

「わたしにも効かなかった」

「知ってた？　ブロイヤード先生の奥さんって、ヘルゲ・トマソンっていう有名なオランダの画家なんだって」

「先生がそう言ったの？」

「ううん、待合室で聞いた」

「受付の人に？」

「ちがう、ほかの患者の人」

わたしたちはふとんをかぶり、手をつないだ。専業主婦の妻がいて浮気するのならまだ話はわかる、ただ刺激ほしさということもあるだろうから。だがヘルゲ・トマソンと互角に切り結ばなかったブロイヤード先生は情けない男だ。名前を聞いたことはなかったが、きっとおそれおおい立派な女性なんだろう。クリーがわたしのみぞおちに手を置いて、すぐに引っこめた。

「セックスは八週間しちゃだめだって、ピンワリ先生が言ってた」

わたしは誰かの小心な叔母さんみたいに笑った。最初のあの日いらい、お互いそのことには一度も触れていなかった。キスをして、背中をなであって、そこで引き返す人もいる。クリーはまた前みたいに攻撃的な感じになるんだろうか。もしかしたらシミュレーション方式でやるのかもしれない。たとえば〈ある日の公園〉あたり。彼女がわたしの胸をつかんで――でもわたしは反撃するかわりに、そのまま彼女にレイプされる。ゴムのペニスを買うべきだろうか。サンセット通りの商店街のペットショップの隣が、たしかそういう店だった。

「筋肉が」と彼女が言った。「ちゃんと収縮しないんだって」

オーガズムのことだ。それをあと八週間、彼女は得られないのだ。

「でも、何ならあなたにはしてあげられるけど。もしそうしたければ」

「ううん、ううん」わたしは急いで言った。「待つわ。二人でできるようになるまで」肝心の単語を言わずにする、この会話が心地よかった。この先もずっと言わないかもしれない。

「そう。オッケー」彼女はわたしの手を握る手に力をこめた。「そんなに長く待てるかな」

「そうね。待ちきれない」


飛行機で寝ているときみたいに、びくっとして目が覚めた。一瞬、自分がいまいる高度と、それにともなう墜落の恐怖まで、はっきりと感じられた。夜中の三時だった。あの子をあそこに置いてきてしまったんだった。あの小っちゃい体。ＮＩＣＵで独りきり、プラスチックの箱の中にいる。ああクベルコ。体の奥から悲しい雄叫びがこみ上げてきた。人間離れのした痛みだった。いや、これはわたしが初めてもつ人間らしい感情なのかもしれない。いますぐ服を着て、病院まで車を飛ばそうか。本当にそうするかどうか、自分の胸に訊いてみた。わたしがふだん寝るとき脚のあいだにはさんでいる枕の上に、彼女の黄色い髪が広がっていた。こんなことがいつまでも続くはずがない。すべては途方もない夢なんだ。わたしは無理やり自分の意識をオフにした。


ラジオも日光も、けたたましかった。「どんな音楽が好き？」雑音まじりの局から局へダイヤルを回しながら、クリーが言った。わたしは目をこすった。クロックラジオだったけれど、時計としてしか使ったことがなかった。

「これとか好きでしょ」カントリーミュージックの局でダイヤルを止めて、こっちを見た。「ちがう？」そうしてわたしの顔を見ながら、また回しはじめた。いろんなジャンルの音楽がごちゃまぜに、せわしなく来ては去った。

「それかも」

「これ？」

「クラシック、好きなの」

クリーはボリュームを上げてベッドに寝そべり、わたしの体に腕をまわした。ほんとは好きな音楽なんかなかった。いつかはきちんと言わないと。

「これ、二人のテーマソングにしよっか」彼女がささやいた。早く恋人どうしを始めたくて、うずうずしている。

タイトルを知るために、わたしたちは曲の最後まで聴いた。気が遠くなるほど長い曲だった。最後にやっと気取った感じのイギリスなまりの男の人が出てきた。『デウム・ベルム』という七世紀のグレゴリオ聖歌だった。

「テーマ曲、これじゃなくてもいいかも」

「だめ、もう遅い」


わたしたちは毎日朝と晩、ジャックに会いに行った。ガウンをはおり、手を消毒してNICUに入るたびに、何か良くない報せがあるんじゃないかと怖かったが、ジャックは日に日に元気になっていった。クリーはもう危険は脱したと思っていたし、たしかにそう見えた。ナースたちは口をそろえて、こんなに強い白人の赤ちゃんは見たことがないと言った。わたしたちはアイロン室を子供部屋に変え、ロンパースとおむつとお尻ふきとベビーベッドとおむつ替えテーブルとおむつ替えパッドとおむつ替えパッドカバーと「スリーパー」という名前のふかふかのトレイと救急箱とクジラの形のお風呂とベビー用シャンプーとベビー用ボディタオルとタオルとおくるみとゲップ布とキュウと鳴るおもちゃと布の絵本と赤ちゃん用のビデオモニターとおむつバッグとおむつ用ごみ箱と持ち運びケースつきの値の張る家庭用搾乳器を買った。ジャックが直接おっぱいを飲めるようになるのは一週間以上先だったけれど、今の彼は手っとり早くチューブでクリーの母乳を飲んでいた。

「これ、モーターがすっごく強力」クリーがほれぼれしたように言った。「電動工具とか、プロのパン屋さんが生地を作るブレンダーと同じモーターなんだって。まったく同じモーターを使ってるの」彼女は搾乳器の持ち運びケースのストラップを、メッセンジャーボーイみたいに肩から斜めにかけた。


二人で店に行くのは新鮮な喜びだった。車に乗るのも、レストランに行くのも、車からレストランまで歩くのも。背景が変わるたびに、わたしたちはまた一から新しくなった。わたしたちは腕を組み、顎を高く上げてグレンデール・ガレリアのモールを歩いた。彼女を舐めるように見ていた男たちが、わたしたちが手をからませると顔色を変えるのを見るのは愉快だった。わたしが！　誰からも女扱いされなくなったおばさんの、いやクリーぐらい若かったころから一度も女扱いされたことのなかった、このわたしが！　おつむの軽い、親子ほどに年のちがうガールフレンドと付き合って何が楽しいんだと言う人は、そういう経験をしたことのない人だ。だってこんなに何もかもが気持ちいい。素敵な服を着るのとおいしいものを食べるのを同時にやって、それがずっと続いているみたい。フィリップはその喜びを知っていた。知っていて、わたしにも教えてくれようとしていたのに、わたしは聞く耳をもたなかった。わたしとクリーのこのことを彼はもう誰かから聞いているだろうかと、考えずにいられなかった。

若いだけじゃない、彼女はわたしをお姫様のように扱った。わたしのためにドアを押さえ、わたしの荷物を持ってくれた。文無しだったので支払いこそしなかったけれど、あなたにはこれが似合うよ、と指さして教えてくれた。あるときは、わたしをランジェリー・ショップに引っぱっていった。彼女いわく〝カーテン〟を買うために。彼女がわたしのために選んだのは、フリルたっぷりでガーリッシュで、この年、この体型の女にはまるで不釣り合いなものだった。ピンクのすけすけのショーツの隙間からゴマ塩の陰毛がちくちくはみ出ていたけれど、彼女はそれには目もくれず、そのまま着て店を出て、と言った。

「カーテン、はいてる?」

「うん、はいてる」

彼女はわたしをぎゅっと抱き寄せた。


ブタ鼻のタミーから、もう「裸のスキンシップ」は始めているのかと訊かれて、わたしたちは赤くなった。まだお互いの裸すら見ていなかった。

「裸のスキンシップをすると赤ちゃんの心拍数や呼吸が安定するし、もちろん母子の絆も深まるのよ」

「いいえ」わたしは何とか取りつくろって、小声で言った。「まだ一度も抱っこしたことないの」

「どちらから先にいきます?」

「シェリルが」クリーがすばやく言った。「あたし、ちょっとトイレに行かなきゃ」

タミーがちらとわたしを見た。エレベーターの前でキスしているところを見るまで、彼女はわたしのことをずっとクリーの母親だと思っていたのだ。わたしはブラウスを脱ぎ、ブラをはずして、椅子の背にかけた。タミーはジャックの管やコードのもつれを辛抱強くほどくと、そろそろと保育器から抱き上げた。彼は顔をしかめ、イモムシみたいに宙で身をよじった。タミーはわたしの胸のあいだに彼を置き、なるべく広い面積で肌が触れ合うように手足の位置を調節し、ピンク色の薄手のコットンのブランケットで二人をいっしょにくるんだ。そして出ていった。

わたしは後ろを振り返った。クリーはまだトイレだった。ジャックの小さな胸が、呼吸にあわせてわたしの胸を押し返した。モニター類は静かなままだった。彼はフンフンと小さく鼻を鳴らして、大きな黒い目をくるんと上に向けた。

**ハイ**、彼が言った。

**ハイ**、わたしも言った。

九歳のときからずっと、わたしたちはこの時を待っていた。わたしは彼の脚とお尻を両手で包みこみ、椅子の背にもたれかかって体の力を抜いた。自分が何か尊いものの彫像になった気がした。**やっと。やっとだね**。意識は今・ここにじっとしていられず、太陽の黒点みたいにあちこちを跳ねまわった。部屋の向こう側では、ジェイジェイが同じ体勢でお母さんの胸に抱かれて、同じピンク色のブランケットにくるまっていた。わたしたちはほほえみ合った。

「お名前は？」彼女が声をひそめて訊いた。

「ジャック」わたしも小声で答えた。

「本当に？」

「ええ」

「この子もよ」彼女はジェイジェイを指さして言った。

「うそ！」

「ほんと」

「すごい偶然」

「動かないで」クリーだった。彼女は携帯で写真を撮ってから、わたしの耳にキスをした。

「あっちの赤ちゃんの名前、なんだと思う?」

「ジャックでしょ」彼女は言った。「あの子から取ったんだもん」

「あの人たちの子と同じ名前を、うちの子につけたの?」

クリーはむっとした。「いいじゃない、他人なんだから。もう二度と会うこともないし。いい名前だと思ったんだよ」

もう一人のジャックのお母さんは、気を良くしたような、悪くしたような顔をしていた。クリーは無頓着にわたしたちのジャックの頭の柔らかな部分をぽんぽんとなでた。彼女にとって、これはどれくらい現実味のあることなんだろうか。すべてはかりそめだと思っているんだろうか。でも、それこそが恋というものなのかもしれない――考えないことが。

# 12

彼女は前よりも多少は同居人らしくふるまうようになり、自分の服をたたんでドレッサーの上にきちんと置いて、化粧水やアクセサリーを無頓着にぜんぶ倒したりした。最初の何日間かは食卓に座って話をしながら食事をしようとしたものの、どうにも彼女が居心地わるそうだったので、カウチに並んで座って、テレビを見ながら食べるようになった。レンジでチンする冷凍食品も何度か食べた。どれもみんな、うんと塩からいのでさえ、似たような茶色い甘ったるさがあった。わたしは彼女の搾乳器の部品を洗い、ボトルに日付を貼るのを手伝った。彼女はわたしたちを自撮りして、〈ハーティファイ〉なるアプリで写真をデコった。わたしたちは新婚さんごっこをする子供だった。ごく当たり前のようなそぶりで二人並んで歯みがきをするだけで、心が躍った。もしかしたら彼女は、わたしが前にもこういうことをやったことがあると思ったかもしれない。眠っていた同棲生活の才能がわたしのなかで一気に開花して、アイデアが次々わいてきたのだ。はじめての週末に、わたしは買ってきた黒板をカレンダーの横、電話のすぐ上にかけた。

「これに電話の伝言を書くの。チョークはこのお皿の中。白だけじゃなく、いろんな色があるから使って」

「あたしの電話はみんな携帯にかかってくるからなあ」と彼女は言った。「でもシェリルあてのをあたしが書くよ。でも、出ていいの？　いつも鳴らしっぱなしにして、そのまま留守電にしちゃってるんだけど」

「伝言じゃなくても、何でもここに書いていいのよ。何か元気が出るようなスローガンとか。日曜日に、その週のスローガンを書くとかね」わたしは青いチョークで〈あきらめないで！〉と書いて、すぐ消した。「みたいな感じに。毎週交代で書くんでもいいかも」

「スローガンとか、あんまり知らないけど」

「印みたいなのでもいいの。たとえば、数をカウントしたいものがあったらここに書いとくとか」

彼女はわたしの目を見て、紫のチョークを取って、左上の隅っこに小さな印を一つ書いた。

「そう、そんなふうにね」わたしはチョークをお皿に戻して言った。

「これ、何の印だか知りたい？」

「何なの？」

「これはね、アイシテルって一回思った印」

わたしはチョークを全部まっすぐ並べなおしてから、目を上げた。彼女は笑っていなかった。大まじめで、目を輝かせていた。たぶん、ずっと前から誰かにこういうことを言ってみたかったのだろう。

「なんでこんな隅っこに書いたか、わかる？」彼女が耳元で言った。「これからうんといっぱい書くからだよ」

そろそろ授乳を始める時期だとタミーが言った。「四時のミルクの時間に来てください。たしかはじめてのお子さんだったわね？　当番の看護師がコーチしてくれますから」

　わたしはクリーのほうを見た。彼女はむずかしい顔で天井をにらんでいた。

　四時に行くと、新顔のショートヘアの、スーというナースがいた。スーはクリップボードを見た。

「えーと、お母さんは……」彼女の目がわたしたちのあいだを行ったり来たりした。「今日はじめて授乳するんですよね？」

「いいえ」クリーがきっぱり言った。「ずっと搾乳器のままでいくことにしたんで」

「え」誰かほかのナースが聞きつけて何か言ってくれないかと、スーは部屋を見まわした。

「リンってなに、旦那さんの名前？」クリーが悪そうに鼻に皺をよせて、ナースの名札をつついた。

　スー・リンはクリップボードを見つめたまま笑い、はさんであったペンをいじっていたが、床に落としてしまった。

「いいえ、ていうか、はい。わたし――あの、べつに哺乳瓶でもいいと思います」

　クリーはふんぞり返って保育器のほうに歩いていった。

「授乳するのが大事なんじゃないの？」わたしはスーに訊いた。「母子の絆のために？」

　スーはもじもじした。「はい、もちろん。次はやっていただかないと」

　だがクリーはその後も毎回逃げつづけた。わたしは小さな哺乳瓶をエンピツみたいに持って、彼の唇をつついて開かせ、乳首を上顎の裏に向けて飲ませるのがすっかりうまくなった。

　**これはわたしのじゃなく、クリーのミルクだからね。**

　出どころは、はっきりさせておく必要があった。ジャックはわたしからじっと目を逸らさずに、一心にミルクを吸いつづけた。

〈生まれました〉のお知らせメール用にクリーが選んだのは、彼女が携帯で撮った、彼とわたしのツーショットだった。ラップトップでそれをデザインしていると、クリーが後ろに来てわたしの肩をもんだ。

「字のとこ、もっと変わった感じにならない？」

「書体を変えるってこと？」

「とか」

わたしはふざけて、全部の字をぷくぷくしたマンガっぽい書体にしてみた。

「うん、いい感じ」彼女が言った。たしかにそうだった。ぷくぷくの字は生きる喜びにあふれていた。それこそまさに、わたしたちが祝福したいことじゃないだろうか？

ジャック・ステングル＝グリックマン
2013年3月23日　誕生
2440グラム

わたしたちはそれをクリーの知り合い、両親、ジムはじめ〈オープン・パーム〉の従業員全員、おたがいの親戚、その他思いつくかぎりの人たちに片っ端から送った。ただしリックだけは送り先がわからなかった。もしかしたらリックはわたしたちが最初からレズビアンのカップルだったと思っているかもしれなかった。それ以外の人たちはきっとびっくり仰天したにちがいないけれど、みんな同じ大人の返事をよこした――「おめでとう」。スーザンとカールをはじめ何人かの人たちは、なしのつぶてだった。クリーが寝たあと、わたしはそっとフィリップあてのメールを立ち上げ、お知らせをペーストした。わたしとうんと若い女の恋人の噂は、きっともう彼の耳にも入っているだろう。わたしは画面上の彼の名前を見つめた。もちろん若い恋人に関してはどっちもどっちだ。でも十六歳はあまりに若い。にわかには信じられないほどに。わたしは自分の携帯を取り、下にスクロールして、ドレッドヘアのワニのシャツを着た女の子の写真を見つけた。いったいこれは誰なんだろう。そう、この子はキ・イヤ《耳》・ステンなんかじゃない。キアステンは存在しないのだ。急にはっきりそう気がついた。どこの世界に七十ちかい男と恋愛したがる十六歳がいるだろう。わたしはあっと声にならない声をあげ、にんまりした。あのメール、全部ゲームだったんだ！　大人の男と女の、ちょっとしたプレイ。まったく、なんて手《て》練《だ》れの女たらしなんだろう！　わたしは〈生まれました〉のお知らせを削除し、コマンド＋Ｖでまたペーストした。なんて書こう。どう言えばいい？　電話のほうがいいだろうか。それともメール？　いっそ訪ねていく？

　わたしは自分の両手を見た。酔っぱらった花嫁付添人が抱き合っているみたいに、手と手が組み合わさっていた。

　わたし、いったい何を考えているんだろう。

　わたしはメールを削除し、パソコンを閉じ、電気を消した。クリーは落下する人みたいにベッドに大の字になっていた。わたしは彼女を体ぜんぶで抱きとめた。

　週の後半、わたしたちはいっしょに〈オープン・パーム〉に顔を出した。クリーが携帯を回覧すると、ナカコやサラやアヤがジャックの写真をかわいいかわいいと褒めそやし、あなた痩せたわねえ、とくちぐちに言った。わたしは仕事に大穴をあけていたが、心配いらないよとジムは言った。

育児休暇六週間にプラス有給休暇をつけておいたから。ただ、彼はわたしの目をまともに見られないようだった。

「〈キック・イット〉の新しいバナー、見る?」彼が床にそれを広げてみせたので、わたしはクリーを呼んだ。

「あなた《ハニー》、どう思う?」

「でもブー、あたしこういうのよくわかんないもん」彼女はわたしの腰のうしろを手で愛撫した。わたしはこっそり部屋を見まわして、みんなの反応をうかがった。ミシェルは赤くなっていた。ジムは床を見つめていた。あとの人たちは仕事をしていた。

「でもそこがいいのよ。フレッシュな目で見られるから」

ジムがわたしを脇にひっぱった。

「あのさ、僕はぜんぜんいいと思うんだ。幸せそうで、すごくうれしいよ」

「ありがとう」

「でも僕はここのボスじゃないからさ」

「どういうこと?」

「カールとスーザンが来てるんだよ——いまクリストフといっしょに倉庫のほうにいる」

「二人がいま倉庫にいるっていうの?」

「きみたちが帰るのを待ってるんだ」

わたしはオフィスを出て、通りを歩いて倉庫まで行った。大きな窓の奥から二人がこちらを覗いていたが、わたしが近づくとさっと横を向いた。わたしはクリストフに、十分ほどはずしてくれないかと言った。

「いえクリストフ、いてちょうだい」スーザンが言った。「そこから一歩も動かないで」クリストフは板ばさみになって、片足を上げたまま固まった。

わたしは携帯を出した。「お孫さん、すごくかわいいのよ。見たくない?」

「〝ペルソナ・ノン・グラータ(ラテン語で「好ましからざる人物」を意味する外交用語)〟っていう言葉を知ってるか」とカールが言った。

「ええ」

「ラテン語で〝偉大じゃない人物〟という意味だ」

クリストフが何か言いかけて、やめた。ラテン語を知っているのかもしれない。

「クリーがいるからクビにはしない。だがきみは〝ペルソナ・ノン・グラータ〟だ。理事会からも降りてもらう」

クリストフがわたしを見て、反応を待った。わたしは携帯をしまった。二人の身になってみれば、わからないでもなかった。わたしを信じた結果がこれなのだから。

「ジャックを育てると決めたのはクリーよ」

クリストフがスーザンとカールのほうを見た。

「赤ん坊はどうだっていい。問題はきみとうちの娘との不適切な関係だ」

クリストフが素早くわたしを見た。

**ジャックよ。あなたたちの孫にはジャックっていう名前があるの。**

「わたしたちの関係の何を知ってるっていうの」

「想像はつく」

「まだセックスはしてません」

「へえ」

クリストフも信じていない顔つきだった。

「主治医から、八週間は禁欲するよう言われてるので」

「いつから八週間？」クリストフが質問した。

「出産から」

スーザンとカールがほっとしたように顔を見合わせた。

「つまり五月十八日です」とわたしは言った。「カレンダーに印でもつけとけば？　その日になったら、わたしたち性行為をしますから」この言い方はちょっと変だと気づいたけれど、そのまま続けた。「その日から毎日。日に何度も。いろんな体位で、いろんな場所で。ここでだってするかも」

クリストフがスウェーデン語で快哉を叫び、あわてて口を押さえた。でも遅かった。スーザンは彼をその場でクビにした——悪を芽のうちに摘んでおかなかった後悔に、顔をふるわせながら。


一日は規則正しいリズムで回っていた。わたしたちは朝おそく起き、ジャックと二時間面会し、いろいろ用事を済ませたり昼を食べたりし、家に帰って少し眠り、またジャックと一時間面会し、八時に家に帰って十二時か一時までテレビを観、それから寝た。寝るのに最適のポーズが見つかったので、わたしたちは際限なく眠った。クリーが背後からわたしを抱き、二つのSみたいに体をぴったりくっつけて眠るのだ。

「こんなふうにできるカップルって、なかなかいないと思う」わたしは彼女の腕をぎゅっと押さえて言った。

「誰だってやってるよ」

「でもこんなふうにぴったりはまるのって、めったにないと思うな」

「うそ、みんなはまるって」

ときどきわたしは彼女の寝顔を、その息づく肉を見て、命あるものを愛することの心もとなさに身がすくんだ。目の前のこの人は、水がなくなっただけで死んでしまうのだ。植物に恋をするような危うさだった。

半月もすると、ほかにどんな暮らし方をしていたか、もう思い出せなくなった。あいかわらずキスはしょっちゅうした。たいていは軽いキスの連続で、それは初期のころのディープなキスの略号だった。それが何を表しているか知っているぶん、ある意味もっと親密なキスだった。

「早く退院させろって、あんまりせっつくべきじゃないと思う」とクリーが言った。キス。

「うん、もちろんよ」キス。もう一つキス。さらに三つめ。彼女が顔を離してわたしを見た。

「でも、今朝はちょっとせっついてたじゃない」

「わたしが？　何て言ってた？」

「『もう待てません』って言ってた。でも待てるもん。あの子のためになるんだったら、あたしたち永遠にだって待てるよ」

「〝永遠〟はないでしょ。それじゃあの子がＮＩＣＵでお爺さんになっちゃう」

「それがあの子にとっていいんなら、そうすればいい。もし病院がもう退院していいって言っても、『ほんとのほんとに、二百パーセント確か？』って言うべきよ」

だが、実際は会話のやりとりなどなかった。ジャックはＭＲＩを撮り、結果が正常と出た。次の日はミルクを六十ｃｃ飲み、ちゃんとした便が出た。それで退院していいとの判定が下った。いくつもの書類に記入し、何本かの注射が打たれた。わたしたちの引き取りの書類にサインしながらクルカーニ先生は、ステングル・ベイビーはたしかに完璧に回復しました、と言った。「ただ、新生児のうちはそう問題はないんです。この先一年はいろいろとあるでしょう」

クリーとわたしは不安な目を見交わした。

「でも、完璧に回復したんですよね？」わたしは声のふるえを抑えて言った。

「たしかに。しかしこの子が走れるかどうかは、走ってみるまでわからない。子供というのはそういうもんです」

「そう、わかりました。じゃあ走ること以外は？　将来どんなことに気をつけてればいいですか？」

「なるほど。将来、ですか」ドクターの顔にふっと影がさした。「お子さんが将来ガンになるかどうか知りたい？　あるいは車に轢《ひ》かれるか？　躁鬱病になる？　自閉症になるかどうか？　ドラッグ中毒になる？　それは何ともわかりません、私は超能力者じゃないのでね。子供をもつとはそういうことなんですよ」そう言うと、ひらりと身をひるがえして行ってしまった。

クリーとわたしは口をぽかんと開けたまま立っていた。カーラとタミーが、いつものやつ、というように顔を見合わせた。

「心配しないで」とタミーが言った。「もし何かあったらすぐにわかりますよ。母親のカンでね」

「とにかく一つひとつ目標をクリアしていくこと」とカーラが言った。「次は笑顔ね。ええと――」彼女は指を折って数えた。「七月四日。それまでに赤ちゃんが笑顔を見せれば合格。あいまいなのじゃなくて、本物のやつね」彼女は口を大きく開いて、ねじがゆるんだみたいな無邪気な笑顔を作ってみせてから、すぐにまた真顔に戻った。それからタミーがわたしとクリーに口の部分が動く赤ちゃん人形を一体ずつ持たせると、テレビのある部屋に案内した。わたしたちはよくわからないまま、人形を抱いて座った。

「乳児の心肺蘇生術」タミーはささやくように言うと、リモコンで再生ボタンを押した。「終わったらそのまま出てきて」そうしてつまさき立って歩き、そっとドアを閉めた。

わたしたちは並んで座って、母親が赤ちゃんの呼吸が止まっているのを発見するところを観た。「マリア?」母親が赤ん坊を揺する。「**マリア!**」顔が恐怖にゆがむ。母親は911に電話をするが、乳児心肺蘇生術を知らない彼女は何もせずにただ泣き叫びながら待ち、赤ん坊は彼女の目の前で、たぶんなすすべもなく死んでしまう。

わたしたちは必死に人形の口に息を吹きこみ、すり減って手垢で汚れた胸の一か所を押した。これほど真剣に何かのシミュレーションをしたことはなかった。わたしは横目でクリーを盗み見た。ずっと前に二人で観たハウツービデオを、彼女も思い出しているだろうか。これもある種の護身術だった。マリアがブドウを喉に詰まらせてしまいました。

「無理、あたしにはできそうにない」クリーは言って、人形を脇に押しやった。

「できるって」わたしは励ますように言った。「ほら、もう少しじゃない」だが彼女は何か言葉にならない、ある特別な意味をこめてわたしをじっと見た。親になること。自分にはそれはできそうにないと、彼女は言っているのだ。わたしは彼女から目をそむけ、赤ん坊人形の背中を一度、二度、三度と叩き、それから口許に耳を近づけて、息の音に耳をすませた。

# 13

家には機器類が一つもない。ジャックの血圧や心拍数や血中酸素量が上がったり下がったりしても、知る手だてがないのだ。彼は一時間ごとにお腹を空かせた。クリーはほとんどずっと搾乳しっぱなし、わたしもずっと温め、洗い、哺乳瓶を手で支えっぱなしだった。クリーはまたカウチで寝起きするようになり、わたしがスリーパー・トレイに寝かせたジャックを寝室のベッドに置いて、並んで寝るようになった。彼を安心させるために何秒かおきに体に手を置くものの、手の重みを全部かけてしまうと押しつぶしてしまいそうで、怖くて眠れなかった。何時間も手を浮かせているせいで肩と首がバキバキに痛くなった。昔のわたしだったらそれで大騒ぎしただろうが、気にしなかった。ジャックは疝痛《コリック》（とくに乳幼児に多く見られる原因のよくわからない腹痛）もちで、一度おっぱいを飲むと、その後何時間も体をよじって苦しがった。「何とかして何とかして！」クリーが悲鳴まじりに言う。お通じがぴたりと止まった。わたしは彼のお腹をマッサージし、脚を自転車こぎのように動かした。どう考えてもこの子はどこかに問題があった。七月四日までの笑顔なんて夢のまた夢、今の彼はただの臓物の塊でしかなかった。顔がひっかき傷だらけだったが、クリーもわたしも怖くて爪が切れなかった。わたしの肩はどんどん悪くなった。一週間後、ジャックのトレイを床におろし、自分もその隣に寝た。お風呂には入れなかった。手を滑らせたり、おへその傷が開いたりするのが怖かったから。ある晩、夜中の三時に目が覚めて、ジャックが鶏肉みたいに腐りかけていると思った。台所の流しに彼を漬けようとしたところでやっと気がついた。こんな時間に赤ん坊をお風呂に入れるなんてどうかしている。わたしは泣いた――彼はこれっぽっちも疑わずにわたしに身を任せている。わたしがどんなことをしても、きっとこの子はされるがままなんだ。なんてお馬鹿さんなの。

クリーは搾乳以外何もしなかった。たまに搾乳しながら居眠りをした。ほとんどの時間、音を消してテレビを観ていた。姿が見えないと思うと、おもての舗道でしゃがんでいた。わたしがもっと協力してよと文句を言うと、「この子に粉ミルクを飲ませたいの？」と言った。協力したいのはやまやまだができない、と言わんばかりの口ぶりだ。子育てをいっしょにするのに、この世でクリーほど不向きな人物はいなかった。それはよくわかったけれど、どうしようもなかった。それについて深く考えている暇はなかったし、ジャックの便秘はあいかわらず続いていた。この子が来て十二日が経っていた。家じゅうの食器が汚れて積み上がり、クリーはそれを全部まとめてお風呂で洗おうとした。大丈夫、前にもやったことあるから。排水口はたちまち詰まり、また前と同じ太った配管工がやって来た。ジャックは彼をひとめ見たとたん、おむつからはみ出るほど大量のうんちをした。黄色いカテージチーズがあたりに飛び散った。わたしはうれし泣きし、彼にキスしながら痩せっぽちのお尻を拭いた。クリーがごめんと言い、わたしもこっちこそごめんねと言い、その夜ふたたびベッドに戻った。どうして床に寝れば問題が解決すると思ったのか、我ながら謎だった。クリーはあいかわらずカウチで寝ていたけれど、気にならなかった。ビンワリ先生が定めた床入りの日まで、まだあと四週間もあったから。

うんちをしておっぱいを飲んで眠るだけでなく、彼はしゃっくりをし、翼竜めいた湿った声をたて、あくびをし、小っちゃなOの字に開けた口から舌をおずおず出してみた。この子って猫みたいに暗闇でも目が見えるのとクリーに訊かれて、見えると答えた。後でまちがいに気がついたときは明け方の五時で、クリーは寝ていた。次の日は言い忘れた。毎日ジャックは猫みたいに暗闇で目が見えるわけじゃないと言うのを忘れ、毎日夜になると思い出して、早く言わなきゃと焦りがつのった。このまま何年も言いそびれてしまったらどうしよう？　へとへとにくたびれ、体が自分から離れて横や真上にふわふわ浮かび、そのたびに凧《たこ》みたいにたぐり寄せた。ついにある夜、紙に〈ジャックは暗闇の中では目が見えません〉と書いて、寝ている彼女の顔の横に置いた。

「これ、何？」次の日、クリーが紙をひらひらさせて言った。

「ああ見てくれたの、よかった。そうなの、ジャックは暗い中では猫みたいに目は見えないの」

「知ってる」

　わたしは急に、事の発端がどうだったかわからなくなった。もしかしてクリーはそんなこと訊かなかったのかもしれない。その話はそれきりになったけれど、自分の頭への漠然とした不安が残った。次の夜は、この子はひょっとしてクベルコ・ボンディじゃないんじゃないか、わたしはずっとだまされてたんじゃないかと考えだして止まらなくなった。一時間ほどして気づいた。ジャックはクベルコ・ボンディの子供なんだ。クベルコがこの小っちゃな赤ちゃんを産んで、わたしたちはクベルコが大きくなってこの子の面倒を見られるようになるまでの子守役なんだ。


**でもあなたがクベルコ・ボンディの赤ちゃんだとすると、クベルコ・ボンディは一体どこにいるの？**

**ぼくがクベルコ・ボンディだよ。**

**うん、そうよね。そう考えるのが自然ね。**

わたしはおくるみの上から彼の体に腕をまわした。彼を抱きしめるのはマフィンとかカップを抱こうとするのに似ていた。面積がぜんぜん足りない。わたしはかさぶただらけの左右のほっぺにそうっとキスをした。彼のか弱さが胸を刺した。でも、これを愛という言葉で呼ぶのが本当に正しいんだろうか。もしかして熱に浮かされたただの憐憫じゃないんだろうか。すさまじい泣き声が家じゅうに響きわたった——またおっぱいの時間だ。

夜中のおっぱいの時間は一時、三時、五時、七時だった。三時がいちばんきつかった。ほかの時間にはまだ多少なりとも理性のかけらが残っていたが、三時のわたしは自分の一度きりの人生を台無しにした赤の他人の子供を腕に抱いて、月をぼんやり見あげていた。毎晩思う、なんとか朝まで持ちこたえて、そしたらもっと人生の可能性を広げよう。でも考えるだけ、本当は可能性なんかどこにもなかった。子供が来る前はあった、でもけっきょくどれ一つとして実行しなかった。自分で日本に行って、本当はどうなのかを見てくることもしなかった。ナイトクラブに行って、知らない人に「あなたのこと、ぜんぶ知りたいな」と言うこともしなかった。一人で映画に行くことさえしなかった。息をひそめる理由なんてないときに息をひそめ、我慢強さに意味がないところで我慢強かった。この二十年間、わたしはずっと乳飲み子を抱えているのと同じ暮らしをしてきた。曲げた親指でジャックのぐらつく首の後ろを支え、手のひらで背中を叩いてげっぷをさせた。リビングでクリーの搾乳器の音が始まった。病院の搾乳器のあの柔和な**シュパ、シュパ**とちがい、新しい機械の音はもっと高くて鋭い**スパン、スパン**だった。まるで延々となじられ続けているみたいだった——お前たち、この子供を受け取る権利が自分たちにあるとでも思っているのか？　この**スパン、スパン、スパン**。

それでも太陽が昇ればみじめさも峠を越え、どう転んだって人生の終わりには自分は死ぬんだったと気づく。ほかの可能性を捨てて、こんなふうにこの子の面倒に明け暮れる人生を送ったとして、それの何がいけないというの。もともとわたしは地べたの生き物だ。ジャックのせいで空を飛べなくなったわけでも、永遠の命を奪われたわけでもない。今となっては修道女がいちばん偉い気がした。昔みたいに強制的に入れられたのではない、みずからの意志でその道を選んだ現代の修道女たち。賢い人なら、人生とはすなわち欲しいものを手放すことだと気づくもの。ならばいっそ、持とうとするよりも手放すことの達人になったほうがいいんじゃないか。……そんな突飛な思いつきがどんどん浮かんでくるに及んで、わたしは悟った。睡眠不足と寝ずの番とひっきりなしの授乳、この三つのコンボは、じわじわと、でも確実に古いワタシを型にはめて、新しいワタシ――すなわち母親――に成形するための、一種の洗脳だ。痛かった。わたしは自分の手術の様子を見届けるように、そのあいだじゅうずっと目を開けていようとがんばった。せめて古いワタシの小さな切れ端だけでも残して、ほかの女たちに危険を知らせたかった。だがおそらく無駄な抵抗だった。洗脳が完了すれば、きっと古いワタシはなくなってしまい、何の不満も感じなくなっているだろう。もう痛みもないし、何も覚えていないだろう。

クリーは自分からは決してジャックに触れようとせず、わたしに手渡されても、両脚をぶらんとさせて、自分から遠ざけるようにして抱くだけだった。彼女はジャックを〝おチビ〟と呼んだ。

「ねえ、おチビの手、なんか変だと思わない？」

「べつに。どういう意味？」

「なんていうか、手が勝手に動いちゃってる感じ。大人でよくそういう人っているじゃない――ほら、車椅子に乗ってるような」

何を言いたいかはわかった。そういう人ならわたしも見たことがある。わたしたちはジャックがでたらめに手足を動かすのを無言で見つめた。

「まだ小っちゃいからでしょ。とにかく笑うまでは、考えてもしょうがない。七月四日」

クリーは半信半疑でうなずいて、何か買わなきゃいけないものはあるかと訊いた。

「べつにない」

「まあ、でもちょっと出かけてくる」

体がすっかり戻ってから、彼女はちょくちょく出かけるようになった。正直ありがたいと思うこともあった。二人ぶんの面倒を見なければならないところを一人ぶんで済むのだから。そう考えてから、まるで五〇年代の主婦みたいだと気づいて苦笑した。彼女はわたしのおっきな亭主《ビッグ・ラグ》。これ、あだ名にしたらどうだろう？

「あんたはわたしのビッグ・ラグ」

「はは」

「そしてわたしはあんたのブー」

「うん」

ただし彼女は五〇年代の亭主みたいに家にベーコンを運んではこなかった。また〈ラルフス〉に戻ろうとしたけれど、採用担当者は新しい人——女性——に代わっていた。あちこち当たってみなさいよ、とわたしは言った。ダメ元でトライしてみるの。彼女がやったダメ元は、ケイトに送ったメール一本だけだった——〈なーんか仕事ない？？？？？？？？〉

疲れた体にムチ打って、五月十七日、例の八週間が終わる前の晩に、わたしはあそこの毛を剃った。白髪まじりのものを見せられるよりは、クリーだってこっちのほうがいいだろうと思ったのだ。

スーザンもその特別な日を覚えていたとみえて、律儀にメールを送ってきた。〈どうか思い止まって。〉

十八日当日の夜、わたしはジャックをキャリアーでだっこして近所をぐるぐる歩きまわり、ぐっすり寝かしつけた。それから彼をベビーベッドに寝かせ、頭と足に手をおいて、十数えてから同時にふわりと両手を離し、抜き足差し足アイロン室を出た。髪をとかして耳のうしろにかけ、ピンクのすけすけの〝カーテン〟を着けて、寝室のドアを開けておいた。

彼女はけっきょく来なかったものの、正直ちょっとほっとした。わたしたちの生活がセックス中心になるのはいやだった――R指定映画だの、大人のおもちゃだの。ときどきキッチンの黒板を見て、印が増えていないか確かめた。新しい印はまだなかったけれど、小さい紫色のはまだそこにあった。わたしはカレンダーをめくり、七月四日まであと何週間かを数えた。彼が笑いさえすればきっとすべてはうまくいき、小さい印も草みたいにぐんぐん繁茂するにちがいなかった。

ケイトの母親の妹が、ケータリングのスタッフを派遣するパーティ・プランナーをしていることがわかった。

「これはちゃんとした職業なの」とクリーは言った。「〈ラルフス〉みたいなバイトじゃない、ほんとのキャリア」

「じゃあ、ケイトの叔母さんってこと?」

ジャックのうんちがおむつの中で盛大に破裂した。

「ケイトの母親の妹。あたし、彼女からいろいろ学んで将来は自分で会社を立ち上げたい」

「パーティ・プランナーの会社をってこと?」

「とは限らないけど、まあたとえばの話。それも一つの選択肢。スタッフにレイチェルって子がいて、こんどいろんな味のポップコーンの会社を始めるんだって。もうポップコーンをいっぱい集めてて、家に積んであるの」

「頼んでもいい？」わたしはジャックを彼女に渡した。

「なに？」

「おむつ替えるの」

八週間と七日め、わたしはもう一度陰毛を剃ってカーテンを着けた。もしかしたら彼女は最初の一週間を勘定に入れていないかもしれなくて、だとすればその日が八週間の最後の夜だからだ。

それ以降、わたしはもう毛を剃るのをやめた。


ケータリングの制服は、白のタキシード・シャツに黒い蝶ネクタイだった。それを着た彼女はもちろん死ぬほど素敵で、だからこそ雇われたのだろう。初出勤の日、帰ってきたのは夜中の二時だった。

「もうめちゃくちゃに散らかしてくれちゃってさ——片付けにすんごく時間かかっちゃった」彼女は恨めしげに言った。

クリーは派手な音をたてて、紙袋の中から半分あいたシャンパンのボトルやカップケーキや〈ザック&キム〉と印刷された紙ナプキンの束を出した。

「しぃーっ」わたしはあわててベビーモニターのほうを指さした。近所を四周してやっと寝かしつけたのだ。

クリーは熱いジャガイモみたいに空の紙袋をぱっと放った。

「ちょっと言いたいことあるんだけど」

見たことのない真剣な顔つきだった。胃がぎゅっとなった。別れ話を切り出すつもりだ。

「あたしがなんか言ってもさ、いっつもあんまし興味なさそうだよね？　質問とかも全然しないし、ああどうでもいいんだなって思っちゃうよ。ちょっと笑わないでよ。なんかおかしい？」

「ごめん。興味、あるのよ。わたし、なにか興味なさそうにしてた？」

「これほんの一例だけどさ、たとえばぱっと思いつくのは、レイチェルがいろんな味のポップコーンの会社作るって言ったじゃん？　あんとき、何も質問しなかったよね？」

「うん、覚えてる。それに関しては、たぶんあなたの話ですごくリアルにイメージが浮かんだから、なにも質問する必要がなかったんだと思う」

「あたしだったら訊くけどな」

「どんなこと？」

「どんな味？　とか。もしほんとに興味あるんだったら、ふつうまずそのことを訊くよね？」

「うん、たしかにそうかも」

彼女が身じろぎしながらじっとこっちを見た。

「どんな味？」

「もうすんごくいろいろ。パパイヤとかミルクとかチョコミルクとかガムとか。ガム味のポップコーンなんて食べたことある？」

「ううん。ガムはあるし、ポップコーンもあるけど――」

「いっしょになったのは食べたことがない？」

「そう、いっしょになったのなんて食べたこともない」

夜中の二時はまだ早いほうだった。パーティが終わったのが三時で片付けに五時までかかったこともあった。一度は、レイチェルと二人で明け方の四時に大理石の演台をオレンジ郡まで車で運んだこともあった。そうしないとケイトの母親の妹がもう一日分レンタル料を払わないといけなくなるからだそうだ。ときどきは、これも仕事だからと言って、酔っぱらって帰ってくることもあった。

「だって余ったお酒がいっぱいあるんだもん」ろれつが回っていなかった。

クリーはタキシード・シャツのボタンをはずし、アルコールまじりの母乳を搾った。**スパン、スパン。**わたしがそれを流しに捨てると、彼女がわたしの口に軽くキスをした。それからもっと長いキスをした。変な味がした。

彼女がわたしの顔をじっと見た。「テキーラの味がする?」

わたしはうなずいた。

「おいしい?」

「お酒、あんまり飲まないから」

「いちどレディを本気で酔っぱらわせなきゃね」

〝レディ〟なんて呼び方を、ふだんの彼女はしなかった。なんだか急に年寄りになった気がした。

彼女がわたしのお尻を触った。

「あのワンピは?」

「ワンピ? どの?」

彼女が不機嫌な顔をした。以前よく見た、刺のある表情だった。

「いい、何でもない」

テレビがついた。わたしは寝室に入ってドアを閉めた。最近のわたしは独りになったとたん魂が抜けたみたいに虚脱して、体の前できつく腕を組んで、この新しい人生のどこかにいるはずの古いワタシを探そうとした。たいていそれも長くは続かなかった——ジャックが泣くと体が勝手に動きだし、すぐにまた自分を忘れた。彼が泣かないと、考えはどんどん曲がりくねって狂気じみてくる。ちょうど今がそうだった。彼女が言っていた〝ワンピ〟がどれのことだか、急にわかった。

わたしの姿を見て、彼女は軽くうろたえた。まずわたしのローファーの甲のコインに目が吸い寄せられ、それからコーデュロイのワンピースの前に並んだボタンを一つひとつたどるようにして、ゆっくり視線を上げていった。最後にわたしの顔までたどり着くと、一歩下がってしげしげと全体像をながめた。虚を突かれたような、ほとんど苦しげな表情だった。片手で前髪をかきあげ、スウェットのズボンで手のひらを何度か拭うしぐさをした。こんなふうに、夢の女が目の前に現れたみたいな目で誰かから見られるのは初めてだった。

彼女は立ちあがり、顔をうつむけて、わたしの首筋のスタンドカラーのすぐ上あたりにキスをした。それから荒っぽくわたしを押し倒した。前のようではなかったけれど、少しだけそうだった。わたしは思わず涙ぐんだ——そうだ、これもわたしたちだった。彼女がすばやくわたしの足元に、スカートの裾のほうに移動した。穴よりもボタンが微妙に大きい、はずしにくいボタンだった。彼女はボタンはずしの裏技も脱がすテクニックもいっさい使わず、まるで初めてボタンというものを目にしたみたいに、一つひとつと真剣に取り組んだ。陰毛のあたりまでたどり着くより前に——仮にそこが目的地だとして——まずまちがいなくジャックが泣きだすだろうと思った。ジャックがいつまでたっても泣かないので死んでいるのではないかと心配になったが、第一発見者になりたくなかったので床にじっとしていた。彼女の指がわたしのウエストを通過した。胸のあたりで格闘する彼女の真剣な面長の顔を、わたしは間近に見つめた。はやる気持ちに、アルコールまじりの呼気が荒かった。聞いているだけで興奮した。こんな音を聞けば、国宗教人種を問わず、どんな人だって興奮するだろう。喉元のボタンがはずれると、彼女はワンピースを左右にゆっくりと、魚の身を開くようにして広げた。わたしはカーテンも何も身につけていなかった。彼女は上体を起こしてかかとにお尻を乗せ、わたしの垂れた胸を見つめながら、かすれた声で何かつぶやいた。

「シェリルひとりでもこれはできます……わたしは大してお役に立てませんが、それでも彼女をお手伝い……」

主の祈りをとなえるみたいに、彼女は早口で口上を言いおえた。床に寝たままうなずくのは難しかったけれど、そうしたとたん彼女はスウェットとTバックをひとまとめに下ろし、わたしの上に覆いかぶさって、暗いブロンドの丘をわたしのじょりじょりするゴマ塩まじりのそこにぴったり合わせた。わたしは頭を起こして彼女にキスした。彼女が目を閉じ、咳払いをしながら腰の位置を少し横にずらした。そして一心に意識を集中させて、わたしの恥骨にゆっくり自分をすりつけはじめた。押しつけられる彼女の体は重く、手をどこにやっていいのかわからなかった。わたしの両手はむきだしの彼女のお尻の二つの山の上空をしばらくさまよったあげく、その上に着地した。ぎゅっとつかんだ。気持ちよくないわけではなかったものの、この感覚をどうやって一つに集めて高みに持っていけばいいのかわからなかった。目を閉じると、フィリップの励ましが聞こえた。「きみのいつものやつを考えるんだ」もうずいぶん長いこと〝いつものやつ〟を考えていなかった。爪先をぴんと伸ばし、空想の中にまた空想があってその中にまた空想が……のこだまを呼び寄せようとしたけれど、途中で目がぱちっと開いてしまった。張りつめた彼女の乳房が、わたしの平たい毛むくじゃらの胸板に押しつけられ、想像ではない本物の濡れたプッシーがわたしの硬い一物の上を上下していた。彼女の尻を思い切りわしづかみにして腰を突きあげた。目眩がするほどの快感だった。

いまわたしは彼女とヤっている、彼女をものにしている。何度もくりかえし突きあげて、ついに怒濤のような激しさで歯をくいしばりながら射精し、彼女の中を満たした。わたしの顔がゆがむのを見てクリーはピッチを上げ、すりつけ方も露骨にピンポイントになった。わたしは動きを合わせようとしたけれど、二人の人間には速すぎるリズムだったので、ただじっとして、犬がかゆいところをこすりつけるのにちょうどいい棒に徹した。彼女の足の臭いが波になって、清浄な空気と交互にもわっと鼻を打った。ちょっと前までジャックが入っていたお腹のたるみが感じられた。彼女はせっせと励み、だんだんそのあたりがひりひりしてきた。やがて彼女は体をこわばらせてふるえながら達し、甲高い、ほとんど作り物めいたうめき声をもらした。いずれそれにも慣れるだろう。なんなら次はわたしも声を出したっていい。

彼女はごろりと横になってわたしから離れ、素早くTバック、ついでスウェットパンツをはいた。ジャンプするように勢いをつけて立ち上がり、尻もちをつきかけて笑った。

「ふう、よかった」わたしにではなく、宙に向かってそう言った。「ふう！」

それで終わりらしかったので、わたしもワンピースのボタンを留めはじめた。

「あたし今からピザを頼んで一枚丸ごと食べる」言いながら、もう電話をかけていた。「あんたもいる？　いらないよね？」

「うん、いらない」

わたしはベビーモニターの画面がフリーズしていないかどうか、スイッチを切ったり入れたりして確かめた。

「あの子、さっきからずっと動いてない」

彼女が画面を見た。「どういうこと」

「さあ。ただ動いてないってこと」

「それってヤバい？」

「生きていればヤバくないけど」

「見てきてくれない？」

「で、あの子を起こすの？」

わたしは一人でモニターを手にして座り、爪の先をジャックの胸に当てて、呼吸に合わせて上下しているかどうか計ろうとしたが、画像が荒すぎてよくわからなかった。**きっとまず叫びながら家の外に飛び出すだろう。そのあとどうするか、それは自分でもわからない。**

ピザの配達員がドアのチャイムを鳴らすと、赤ん坊は起きた。わたしがやっと寝かしつけるころには、彼女はピザを全部平らげていた。


七月三日、ジャックは途切れ途切れに一日じゅう泣きつづけた。笑顔の期限が明日に迫っているのを自分でもわかっていて、それに間に合わないのが悲しくてしょうがないとでもいうように。

**大丈夫、気にすることない。忘れちゃいなさい。でも、ここまで出かかってるんだよ。**

**焦りは禁物よ。**

クリーは三十分ほどいろんな声を出したり面白い顔をしてみたりしたあげく、匙を投げてぷいと出ていった。窓の外を、行ったり来たりしながら煙草を片手に電話で話すのが見えた。

四日、三人で〈ラルフス〉に行くと、クリーはもう働いていないのに従業員用のホットドッグをタダでもらった。店長がジャックをだっこし、クリスという女の人がだっこし、精肉コーナーのおじさんがだっこし、それからクリーも、まるでふだんからやりつけているみたいに彼をちゃんとだっこしてあやした。ジャックは彼女のタキシード・シャツのボタンをしきりにつかもうとした。最近のクリーは仕事がないときもいつもこれを着ていた。下はグリーンのアーミーパンツ。彼女の私服の趣味は、ここ一か月のあいだにひっそり、でも劇的に変わった。とてもよく似合っていた。彼女の顔にそろそろ苛立ちが見えかけたとき、例の赤毛の袋詰め係の男の子がジャックをひょいと彼女の手から取りあげ、真上に高く放りあげた。

「気をつけて」わたしが言った。

「でも喜んでる」と男の子は言った。「ほら！」

クリーとわたしが見ると、わたしたちのベイビーは満面の笑みを浮かべてこっちを見おろしていた。わたしたちは声をあげて笑い、互いに抱きあい、それから袋詰めの男の子とジャックをいっしょにハグした。第一関門を突破したのだ。

笑顔のつぎには笑い声があり、そして寝返りがあった。ねじれていた昼と夜が元にもどりはじめ、午前三時が何でもないふつうの時間になった。新米の親にとって最初の何か月かはいちばんハードで、ほとんど試練と言ったっていい——でもわたしたちはそれを乗り越えたのだ！　そして夏が来た。わたしはシーツを洗い、窓をぜんぶ開けはなった。荒れ放題の庭を少しでも何とかしようと枝を払ったり雑草を抜いたりしている横で、ジャックはブランケットの上をしきりに動きまわった。クリックが戻ってきたらカタツムリのバケツを何とかしてもらわないと、もうほとんど満杯だ。クリーはジーンズのショートパンツをはき、ケータリングで稼いだお金で、新しいのに買い換えるという友だちのレイチェルから古い原付バイクを買った。二人は週末になるとつるんで走りまわり、二人でチームに入ろうかという話も出ているらしい。

「うちら、むっちゃ速いんだから！」ヘルメットを脱ぎながら、彼女は大声で言った。

「じゃあ、わたしはジャックといっしょにスタンドで応援しようかな」クーラーボックスをかたわらに、ジャックを抱いて小旗を振る自分の姿が浮かんだ。顔には日焼け止めローション。

彼女の顔がゆがんで閉じた。「そういうんじゃないよ。レースなんかしない」

「あ、そうなの。チームって言うから、てっきり――」

彼女は無言でキッチンから何かを取ると、出ていった。わたしはジャックを腰抱きにして玄関側の窓の外を見た。彼女はバイクのタイヤにホースで水をかけ、わたしが野菜を洗うのに使っているキッチンブラシでこすっていた。産後の体型は、もうほとんど元に戻っていた。胸は前よりもさらに一回り大きくなって、いい意味でほとんど現実ばなれしていた。彼女が水を止め、一歩下がってぴかぴかのバイクを満足げに眺めた。こんな子に構わずにいられる人は少ないだろう。彼女はわたしにもそれを期待しているだろうか？　もちろんだ。

その晩、わたしはカーテンを身に着けた。裸同然でしずしず登場するのはさすがに恥ずかしかったので、バスローブをはおり、カウチの彼女の横まで行ってから、はらりと落とした。テレビから目を離すまでにしばらく間があって、それからやっとこっちを見た。それも一瞬だけ。

「あーっとさ……」しきりにまばたきしながら言った。「前もって言ってくんなきゃ困るんだけど」

わたしはローブをはおりなおした。

「オーケイ。どれくらい前ならいい？」

「は？」

「一時間前なのか、一日前なのか、それとも……」

彼女は親から問いつめられているティーンエイジャーみたいに自分の膝をじっとにらんだ。そうするうちに、わたしの質問は消えてなくなった。もう答えは期待してもむだだ。わたしは立ちあがり、お茶を淹れた。

今でも折りにふれてわたしから軽いキスはしていたけれど、そのたび彼女は体をぴくっとこわばらせ、唇を固く閉じた。いっそ前みたいに取っ組み合いできたらと願ったが、もうそんなことは無理だったし、そうなるとベビーシッターだって必要だ。それに、もう戦う気も起きなかった。彼女はもうわたしに邪険にさえしなかった。彼女は律儀に皿を洗い、膝まである泥だらけのゴム長をはいて庭の芝を刈った。あんなゴム長、いつの間に買ったんだろう。それともリックが庭仕事をやるときにはいていたやつだろうか。ふいに郷愁が胸の内にふくれあがった。わたしはあのホームレスの庭師が恋しいんだろうか。それとも恋しいのはかつての日々――病院や、ナースたちや、コールボタンや、お下げ髪にして体にぜんぜん合っていない木綿のガウンを着た彼女なんだろうか。一つめの紫色の印はまだ黒板のいちばん上の隅っこに残っていたけれど、もし何も知らない人が見たら、消しきれなかった何かの切れ端だと思ったことだろう。

このところずっと考えていることがある。何秒か考えては、すぐに引っこめる。けれども何日かして、ジャックが寝ているときにまた取り出して、もう少し先まで考えてみる。刺繍の大作を刺すのに似ていた。完全に仕上げるまでは完成形の絵は見たくなかった。だって完成するのはとても悲しい絵だったから。

わたしたちは恋に落ちた。それは確かだった。でもそのときの心理状態しだいで人はどんな人間とでも、いやモノとさえ恋に落ちる。たとえば木の机――いつでも四つんばいになって、いつでもうつむいて、いつでもこちらを待っていてくれる。そんな事故みたいな恋の寿命はどれくらいなんだろう。一時間。一週間。もってせいぜい数か月だ。それが終わるのは自然の摂理だ。季節のように、老いのように、果物が熟すように。そのことが何より悲しかった——誰が悪いわけでもなく、誰にもそれを止められないということが。

だからわたしは、彼女がわたしを捨て、法律的にはわたしの息子でも何でもない赤ん坊を連れて出ていってしまう日をただ座して待っていた。そう遠くないある日、二人はいなくなるだろう。修羅場を避けるために、彼女はいきなり決行するだろう。そして実家に戻り、カールとスーザンに子育てを手伝ってもらうだろう。今は娘と口もきかない二人も、紫色のダッフルバッグを肩にかけて赤ん坊を抱いた彼女が玄関口に立てば、ころりと変わるだろう。自分の立場をそうと理解すると、わたしは情緒不安定になり、食事が喉を通らなくなった。冷えきった手でジャックを抱き、ほんのちょっとのことで涙が出そうだった。生まれてはじめて、人がなぜテレビを観るのかが理解できた。薬なのだ。もちろん効き目は長くは続かないけれど、一分刻みのその場しのぎにはなる。唯一食欲がわいたのは人工的な、非オーガニックなポテトチップスやクッキーで、とりわけ中毒したのがその二つを合わせたようなもの——塩味のフライド・クッキーだった。家にあるのを食べつくしてしまったので、ジャックをクリーに任せて〈ラルフス〉に買いに出た。

「もし目を覚まして泣いても、すぐには行かないで五分待って。たぶん二分ぐらいですぐにまた寝るから」

クリーは、はいはいはいわかってる、というようにうなずいた。搾乳の最中だった。「グレープフルーツソーダ、買ってきてくんない？」

店からの帰り道、ソーダを買い忘れたことに気がついた。でも思った——**かまやしない。だって帰ったらクリーはもういないんだ。ジャックもいっしょに。**案の定、家の前に彼女の車はなかった。

彼女が出ていった直後の家に入るのは何かまちがっているような気がした。その痕がふさがって家が落ちつくまで待つべきだった。それに、あまりにひどく泣きじゃくって動けなかった。あけっぱなしの、ぼろぼろの、吠えるような泣き方だった。やっぱりこうなった。**おおわたしのベイビー。クベルコ・ボンディ。**

ふいに彼女のシルバーのアウディがわたしの車の横に来て停まった。助手席にダイエットペプシの二リットルボトルを二本のせ、チャイルドシートではジャックがよく眠っていた。わたしたちはそれぞれの車から降りた。

「五分待ったんだけど泣きやまなくってさ」彼女はボンネットごしにひそひそ言った。「だからドライブに連れ出した」

それ以降わたしは片時もジャックのそばから離れなくなり、クリーに連れ去られたあとも細胞レベルで彼が覚えていてくれるようなことをするようにした。サンタモニカ埠頭のボードウォークにみんなで出かけようと提案したのもその一つだった。あそこには、五感を刺激してあとあとまで消えない景色や音があふれているから。

「友だちも連れてってていい?」とクリーが訊いた。

「友だちって?」わたしは言った。

「いい、言ってみただけ」

埠頭は、手に手に巨大な揚げパンや蛍光カラーの綿あめを持った肥満体の人たちであふれていた。クリーはオレオクッキーのフライを買った。

「甘い味のおっぱいが出るわね」砂糖は炎症を起こしやすくさせるのにと思いながら、わたしは言った。

「え、なに？」ジェットコースターの絶叫と轟音に負けじと、彼女は声を張りあげた。ジェットコースターが前を通るたびに、ラティーノのお母さんが赤ん坊を高々と持ちあげて、赤ん坊はそのたびに手足をぱたぱたさせた。自分も乗っているつもりになっているのだ。次に来たとき、わたしも同じタイミングでジャックを持ちあげた。このことはきっと覚えていてくれるだろう。ラティーノの彼女がわたしに笑いかけたので、あなたの地位を乗っ取るつもりはありません、リーダーはあくまであなたです、という敬意をこめたジェスチャーをした。わたしたちは何度も何度もお互いの赤ん坊を高く差しあげて、そして伝えた、お母さんになるのってこれとおんなじなのよ、怖いくらいにあなたのこと愛していて、途中で降りることもできないの。腕がだるくなってきたけれど、やめるかどうかを決めるはリーダーだった。ああ、わたしも周りをそぞろ歩くこの人たちみたいに自由気ままでいられたらどんなにかいいか。するとジェットコースターがガシャンと音をたてて停まり、ドアが開いて、大人の男や子供たちがふらつく足で笑いながら、わたしのラティーノの同志のほうに歩いてきた。わたしは腕の力がぐにゃぐにゃに抜けて、ジャックをキャリアーに戻すのがひと苦労だった。

そしてクリーの姿は消えていた。

わたしは息をつめ、人の流れのなかで棒立ちになった。

わたしが油断する隙をうかがっていたのだ。

そして友だちの車に乗った。

今ごろは一路サンフランシスコだ。

ジャックを置いて。

わたしは彼の顔を両手で包んで、なんとか呼吸を平常に保とうとした。この子はまだ何も知らない。なんてひどい、これは犯罪だ。それともこれは優しい大人の決断で、最初から彼女はこうするつもりでいたんだろうか。ふいに目頭が熱くなった。彼女はわたしを信じてくれた。わたしならきっとできると。そしてそのとおりになった。安堵と捨てられたショックとがないまぜになって渦を巻いた。わたしは一つところをぐるぐるまわり、出口に向かって歩きかけ、それからトイレに行き、それから射的場で痩せっぽちの父親がゴムのアヒルを撃ち落とそうとして何度も失敗するのを魂が抜けたように眺めた、バン、バン……バン。クリーもそれを見ていた。すぐそこにタキシード・シャツを着て立ち、大きなプレッツェルをかじっていた。痩せっぽちの父親がついにあきらめて去ると、クリーは次に見物するものを探して、見るともなくあたりを見まわした。そしてわたしたちに気づいて手を振った。

「あれってなんかずるしてると思う?」

「たぶん」ふるえる声でわたしは言った。

「まあでもやってみる。ちょっとこれ持ってて」

　さらにひと月が経って、わたしは気づいた。もしかしたら彼女はわかっていないのかもしれない。わたしはこのまま何年も待ちつづけるのかもしれない。彼女はわたしを捨てて出ていく定めになっているのに気づかないまま、息子と両親の従業員の女とともに、この家で年老いていく。気性はだんだん穏やかになり、金色の髪は白っぽい灰色に変わり、体にもぽってり肉がつく。彼女が六十五歳になるころ、わたしは八十を超えている。そうなればもう、ただの老女二人と歳とった息子だ。お互い理想の相手ではないかもしれないけれど、そう悪い組み合わせでもない。そう考えると一気に気が楽になって、こっそり隠したパンのように、永遠にそれを食いつないでやっていけそうな気がした。そんなある日の午後、ジャックとわたしが公園から戻ってくると、遠くに何かが見えた。

**あの道ばたにあるものは何？**

**あれは人よ、**とわたしは言った。

力なく背を丸めた灰色の人。クリーだった。髪が灰色だったのではない、肌が灰色だった。そして表情も。のしかかる荷のあまりの重さに、傍目にもはっきりわかるほどくたびれ、ひしゃげていた。自分の人生を憎んでいる女の姿だった。そしてそれを乗り越えるために彼女の頭で考えた策がこれだった——道端にしゃがんで煙草を吸うこと。いったいいつからこうだったんだろう。何か月もだ、まちがいなく。ジャックを家に連れ帰ってからずっと、彼女はここで煙草を吸っていたのだ。その場の勢いのせいで本来生きるべき道を踏みはずしてしまう、それは避けがたく起こるし、起こったら元には戻せない。わたしはジャックを見た。心配そうに眉を寄せていた。

**ほんとはすごく元気な人なのよ、**わたしは安心させようとして言った。**それに面白いし。**

でも信じてはもらえなかった。

彼女が顔を上げ、近づいてくるわたしたちを見た。手は振らず、ただ気だるげに煙草を溝に放っただけだった。

よく観ていたテレビ番組の一つに、男の人が荒野でサバイバルする、というドラマがあった。いちばん最近の回では、足の先を大きな岩にはさまれて、小型の弓のこで切り落とす以外に道がなくなってしまう。男の人は足を切って切って切って、切れた先っぽを茂みのなかに投げ捨てた。青黒い色をしていた。でもわたしたちの場合、彼を自由にするためには足が自分で自分を切り離すしかなかった。クリーを自由にするために。それをわたしは優しく、粛々と、だが彼と同じ断固たる決意でもってやらねばならない。体がふるえ、おびえきったか細い悲鳴が口から漏れた。いちばん最初にクベルコの母親がわたしから彼を連れ去ったときとはわけがちがう。今のわたしはもう九歳じゃない、きっと二度と立ち直れないだろう。だが彼を引き止めるためにクリーを引き止めるべきではない、それは彼の母親としてなのか妻としてなのか、いずれにせよ正しくないし、おそらくいい結果にならない。弓のこを取れ。そして切って切って切って切って切りまくる。

本物のロウソクだと火事の危険があるので、振ると明かりがつく電子キャンドルにした。全部で三十あったから、山ほど振らなければならなかった。あの最初の朝にラジオで聴いた〝二人のテーマソング〟と完全に同じ曲ではなかったけれど、よく似たグレゴリオ聖歌のCDを買った。ボリュームをしぼってそれをかけ、部屋の電気を消した。暗闇の中に浮かぶプラスチックの炎をジャックと二人で見つめた。なかに一つだけ本物のロウソクがあって、それはもう二年近く前にわたしがクリーにあげたザクロとスグリの太いキャンドルだった。部屋全体が光でまたたいた。ベイビーに気づかれないよう、声を立てずに泣いた。口を大きく四角く開き、涙がその中にだらだら流れこんだ。それは三人の生活からまた一人ぼっちに戻ってしまうこと、にぎやかな音の日々から完璧な秩序と静寂の世界に戻ってしまうことを思って流す涙だった。

あと四十分でクリーが仕事から帰ってくるので、それまでにジャックを寝かしつけなければならなかった。わたしはこれが最後のつもりで彼をお風呂に入れた。ねんねの時の歌をうたおうとしたけれど葬送歌みたいになってしまったので、かわりに『ちっちゃなほわほわかぞく』を開いた。けれども、今のこの状況に引き比べてこの絵本はあまりにほのぼのとしすぎていて、胸にこたえた。ジャックがむずかりだした。

**どうしてもっと信じられないの?** と彼が言った。信じる信じないの問題じゃないの、欲しいものを何もかも手に入れることなんてできないの、とわたしは言った。でも彼の言うとおりだ。本物の母親は自分の心臓をフェンスの向こうにぶん投げて、それから自分も後を追うものだ。

わたしは『ちっちゃなほわほわかぞく』を閉じ、明かりを消して、彼を抱っこした。

わたし、なんだか舞い上がっちゃったみたいね。ほんとにお馬鹿さん。あなたの長い長い人生のあいだに、これから何百万回もさよならを言って、何百万回もハローって言うのにね。

ジャックがわたしの顔を見あげた。おやすみ前のお話タイムはないの？　と言いたげだった。

オーケイ、それじゃあね、とわたしは言った。あなたが大人になったある日、わたしは空港で飛行機を待っていて、その飛行機にはあなたが乗っているの。あなたは中国だか台湾だかから戻ってくるところで、その便のアナウンスが流れてきたのでわたしは立ちあがる。クリーも立ちあがる、そう彼女もいっしょなの。わたしたちはほかの大ぜいのお母さんやお父さんや夫や妻たちといっしょに、到着ロビーの長い通路のいちばん端に立って待つ。乗客たちがぽつぽつ通路の向こうにあらわれる。わたしは懸命に探す、心臓がどきどきいう、どこ、どこ、どこにいるの――そしてついにあなたを見つける。ジャック、わたしのベイビー。あなたはすっかり背が高くなってハンサムで、隣には新しい彼女か彼氏がいる。わたしはぶんぶん手を振る。あなたは最初気がつかない、それからやっと気がついて、やっぱり手を振る。わたしは我慢できなくなって通路を走りだす。しんどいけれど、いったん走りだしたらもう止まらない。そしたらどうなったと思う？　なんとあなたも走りだすの。あなたはわたしに向かって走り、わたしもあなたに向かって走り、どんどん近づきながら二人とも笑いだす。笑って笑って、走って走って、そこに音楽が流れはじめる、金管楽器のテーマがうねるように高まり、満場の観客は一人のこらず涙を流し、クレジットロールが始まる。雨のような拍手喝采。ジ・エンド。

彼は眠っていた。

まだグレゴリオ聖歌が終わらないうちにクリーが仕事から帰ってきた。わたしはキャンドルのともった寝室で待っていた。彼女がドアからのぞきこんで、面食らったような顔をした。わたしは一つしかないタンブラーにテキーラを注いだ。十六年間、ずっと埃をかぶったバレッタを入れるのに使っていたやつだ。

「なんなのこの照明」彼女は言って、酒を飲みながら部屋を見まわした。CDはちがう曲に変わって、息をひそめたような聖歌が流れていた。わたしたちは無言でベッドに入った。

わたしが横になると、彼女が昔みたいに後ろから寄り添って、Sが二つ重なった形になった。歌が終わり、新しい曲が始まった。一人だけの歌声が無限に広がる大聖堂にこだまし、高く舞い、神をたたえた。歌い手は感謝と悦びに高揚し、光り輝いていた。それは何か一つのことにではなく、生きていることのすべてに向けられた感謝だった。苦しみにさえ。彼がとりわけ苦しみに、そしてその苦しみによってこんなにも強く世界とつながることができたことに感謝しているのが、ラテン語でもはっきりと伝わってきた。彼女の腕をぎゅっと握りしめると、彼女もわたしを抱く腕に力をこめた。

「ここから出ていって」

彼女が身を固くした。わたしは自分の足を切り落とすあの男を思い出した。ぎゅっと目をとじ、弓のこを引いて引いて引いた。

「自分でアパートを借りて、きちんと自立して、自由になりなさい。恋をしなさい」

「恋なら今してる」

「よかった、そう言ってくれて」

彼女は返事をしなかった。

彼女が後ろにいたので、何が起こっているのか長いこと気がつかなかった。鋭く息を吸う音、そして涙と鼻水をのみこむ音。

「でも、あたし」――彼女はわたしのうなじに涙声で言った――「あの子の育て方がわからない」

わたしは九つ数えた。

「よければ――もしあなたが望むなら――わたしがここで預かってもいい。あなたが落ちつくまでのあいだ」

彼女はいまやはっきりわかるほど泣いていた。全身が小きざみにふるえていた。

「あたし、ほんとに最低最悪の母親だよね」しゃくり上げながら言った。

「ううん、ちがう、全然そんなことない」

CDは延々と流れつづけていた。終わってまた頭から始まったのか、よくわからなかった。わたしたちは眠った。わたしは一度起きて、ジャックにミルクを飲ませた。それから戻ってきてまた彼女の腕の中にもぐりこみ、こんこんと眠った。朝はどこかで迷子になっていた。二人このまま永遠に寄り添って、ずっとさよならを言いながら、いつまでも別れない。

# 14

わたしが法定後見人になったほうがいろいろ面倒が少ないだろうとクリーは言った。「ほら、あたしが落ちつくまでちょっと時間がかかるし」

「それもそうね」わたしは内心祈るような思いでそう言った。そうと決まると、クリーは人が変わったように猛然と、かつ迅速に事を運んだ。裁判所に行く日時がわたしに言い渡された。クリーがハンドルをにぎり、道中ずっとしゃべりどおしだった。今度のことでわかったのだが、実の親が裁判官の前に立って「それで異存ございません」と言いさえすれば、誰でも合法的に子供を誘拐できるのだ。ソーシャルワーカーがこんご一年間に四回わたしのところに様子を見に来ること、その間にクリーは新居を見つけることが決められた。

「あの子のアパート探しはあたしたちが責任もって手伝うわ」とスーザンは請け負った。「ま、もちろん最初からそうするべきだったんだけど。でも親はみんなまちがうものよ。あなたもじきにわかるわ。で、いつになったら会社に戻ってくる？」彼女は勝ったと思っているのだ。娘をわたしと取り合って、でも最後には自分が勝ったと。

いずれは粉ミルクに替えなきゃいけないんだから、もう搾乳はしなくていいとクリーには言ったが、彼女はあとひと月ぶんは搾ると約束した。

「それに、金曜日にここに会いに来たときに搾れるし」

「それじゃあなたがカラカラになっちゃう。大丈夫、この子もう七か月なんだから。これでお役御免よ」

彼女の目に涙があふれた。うれし涙だ。搾乳がそんなにいやだったなんて、気づきもしなかった。


最後の夜が最後の夜だと、どちらも口に出しては言わなかった。だが翌日になれば彼女はステュディオ・シティのアパートに移ってしまうことになっていたし、その晩も、その次の晩も、その先何年もずっとそこで寝泊まりすることになるのだし、そうしていずれはそこを出て、たぶんもっと広い家に、たぶん誰かといっしょに引っ越して、その人と結婚して、子供が生まれることになるかもしれないのだ。そうしてやがて彼女がわたしの歳になり、ジャックも大学生になり、今のこの時、わたしたちがいっしょに過ごしたつかのまの時も、一家の語り草のほんの一コマ——家族ぐるみの知人がらみで起こったちょっとした事件、でもそれも今となってはいい思い出——になってしまうのだろう。そこから細部はすっぽり抜け落ちてしまうだろう。たとえばそれがわれらの時代のアメリカの偉大なラブストーリーとして語られることは決してないだろう。

翌朝、彼女のゴミ袋が玄関のドアの横に一列に並んでいた。もうあとちょっとでもドアに近づいたら、自分たちでいそいそ出ていってしまいそうに見えた。噂のお友だち、レイチェルがクリーの引っ越しを手伝いに来た。

「あなた、いろんな味のポップコーンの会社を作るんでしょ?」わたしは肩のところでジャックにげっぷをさせながら言った。レイチェルの顔が一瞬ぴくっとした。

「ええと、まあそういう言い方もできるかな。ていうか、まあ実質的にはそうなんだけど」

クリーが勢いよく入ってきて袋を二つつかみ、話しているわたしたちをちらりと見た。レイチェルはものすごく細くて、ユダヤ系っぽい見た目だった。パステルカラーの斜めストライプの、八〇年代ふうのブラウスを着ていた。自分が生まれる前の時代がどれだけ馬鹿げていたかを茶化したファッションだ。

「わたしの勘ちがい？　ガム味のポップコーンもあるってクリーが言ってたけど」

「それに関してはちょっと説明がむずかしいっていうか、いまいろんなレベルで動いてるんで」彼女はいちばん大きな袋を肩にかついだ。「ていうか、クリーそんなことまで話したんだ」

「ま、ガム味のポップコーンレベルの話だけど」

彼女がわたしの全身を上から下へ、下から上へ眺めまわし、最後にわたしの目ではなく首筋で視線を止めた。

クリーが息を切らして入ってきて、最後のひと袋をつかんだ。「これで全部！」

「ほんとに？」わたしはあたりを見まわした。「バスルームは？」

「もう見た」

「そう、ならいい」

彼女はジャックの頭のてっぺんをなでた。「じゃあね、おチビちゃん。クリーおばちゃんのこと忘れないでよ」おばちゃん。いつの間にそう決めたんだろう。ジャックが彼女の髪をつかみかけたが、彼女はそれをよけた。レイチェルが携帯を取り出して、背を向けた。これがわたしたちに割り当てられたさよならの時間というわけだ。クリーは心ここにあらずといった感じだった。本当に毎週金曜の朝十時にここに会いに来るかどうか、疑わしかった。彼女は気のいいクマみたいに両手を広げた。「今までほんとにいろいろありがとう。今夜、電話するね」

「いいよ、しなくて」

「ううん、する」

　わたしたちは二人が車に乗りこんで行ってしまうのを見送り、それから家の中を歩いてまわった。部屋は前より天井が高く、がらんとして、音の響きも前とちがった。

　**元はずっとこうだったのよ、**とわたしは彼に言った。**ふだんのこの家に戻ったの。**

　**ほんとに何も忘れてないかな？**と彼が言った。**一つも？**

　わたしたちは家じゅうを捜索した。彼女は何もかも残さず持ち去っていた。本のあいだの封筒も消えていた。ソーダのプルタブも。でもついに一つだけ、忘れていったものが見つかった。

　わたしはサンドロップ・クリスタルをバスルームからキッチンに移し、流しの上に吊るした。クリスタルが何度か窓ガラスにぶつかり、それから静かに回りだすのを、ジャックはじっと見つめた。

　**あれは虹。**わたしは壁の上をゆっくり動いていく光の群れを指さした。彼は魅入られたように小さな口を薄く開いた。

　**こういう感じのものをずっと見たかったんだ、**と彼は言った。**ぼくにとっていちばん大事なことはまちがいなくこれだよ、こういうことをぼくは人生の中心に据えたい。**

　**虹を？**

　**虹と、虹みたいなものぜんぶ。**

　**虹に似たものなんてないのよ。虹に仲間はいないの。虹みたいなものは、この世に虹しかないの。**

　クリスタルが逆向きに回転しはじめ、光の隊列を彼の体の上に投げかけた。彼がわたしの言うことを信じていないのがわかった。自分でも本当とは思えなかった。これと同じ部類に属するものがほかにないかと、わたしは必死に考えた。光の反射、影、煙——どれも辛気くさい、せいぜい虹の遠い親戚といったところだった。そうじゃない。虹はそれ自身が目を奪う美の一つの種族だ。虹はどれもぜんぶすばらしくて、ぱっとしない虹なんて一つもないし、色の欠けた虹も一つもない。いつだってぜんぶの色が、いつだって正しい順番で並んでいる。クリーからの電話はなかった。

わたしは毎日母乳のつららを溶かし、クリーがちょうど一か月前の同じ日に搾ってボトルに日付を貼ったものをジャックが飲むのを見た。まず彼はわたしたちがセックスをした日を、むさぼるように一気に飲んだ。それから〈ラルフス〉に彼をお披露目に連れていった日を飲んだ。みんなで埠頭に出かけた日の綿あめ味のミルクを飲んだ。最後の一本は彼女が出ていった朝の、わたしの知らない彼女の計画がたっぷり含まれたミルクだった。彼がそれを飲み干してしまうと、彼女は本当にいなくなった、最後の一滴まで。でも一か月前のその日にあったできごとを思い出すのは癖のようになってしまい、わたしたちはさらに続けた。彼が初めて粉ミルクを飲んだ日、わたしは彼と二人きりになった最初の夜を思い出し、痛いほどの静けさに耐えかねてテレビをつけたことを思い出した。彼女とセックスした日を思い出したことを思い出し、ジャックの顔の上で泣いて涙が彼の目の中に落ちたことを思い出した。彼女がいなくなってちょうど二か月めには、最後の母乳を解凍して、これで彼女は本当にいなくなった、最後の一滴まで消えてしまったと思ったことを思い出した。それからジャックにげっぷをさせ——それでおしまい、三巡めのループはもうなかった。

クリーは金曜日の面会の最初の二回をすっぽかし、その次も来なかった。わたしは電話をかけてそれとなくリマインドしようとしたが、何度かけてもただ呼び出し音が鳴るだけだった。溝に落ちた彼女の携帯が雨に打たれている図が浮かんだ。誰かに殺されて終わってても何の不思議もないタイプだった。

「あんまり心配させたくないんだけれど」わたしはつとめて冷静に言った。「でも知らせておいたほうがいいかと思って」

「クリーなら昨日会ったわよ」スーザンが言った。

「え、彼女元気なの？」

「新しいアパートに引っ越して、そりゃもう大はしゃぎ。見せてあげたいわよ、レイチェルと二人で壁をでたらめな色に塗っちゃって。あなたレイチェルには会った？」

「レイチェルもいっしょに住んでいるの？」

「ええ、もうあの二人べったり。でもいっしょにいるとほんとに可愛らしくてね、クリーがもう彼女にぞっこん。知ってた？　あの子ブラウン大出なの。つまりカールの後輩」

「〝ぞっこん〟って、どういう意味で？」

「あの二人、付き合っているのよ」


わたしは自分の一式とジャックの小さなプラスチックのスプーン一本をのぞいて、食器をすべてしまいこんだ。テレビにチベットの織物をかぶせた。織物をはがし、テレビを外の歩道のゴミ収集箱の横に出した。すべてのものを元通りの場所に戻しながら、わたしはジャックにわたしの〝システム〟について説明した。〝相乗り〟方式や、何もかもを。

**ね？　こうすればお家はひとりでに片づくというわけ。**

ジャックは膝の上にライスケーキをぽろぽろこぼした。

**だから落ちこんでどつぼにはまっても、家がゴミ屋敷になる心配はないのよ。**

彼はプラスチックの積み木が入った箱をカーペットの上にひっくり返した。おもちゃに関しては、いちいち決めた場所にしまっていたら永遠のいたちごっこになってしまうので、お皿と同じやり方をすることにした。減らすのだ。ボールとガラガラとクマさん各一つを除いて、残りはすべてスーツケースにしまった。この三つはどこにあってもいいが、できればべつべつの場所にあるのが望ましい。二つまでは同じ部屋にあっていいけれど、三つめはべつの部屋に置く、でないとひどく乱雑になってしまうから。彼女は女友だちが欲しかったんだ。いっしょにつるんで遊べる相手。体の神秘やら、女であることの悲喜こもごもやら、何やかや。しごく当たり前のことだ。ジャックはおもちゃが消えてしまったことにとまどい、家じゅうをはいはいして捜しまわった。わたしはスーツケースを引き出して、リビングのまんなかに中身をあけた。積み重ねるコップにブロック、ふわふわの自動車に動物のぬいぐるみ、厚紙の絵本に、動く目玉とふさふさの尻尾がついて押すとキュウと鳴る輪っかが連なったやつ。わたしのシステムも赤ん坊の前では無力だ。赤ん坊は何もかも破壊する。寝床にもぐりこんで二度と出てこないという密かな夢？　ぐしゃっ。悲しみのあまり瓶のなかにおしっこをする？　ぐしゃっ。

毎日ジャックをベビーカーに乗せて公園まで散歩した。わたしたちは立ち止まってバスケットボールをする男たちを眺め、このなかの誰かをかつてクリーも眺め、そして彼らも彼女を眺めただろうかと考えた。なかにひとり、筋肉質の頭の禿げた人がいた。クリーはもしかしたらこの人のところに戻っていったかもしれないと思える感じの人だった。向こうはこちらに気づかなかったが、見ず知らずの女が連れている赤ん坊が自分の息子だなんて、まさか思いもしないだろう。

**あのなかで、他人じゃないみたいな感じがする人、いる？**いない、とジャックは言った。彼は日に日に大きくなっていて、いつかはクリーの面影が薄れて、知らない誰かに似てくるだろう。困ったときに眉根を寄せる、この表情には見覚えがあった。こんなふうに眉をひそめる人たち、それも男性を、前にも見たことがある。だが一つの顔をそこに当てはめることはできなかった。近づこうとするとたちまち遠ざかる夢のように、その感覚ははかなく消えてしまった。わたしたちはジョギングする人たちや、すべり台やぶらんこで遊ぶ子供たちを眺めた。

芝生の上に寝そべっていたカップルが、ジャックに向かってにこにこしていた。

**ぼくたちの知ってる人？**

**いいえ。あなたが赤ちゃんだから、みんなにこにこするのよ。**

彼らはこんどは手を振りだした。リックと知らない女の人だった。二人はこちらに歩いてきた。

「言ってたんですよ、『あれそうじゃないかな？　いやちがうよ、いやそうだ、いやちがう』って」

「そうなの！」女の人も言った。「ほんとにこの人、そう言ってたんですよ。わたし、キャロルです」彼女は手を差し出した。

わたしは公園を見まわした。ここがリックのねぐらなんだろうか。でも段ボールハウスも寝袋も近くに見あたらなかった。キャロルは身ぎれいで、しごくまともな感じだった。大学の先生みたいな雰囲気だ。

「もしかして、この子が？」彼は目をうるませて訊いた。

「そう、ジャックよ」

**この人があなたを取りあげたのよ。**

**うそ。**

「いやあ、あの日のことは忘れられませんよ。この子はブルーベリーみたいに真っ青で——ほら、話しただろ？」

女性は熱心にうなずいた。「あなた帰ってくるなり庭仕事の道具を放り出して、『なあ、きょう何があったと思う？』って言って」彼女はスカートのポケットに入れた手を左右にゆすってにっこりした。「でも誰かのピンチを救ったのって、これが初めてではないものね、あなた《ハン》」

ホームレスの男と暮らしてその人のことを〝あなた《ハン》〟と呼んでいるのでないかぎり、たぶん彼女はリックの妻だ。

「いやあ、ベトナムでちょっと衛生兵みたいなことをやってたので」リックは照れくさそうに言った。「いや、でも今はすごく健康そうだ」

「ええ、もうすっかり元気」

「本当に？」リックは感極まったようにジャックを見た。「この子のお母さんは？」

「彼女も元気よ」

キャロルがリックの背中を優しくさすった。「この人、お産のあと何週間も眠れなくて」

「電話すればよかったんですけど」とリックは言った。「悪い報せを聞くのがこわくて」

庭仕事をしていないときの彼は、ちっとも汚れていなかった。どうしてわたしはこの人をホームレスだと思いこんだんだろう？　いつも徒歩で来たからだ。車じゃなく。勘ちがいしていたのがばれていただろうかと、わたしは横目で彼を盗み見た。だがホームレスではない人は、自分が他人からホームレスだと思われるかもしれないなんて、考えもしないものだ。わたしは自分の家のほうを指さして、そろそろジャックのお昼寝の時間なので、と言った。

「わたしたちも帰るところだったの」キャロルも同じ方角を指さして言った。「お宅のすぐご近所なんですよ」

緑の指を持っている、庭のないご近所さん。それだけのことだった。これは何かの前触れなんだろうか。これからわたしの身につぎつぎ降りかかる気づきの、これが最初の一つなんだろうか。いや、たぶん単独のできごとなんだろう。

**ただの単発の勘ちがいよ**、とわたしは言った。

**単純ミスってやつだね**、とジャックも賛成した。

いっしょに歩いてうちの前まで来ると、リックが庭の様子を見たいと言いだした。

「わあ、こりゃひどい。やっぱり放っとくんじゃなかった。カタツムリたちはどうなりました?」

そういえば、最後に見たのがいつだったか思い出せない。バケツは空だった。クリーといっしょに出ていってしまったみたいに。

キャロルが庭のレモンをいくつかもいで、うちのキッチンでレモネードを作りはじめた。

「わたしのことなら気にしないで、用事をなさってて」

わたしはジャックを抱いて家の中を歩きまわり、物の名前を教えた。

**カウチ**。

**カウチ**、と彼も言った。

**本**。

**本**。

**レモン**。

**レモン**。

「お宅は静かね」キャロルが布巾で手をぬぐいながら言った。

「子供にはそのほうがいいと思って」

「赤ちゃんには話しかけている？」

「もちろん話しかけてるわ」

「よかった、赤ちゃんにはそれが大事だから」

二人はレモネードを置いていき、次の木曜にはキッシュをもってまた来ると言った。わたしはドアをロックした。この子に話しかけてるか、だって？　この子に話しかけること以外なにもしてないのに！　わたしはジャックをおむつ台に寝かせた。

朝から晩まで！　ここ何十年も、ずっとそうしてきたんだ。

**はいできた、いい子ね。きれいきれいになったら、すごくいい気持ちでしょ？**

そりゃまあたしかに、車掌さんみたいに声を張り上げたりはしない。でもわたしの内なる声は誰の声よりも大きい。それにけっして途切れることがない。

**さてと、パンツのホックをとめましょね。**

でもたしかに外の人から見れば、わたしが完璧に無言で歩きまわっているように見えている可能性はある。

**ぱちん、ぱちん、ぱちん。はいできた、一丁あがり。**

わたしは彼のおなかをやさしく叩き、無防備に開かれた彼の顔を見つめた。何の罪もないこの子が音のない世界に生きていると想像すると、胸がつぶれる思いがした。世の中にあふれる数々の愛情表現の言葉を、彼の耳が一度も聞いたことがないとしたら？

わたしはひとつ咳ばらいをした。「あなたのこと愛してる」

彼の頭がびくんと動いた。わたしの声は低くて重々しかった。まるで十九世紀のいかめしい父親のようだった。わたしはさらに言った。「あなたはわたしのスイートポテト」比喩ではなく、文字どおり彼が根菜類であると言い渡してしまったみたいに聞こえた。「でも人間の赤ちゃんよ」誤解が生じてはいけないので、念のためそうつけ加えた。彼は目の前に誰がいるのか確かめようと、首をこちらに伸ばした。もちろん彼はわたしが話しているところを聞いたことはあったけれど、いつもほかの誰かと話すか、電話で話しているときだった。わたしは彼をベッドに寝かせ、丸いほっぺに何度も何度もキスをした。彼は目を閉じ、鷹揚にそれを受け入れた。

「だいじょうぶよ、わたしだけじゃないから。あなたにはほかにもたくさんいろんな人がついているからね」

**だれが?** と彼が言った。いや、言わなかった。彼はただそこに寝て、次に起こるできごとをじっと待ち受けていた。

スーザンは靴を脱ぎながら、敬礼のポーズをしてみせた。わたしが靴を脱いでと言ったのを、ファシズムだと言いたかったのだろう。

「ほかにも日本式を取り入れてるの、それともこれだけ?」カールが言った。

「これだけ」

「赤ん坊用のプレゼントをさんざん探しまわったんだがね、もうあきらめかけたところにすごい帽子屋を見つけたんだよ」リビングをゆっくり歩きまわりながら、カールが言った。「置いてある帽子が博物館に飾ってあるようなやつでさ——道化博物館とか。百ドルぐらいしてもよさそうなものが、どれも二十ドルするかしないかなんだ」

「でもベビー用のサイズがなくって」とスーザンが言った。

「ワンサイズだったんだ。もしかしたらすごく頭が大きいかもしれないと思ったんだが……大人と変わらないぐらいの……」

はじめて会う祖父母に頭蓋骨を目測されて、ジャックははにかんだように笑った。

「やっぱり大きすぎたみたい」スーザンが言って、チリチリ、シャラシャラ音のする道化の帽子をバッグから出した。ジャックがすかさずそれをつかんだ。

「鈴よ」わたしはゆっくりと明瞭に発音した。「ジングルベル。鈴を見るのははじめてかな？　すごく気に入ったみたい、ありがとう」ジャックは鈴を放して、わたしの口の中に手を入れようとした。わたしが声に出して話しかけるようになってから、いつもこれをやるようになった。ほかにも、本のページをつかもうとしたり、がらがら音のするものを振ったり、コップを積み重ねたり、床をごろごろ転がったり、おもちゃのキリンの脚をかじったり、ほんの何秒かでもわたしと体が離れると、泣き声まじりに鼻を鳴らしてわたしのほうに甘えて手を伸ばしたりするようになった。もしかしたら前からやっていたことなのかもしれない。脳内会話のベールが取り払われて、わたしが前よりも鋭敏にそういうことに気がつくようになっただけなのかもしれない。彼は少しずつクベルコ・ボンディらしさを失くしていき、ジャックという名前の赤ん坊になっていった。

スーザンは笑って、道化帽を自分でかぶった。「ねえ、あなたから言ってよ」

「きみの次の給料に二十ドル上乗せすることにした」カールが言った。「だから、それを現金化して封筒に入れておいてほしい――」

「積立金ね」スーザンがチリチリと割って入った。「この子の頭がいつか大きくなったら、そのとき使ってほしいの」

「そのほうが特別な感じになるだろうと思ってね」カールも言った。「おいほら――彼女、かわいらしい妖精みたいじゃないか？」

　わたしたちはみんなで帽子をかぶったスーザンを見た。この中でだれかかわいらしい妖精がいるとすれば、ふつうは赤ちゃんじゃないだろうか。それでも彼女はおどけて睫毛をしばたたき、静脈の浮いた手を小さな翼みたいにぱたぱた動かしてみせた。

　わたしは家の中をひととおり案内した。子供部屋でカールがスーザンに何か耳打ちし、スーザンがクリーはここで寝ていたのかと訊いた。

「ここはもともとアイロン部屋だったんです。クリーはさいしょカウチで寝て、それからわたしの部屋でいっしょに寝るようになったの」

　二人が横目で目くばせしあった。カールがこほんと咳をして、ヒツジのぬいぐるみを手にとった。

「ヒツジ」わたしはジャックに言った。「ほら、お祖父《じい》ちゃんがあなたのヒツジさんを持ってる」

　二人とも渋い顔をした。スーザンがカールを肘でつついた。

「シェリル、われわれに声をかけてくれてうれしいよ」とカールが言った。

　スーザンは目を閉じてうん、うんとうなずいた。カールがひとつ咳ばらいをした。

「ジャックは興味深い人物のようだし、われわれとしても彼のことをもっとよく知りたいと思っている。ただしそれは彼の意思によるべきだと思う」

　スーザンが横から言った。「彼はわたしたちと価値観や趣味の方向性が合うかしら？　わたしたちやわたしたちの好きなものに興味をもってくれるかしら？」

「もつんじゃないかしら」わたしは言ってみた。「この子がもうちょっと大きくなれば」

「そこよ。彼が小さいうちは、この関係は形式的なものでしかないの」スーザンが熱弁をふるうのに合わせて帽子の鈴がチリチリ鳴った。ジャックが甲高い声で笑った。こんなに面白いものは見たことがないと思っているらしかった。「わたしたちは〝祖父母〟として振る舞うことを求められるし（チリンチリン）、彼も〝孫〟役を演じなければならない（チリンチリン）。わたしたちからすれば、それはとても空疎でおざなりなことなの、ホールマークの出来合いのカードの文句みたいに」

〝ホールマーク〟のくだりでカールが小さく笑って、スーザンの首の後ろを手でなでた。

「わたしたちは日々いろんな興味深い若い子たちと出会うの。魅力的で、たくさんいろんなことを質問して、そんな子たちを本当にかわいく思う。いずれジャックもそのうちの一人になるかもしれないわね」

「僕らはそれがジャックだと気づかないかもしれない」カールが言い添えた。

「わたしたちはそれが彼だと気がつかないし、彼もわたしたちだと気がつかない——ただ純粋にお互いを好ましく思った者どうしとして付き合うの」

スーザンは道化の帽子（チリンチリン）を折りたたんでバッグにしまった。演説が済んでほっとしたようだった。

「抱っこしてみる？」わたしは言った。

ジャックはスーザンの手のなかにやすやすと納まった。彼は彼女の顔を見あげていた。もう鈴は出てこないのかな、という顔つきで。

# 15

金曜の午前十時にドアをノックする音がして、わたしは思った、**ほら見たことか。やっぱり彼女、わたしたちのことを完璧に忘れたわけじゃなかったのかも。**ジャックのお鼻をぬぐい、髪を両耳のうしろにかけ、ドアに向かった。胸が高鳴った。レイチェルと別れたんだ。そしてどこにも行くところがなくなって。唇をすばやく指でなぞって、変なものがついていないかどうか確かめた。きっと今では押しも押されもせぬレズビアンになっているだろう。彼女がキスしてこようとしたら、それを押しとどめてこう訊こう。**本当にこれでいいのかどうか、まずよく考えましょうよ。これがどういう意味をもつのか。今の自分たちがどんなで、これからどうなっていきたいかについて、はっきりさせておくべきだと思うの。**彼女も前よりは語彙が増えているかもしれない、たぶんレイチェルに仕込まれて。自分以外の大人と声に出して話をするのは本当に久しぶりだった。

立っていたのは胸に〈ダレン〉と名札をつけた、赤毛で痩せっぽちの若い男の子だった。〈ラルフス〉の袋詰め係の子だ。

「あの、クリー、います？」

ジャックが胸の名札を引っぱろうとした。

「いえ。もうここには住んでないの」

「ほんとに？」彼がわたしの肩ごしに家の奥をのぞきこんだ。わたしは本当にいないとわからせるために、脇にどいた。

「今はこの子と二人きり」

彼はジャックとわたしに改めて目をやり、顎からピンク色の頬にかけてあごひげみたいに広がる小さなニキビの白いぽつぽつを指でなでた。七月四日。この子があの日、ジャックを笑わせてくれたのだった。

「わっかりました」と彼は言った。「じゃあね、ジャック。さよなら、ジャックのお母さん」彼はポーチをダッシュで駆けおり、ぴょんぴょん跳ねながら通りに出したテレビの前を過ぎ、走っていってしまった。ジャックのお母さん。今まで誰からもそんなふうに呼ばれたことはなかった。でもジャックの目から見れば、たしかにお母さんといえば、まっさきにわたしのことだろう。わたしはなんの疑いもなく自分の二の腕をにぎりしめている小さな手を見た。ありふれた光景だったけれど、ふいにうんと高い何かのてっぺんまで登ってきたみたいに息切れがした。お<ruby>かあさん</ruby>。ジャックがむずかりだしたので家の中に入り、プラスチックのへらを持たせた。ジャックはそれで台所のカウンターを叩いた、ぺし、ぺし、ぺし。わたしは彼の熱い体を抱いたまま、真剣そのものの表情を見つめた。ほっぺがちょっと赤すぎる、もっと日焼け止めを足さないと。ぺし、ぺし。それに絵本もだ——今も読み聞かせはしているけれど、毎晩ではなかった。NICUにいたころは一日にほんの数時間しかいっしょにいてあげられなかった。ぜんぜん足りない。あのときは充分な気がしていたが、今になってそのことが胸を嚙む。一日二十時間、この子はあの部屋で独りぼっちだったのだ。これからもわたしは許しがたい罪をいっぱい犯すんだろう、今からそれが見えるようだった——ずっと後になって後悔で胸が痛むようなことを、いっぱい。わたしはいつまで経っても自分の愛に追いつけないままなんだろう。目もあてられない。ジャックがへらを床に放り投げて泣きだした。わたしがそれを拾った。ぺし、ぺし。彼が笑い、わたしが笑った。目もあてられない。わたしがキスすると、彼もよだれまみれの口をいっぱいに開けてキスしかえした。目もあてられない。

「ああ、あたしの子」とわたしは言った。「あたしの子、だいじなだいじなあたしの子。愛してる。きっとあなたに心を破られて、死ぬまで破れたままかもしれなくて、それでも愛してる」

「ば・ば・ば・ば・ば」彼が言った。

「そうね。ば・ば・ば・ば・ば・ば」


二日後、ダレンがまたやってきて、ランナーが脛の筋肉をほぐすみたいにポーチを上がったところでぴょんぴょん跳ねた。

「こんどクリーと会ったら、ぼくの番号わたしてもらえないかなって思って」

わたしはジャックをベビーチェアに座らせてごはんを食べさせている最中だったので、上がって、と言った。

「クリーにかけてはみたの?」

「いや、別にいんです」彼がさえぎるように言った。もう何十回とかけたのだ。レイチェルのことを教えてあげるべきだろうか。

「ねえ、テレビいらない?」わたしは外を指さした。「ゴミ収集の人が持ってってくれないのよ」

「うち、液晶があるから。液晶、おすすめですよ」

「ずっとグッドウィルに持っていこう持っていこうと思ってるんだけど」

彼が顔をくしゃっとさせた。「ぼくが持ってきましょうか」

「ほんとに？」

「もちろん。だって」彼はそう言って、なに野暮なことを言ってるんだというようにジャックのほうを手で指した。まるでグッドウィルが売春宿か何かででもあるように。

わたしがほかに持っていってもらいたいものを探すあいだ、ダレンはキッチンに座ってジャックをあやした。「グー、グー、グー」そう言いながらおかしな顔を作ってみせていた。「ガー、ガー、ガー」


次の日、ダレンは小さな封筒に入ったグッドウィルの受領証をもってやって来た。

「税金用に。これ寄付だから、税金控除になるんですよ」彼が戸口に寄りかかってわたしが何か言うのを待ったので、上がって、とわたしは言った。ほんとのこと言うと――と、わたしがお皿を洗うあいだ彼が言った――なんかジャックとあなたのことがかわいそうで。「だってほら、二人きりで。もし迷惑じゃなきゃ、ぼくときどき寄りますよ。ぜんぜんオッケーなんで」

「親切にありがとう。でも大丈夫、何とかやってるから」

ダレンはいつも火曜日に来た。リックが帰るのと入れ代わりだった。段ボール箱をつぶしてリサイクルに出したり、高いところの物を取ったりしてくれた。うちの実家の冷蔵庫の上を見せてあげたい、と彼は言った。皿みたいにピカピカなんだから。

「マジで食べ物をじかに置けるぐらい。あ、それなんかいいかも。今日やってみようかな。スパゲッティのっけて、そこからじかに食うっての」

うちのリビングに新品の小型液晶テレビを設置しながら、彼は自分の従兄弟が持っている車のことを長々としゃべり続けた。わたしが退屈するかもしれないなんて、まるで気にしていないようだった。話を面白くするための初歩的なテクニックさえ弄せずに、ただ延々と話しつづけた。わたしがトイレに行ったりみんなの食事を作ったりすると、かわりにジャックの相手をしてくれた。ジャックがニキビに興味津々なので、ダレンは気が抜けなかった。いちど、何でもつかみたがるジャックの小っちゃな手が噴火寸前のニキビの白い先っぽをかすめ、膿と血が飛び散ったことがあった。ニキビのその下には、しっかりした骨があった。完璧ではなかったけれど、とても健全な成人男子の骨格。背だって高かった。

ルース＝アンがあのカードをしまった場所は、ちゃんと覚えていた。受付デスクの真ん中の引き出し。彼女がほかの患者を診察中なら、気づかれずにそっと入っていって取ってこられるかも。ジャックはキャリアーの中で頭をうんとのけぞらせて、エレベーターの鏡ばりの天井に映った自分を見ていた。通い慣れた長い廊下を歩きながら、心臓がどきどきした。**ねえルース＝アン、**とわたしは言う。**過去のことはもう忘れない？**　いや、疑問形じゃないほうがいいかも。**過去は過去よ。**うん、これがいい。こう言われれば、誰も反論できないだろう。

ドアを開けた。受付に人はいなかった。わたしはいきなりデスクの真ん中の引き出しに手を伸ばした。キャリアーでジャックを抱っこしていたので不自然な体勢になったが、あると思ったカードはそこになかった。そのときになって、待合室に人がいることに気がついた。若い女性が隅っこで雑誌を読んでいた。彼女は笑顔を作って、受付の人ならさっき席をはずした、と言った。「たぶんトイレだと思うけど。ブロイヤード先生も遅れてるみたい」わたしはありがとうの代わりに会釈し、たったいま盗みを働こうとしたことなどなかったような顔で、すまして腰をおろした。ブロイヤード先生。わたしは無意識のうちにルース＝アンと会うのを避けてこの日を選んだんだろうか。ルース＝アンならそうだと言うだろう。ジャックの頭ごしに、前はなかった絵を見た。ネイティブ・アメリカンが機織りしている絵。もしかしたらヘルゲ・トマソン作かもしれない。ネイティブ・アメリカンは敷物を織っていた。それともほどいているんだろうか。非暴力の抗議活動としての敷物の解体。新しい受付の人はすごい美人なんだろうか。あわれなヘルゲ。

若い女性は『ベター・ホームズ・アンド・ガーデンズ』をゆっくりめくっていた。そしてときおりジャックのほうに目を向けた。その姿は以前の私を思わせた――二人のあいだに何か通いあうものがあると信じているような目。ぞっとしなかった。彼女が雑誌を置き、べつの雑誌を手に取った。

気がつくのに時間がかかった。

でも、この人をどこかで知っていた。

ドレッドヘアのワニのシャツは着ていなかったけれど、ジョン・レノン風の眼鏡が蛍光灯の光を反射していた。髪も写真より長かったが、ぺったりしたブロンドだった。誰だっけ――知り合いの娘？　それとも姪？

「キアステン」もしかしたらまるで人ちがいかもしれないので、わたしはジャックに向かってそっと言った。

彼女がさっと顔を上げ、あたりを見まわした。一瞬、人形とか漫画とかが急に生きて動き出す奇跡みたいだと思った。

「わたしたち、たぶん同じ人を知ってるわよね」とわたしは言った。「フィリップ？」

彼女はおでこにしわを寄せた。

「フィルのこと？　フィル・ベテルハイム？」

「ああ、フィルね。そう」

彼女の顔からゆっくり笑いが消え、わたしを上から下までしげしげ眺めまわした。

「もしかして……シェリル？」

うなずいた。

彼女は天井をあおぎ、長く大仰なため息をついた。「信じらんない、まさかほんとに会うなんて」

わたしは控えめにほほえんだ。「あなたもフィリップ――フィルからここのこと聞いたのね？」

「あたしがあの人にブロイヤード先生のこと教えたの」と彼女が言った。わたしはどっちだって構わない、というようにジャックの背中をさすってみせた。相手はひどくひねくれた、人好きのしないタイプの子らしかった。

「あなたに赤んぼがいたなんて聞いていなかった。でもまあ、フィルともしばらく会ってないんだけどね。ていうか、例のアレ以来それっきり」そう言って、後ろ暗い隠しごとでもしているみたいににやにや笑った。

「〝例のアレ〟がどれのことだかわからないんだけど」

「あなたの命令で彼があたしに」――彼女は片手で作った筒の中に指を突っこむ仕草をしてみせた――「してから」

わたしはぎょっとして、誰かに見られなかったかとあたりを見まわした。

「おどろきだよね」――彼女がぐっと顔を近づけた――「まさかあんなこと言うなんてさ。おじさんに子供とセックスするようそそのかす女の人って、何なの？」

夢の中で犯した犯罪を糾弾されているような気分だった。

「ごめんなさい」声がかすれた。「あなたが実在しているなんて思わなかったの」いや思ってただろうか。でもやっぱり思っていなかった。

「ま、」と言って彼女は両腕を広げた。「見てのとおり」

何と言っていいのかわからなかった。もうすぐ受付係も戻ってくるだろう。キアステンは自分の頭をごん、ごんと静かに壁に打ちつけた。

「いやな思いをしなかったんならいいけど」わたしは言った。

「べつに大したことなかった。あの人、始める前にスマホでいろいろ見なきゃだめで。それがすんごく長いの」

何の話かわからなかったが、わかったような顔でうなずいた。

「そうだ！」彼女が指を鳴らした。「いっしょに写真撮ってフィルに送ろうよ。きっと腰抜かすよ」

「ほんとに？」

彼女がスマホを持った腕をいっぱいに伸ばして、わたしのほうにぎこちなく身を寄せた。髪から塩素っぽい匂いがした。ジャックがよだれを垂らしてレンズに身を乗り出し、二人のじゃまをした。

フラッシュが光り、ドアが開き、受付係がデスクに戻った。ルース＝アンだった。わたしを見てぎょっとした顔をしたが、それも一瞬だった。

「キアステン、先生がお待ちです」

キアステンはわたしのほうを振り返りもせずに前を通っていった。

二人きりになった。

「ハイ、ルース＝アン」わたしは立ち上がってデスクの前に行った。

彼女は、それが自分の名前であることを否定はしないが認めもしない、というように黙って眉を上げた。

「カードを取りに来たの。ほら、覚えてる？　名前が書いてあるカード」そう言ってジャックを指さすと、彼女は初めて彼に気がついたというように目をしばたたいた。

「名刺のことですか？」彼女はアクリルのカード立てに自分のと並べて置かれたブロイヤード先生の名刺を指さした。

「そうじゃなくて、あなたに持ってててって頼んだカード。たしかここにしまってたでしょ」わたしはデスクの真ん中の引き出しを指さした。

「何のことかわかりかねますけど、名刺だったらどうぞ何枚でもお持ちになって」

以前のごつい、中性的な感じは影をひそめていた。彼女は無数の細かなディテールを、入念にガーリッシュ方向に軌道修正していた。長い髪をタータンチェックのヘアバンドで留めていた。体にぴったりしたブラウスは広い肩幅を小さく見せるようなデザインで、たしかにそう見えた。体ぜんたいが前よりも小さく見えた。座っていると、本当に小柄で華奢な女性のようにさえ見えた。

ファイルを手にしたブロイヤード先生がドアの向こうから半身をのぞかせた。ルース＝アンが顔を上げて彼を見た瞬間、様子が一変した。彼女は輝いた。でもそれは生命の輝きではなく、脱け殻を内側から電球で照らすような光だった。彼女が受け取ろうと手を伸ばすと、彼はその寸前で手を離し、ファイルがはらりと床に落ちた。ルース＝アンは一瞬ためらってから、ぎこちなくかがみこんでファイルを拾った。ふたたび現れたその顔には、お尻の眺めを楽しんでいただけた？ というように笑みが浮かんでいたが、彼は背を向けて診察室に引っこんでしまった。彼女の笑みが痛々しくさらに広がり、わたしにはその歯並びを支える顎骨が、頭蓋骨が、ぽっかりと開いた二つの眼窩が、カタカタと鳴る全身の骸骨が、透けて見えた。脳まで見えた――妄執にわななく彼女の脳が。

紙に書かれた彼の名前ひとつで、妄念は動きだした。「ブロイヤード」に似た言葉――「バーン《納屋の》ヤード《前庭》」とか「バック《裏》ヤード《庭》」とかでさえ、彼女を何百回と繰り返された妄想のループに引きこんだ。それ以外の人生は、セラピストとしての仕事でさえも、彼女にとっては虚構だった。エネルギーの九十五パーセントを呪縛に遣いはたしているのに、ふしぎなことに誰もそれに気づいていなかった。ぺらぺらの薄紙みたいな残り五パーセントの自分で、事足りていた。デスクの上には、かつて彼女を幸せな気分にしたもののリストがまだ残っていた。

ザディコ・ミュージック
犬
仕事
雨の日
タイ料理
ボディサーフィン
友だち

だが自分を呪いから解き放つだけの悲しみや後悔を奮い立たせることが、彼女にはできなかった。彼にこの診察室を明け渡し、彼の下で働くこの一年のうちの三日間のためだけに、彼女は生きていた。彼がかつて自分の妻にこうであってほしかったと言っていた女性像に、彼女は気合と気力だけで自らを変えた――小柄で、華奢で、ちょっぴり古風なところのあるしとやかな女性。そんな女になることが、この受付係になることが、彼女の唯一の悦びだった。いや〝悦び〟という言葉は正しくない。そうやって彼女は呪いに栄養を与え、そうして呪いは続いていった。ただ続いていくことが、呪いの唯一の目的なのだ。

ルース＝アンはファイルをしまった。その幅広の背中に、勇敢で頼もしかったわがセラピストのかつての姿をかろうじて思い出すことができた。たとえそれが彼女の五パーセントに過ぎなかったとしても。わたしはこの人に返すべき恩がある。

スタートにしばらくかかったけれど、しばらくかかとに重心をのせて体を揺らしてから、ギターのゆるいリズムに合わせてスイングしはじめた。ルース＝アンは、それってただ脚のストレッチなんでしょうね、と言いたげに眉を上げてわたしを見た。わたしの声はひどくかすれていたし、調子っぱずれだったけれど、でもとにかく必死だった。

〝出ていかないで、ぼくらのラブストーリーから
きっと後悔させないよ〟

彼女がさっと顔を上げた。いやそれは呪いだった、呪いが、ゆっくりと、敵意をこめて、わたしを見あげた。タータンチェックのヘアバンドをした呪いは怒り狂っていた。それがわたしからブロイヤード先生の診察室のドア、ドアから自分の巨大な手、そしてまたわたしへ視線を移すのを尻目に、わたしはじょじょにボリュームを上げていった。

〝だってぼくらは、きぃぃみの、みぃぃぃかただから〟

ジャックが喜んで、キャリアーの中で上下にはずんだ。

〝いつかきみも大人になる　だから今は
この変てこな二人に　まかせてほしい
まだゆぅぅぅめばかり見てる　ぼくと彼女に〟
サビの部分しか知らなかったから、すぐにまた最初に戻って歌いつづけた。

〝出ていかないで、ぼくらのラブストーリーから〟
ルース＝アンに変化があらわれた。具合が悪そうだった。汗をかいて、ブラウスの両脇にみるみる汗じみが広がった。彼女はばらばらになりかけていた。もしこれがまちがったことなら、もう取り返しがつかなかった。わたしは目を閉じ、ジャックを抱きしめ、そして歌った。

〝きっと後悔させないよ
だってぼくらは、きぃぃみの、みぃぃぃかただから〟
〝みぃぃぃかただから〟の部分ではじめてしっかりした、声らしい声が出た。わたしは薄く目を開けた。彼女は顔に滝のように汗をかいていた。そして口を天に向け、まるで神々に祈るように、どうか自分を呪いから解き放つのに手を貸してほしいと乞い願うように、歌いはじめた。わたしたちは静かに声を合わせた。

〝いつかきみも大人になる　だから今は
この変てこな二人に　まかせてほしい
まだゆぅぅぅめばかり見てる　ぼくと彼女に〟

でも神々なんて本当はいない。呪いを解くたった一つの方法は、呪いを解くことだ。いまや彼女は汗ぐっしょりの脇の下に両の親指をひっかけ、ギターのゆるいリズムに乗り、リズムになりきろうとしていた。わたしたちは折り返し地点を過ぎてまた最初に戻って歌いだした。

〝出ていかないで、ぼくらのラブストーリーから
きっと後悔させないよ〟

彼女の肩が盛り上がり、今にもブラウスを引き裂かんばかりだった。メイクが流れて目尻のしわににじみ、歌声に合わせて頑丈な顎が跳ねた。診察室のドアが開き、ブロイヤード先生が眼鏡を押しあげ、困惑したような笑みを浮かべてわたしたちを見た。その後ろからキアステンも覗きこんでいた。残念でした、ドクター！　もう手遅れよ！　呪いは千万のかけらに砕け散り、もう二度と復活できないくらい粉々になった。

でもちがった。わたしの勝ち誇った顔を見たルース＝アンは、自分が彼に見られていることに気づいてしまった。歌声はたちまちしぼみ、やがて消えた。ほんの一瞬、彼女は打ちのめされたような顔になり、目に絶望の色がひらめいた。そして呪いは復活し、彼女はほとんど安堵したように、ふたたび呪いにすっぽり包みこまれた。彼女は椅子に座り、パソコンに向かった。わたしは腕をだ

らんと垂らし、息を切らして彼女の前に立っていたが、彼女の目はパソコンの画面に注がれたままだった。彼女が手をやってヘアバンドを直したので、わたしは出口に向かいかけた。

「カードをお忘れですよ」

「はい？」

「予約カード」

彼女はまばたき一つせず、した覚えのない予約のカードをわたしに差し出した。

わたしは車のグローブボックスにそれをしまった。手に入れてしまうと、もう見る気はしなくなった。もちろんダレンに決まってる。わかりきったことを知るために、どうしてわざわざ約束を破る必要があるだろう。家に着くまでその気持ちは続いた。わたしは平常心でジャックにミルクを飲ませ、一時のお昼寝タイムに寝かしつけた。だが育児部屋のドアを閉めたとたん平常心は吹っ飛び、矢も楯もたまらずにグローブボックスに飛びついた。手の中に握りしめて家に戻り、カウチに座った。指を開き、カードのしわを伸ばして、裏返した。

ダレンではなかった。

びりびりに破いてしまってから、誰かの名前を書いた紙を破るとその人から電話がかかってくるというあのおまじないを思い出したが、あとの祭だった。

ほぼ同時に電話が鳴った。

「ちっとも変わってないな」と彼は言った。「キアステンはだいぶ歳を取ってたが、きみは昔のままだ。それに前にいるこの子——名前は？」

「ジャック」声がかすれた。床に膝をつき、クッションを抱えこんだ。

「ジャックか。可愛いな——いまいくつ？」

「十か月」

彼が咳をひとつした。もう知っているのだ。きっと指折り数えてみたんだろう。額が熱く、全身が燃えるようだった。酸素。わたしは脇にクッションをかかえたまま這って開いた窓のところまで行き、網戸のほうに口を向けた。

「声を聞けてよかったよ、シェリル。ずいぶん久しぶりだね」

フィリップとクリー。

どこで出会ったんだろう？　そんなことって本当にあるんだろうか？　いや、でもあり得る。あんな若い子と付き合ったのだ、もう一人と付き合ってもおかしくない。

「きみに謝らなきゃならないことがある」彼は言った。「最後に話をしたとき、こっちもいろいろと大変で」

「いいのよ」わたしはやっとのことでそう言った。最後に何を話したのか思い出せなかった。

「いや」と彼は言った。「謝りたいんだ。彼女が……そうなったと聞いたときに電話をするべきだった。だがもちろんそのときは半信半疑だった。でも子供の写真を見たら――」彼が声を詰まらせた。わたしがしゃくり上げるように息を吸うと、それで許しを得たかのように、彼も安心してすすり泣きをもらした。でも今は、あの長々とすすり泣くやつをやってもらっては困る。それをわかってほしかった。わたしはそのへんにあった靴下の片方で勢いよく鼻をかんだ。沈黙が流れた。カーテンがふくらんでわたしの顔をなでた。

「こうしよう」彼が口を開いた。「今からそっちに行くよ」

戸口をはさんで、わたしたちは見つめあった。彼は目の下の皮膚がたるんで、ひどく老けこんで見えた。戦争に行ったきり帰らない夫をひたすら待って、二十年めについに再会した妻みたいな気分だった。こんなに年を取って、でもいま目の前にいる。彼は中に入り、あたりを見まわした。

「子供は？」

「いまお昼寝中。でももうそろそろ起きるはず」

わたしは何か飲むかと訊いた。レモネード？　水？

「お湯をもらえるかな」彼は尻ポケットからティーバッグの包みを出した。「きみにもあげたいところなんだが、特殊なお茶でね。かかりつけの鍼灸師に調合してもらってる。肺に効くんだ」

わたしたちはそれぞれマグを手にカウチに座り、じっと黙った。彼はちらちらわたしのほうを見た。顔色をうかがっているのか、それとも自分は話を聞く用意ができている、という意味なのか。でも言うべきことがあるのは彼のほうだった。

「どうして理事を辞めてしまったの？」とうとうわたしのほうから口を開いた。

そのひと言を待っていたかのように、彼は自分の病気のこと、最近行ったタイのこと、そこで生まれ変わったような気持ちになったようなことについて微に入り細をうがって長々と語りだした。一つひとつの言葉は退屈だったが、全体が一つの音楽のように心地よかった。認めたくなかったけれど、彼の重み、文字通りの体の重量に、わたしの心は安らいだ。いつもいつもこの家でいちばん重い人間でいることに、わたしは疲れはてていた。わたしは紅茶を口に運び、カウチにゆったりと体を預けた。彼が帰ってしまえば、またもとどおり重みを肩に引き受けなければならないのだろう。でもそれはまだ先の話だ。

「この家はふしぎと落ちつくな」フィリップが言った。そしてまるで一つひとつの物に思い出が染みついているかのように、わたしの本棚やコーヒーテーブルのコースターをしみじみ眺めた。視界の隅で、ベビーモニターの中のジャックが身じろぎしはじめているのが見えた。ふいに、この一瞬がいつまでも続けばいい、次の一瞬がなかなか来なければいいと思った。でも甲高い、まごうかたなき泣き声が響きわたった。

「いま連れてくる」わたしは言った。

「いっしょに行こう」

育児部屋に行くわたしの後ろに彼が続き、うなじに息がかかった。ひと目見てぱっとわかるくらい、二人は似ているだろうか。

「はいおっきしようね、ポテトちゃん」わたしは言った。目鼻だちの一つひとつに似たところはなかったものの、どことなく面影はあって、今はそれがまだ表に出てきていないだけ、という感じがした。わたしはジャックをおむつ台に寝かせた。うんちがどっさり出ていたので、お尻ふきを何枚も使った。フィリップは部屋の隅からそれを見ていた。

「きみたちは特別な絆で結ばれている、そうだね？」

「そうよ」

「美しいな。まるで年齢なんて消えてなくなったみたいだ」

ジャックのお尻の穴が赤くなっていたので、おむつかぶれクリームを塗った。

「二人はただの男と女だ」フィリップはしみじみと言った。「夫婦とか、恋人みたいに」

おむつをはかせる自分の手の動きがスローモーションのように思えた。テープがなかなかくっつかず、何度もはがれた。

「わたしはどっちかっていうとこの子のお母さんよ」

「まあね」彼はあっさり肩をすくめた。「きみがどういう気持ちでこれを受け止めているのか、よくわからなかったもんだから」

　パンツをはかせるのにも手間取った。一つの穴に足が二つとも入ってしまう。フィリップはわたしの肩ごしにそれを眺めていた。

「最初は何か……問題があったと聞いたが。順調なスタートじゃなかったとか。どうなの？」

「ううん、大したことじゃなかったの。今はもうすっかり元気」

「そうか。うん、よかった。じゃあ普通に走ったり、スポーツしたりできるんだね？」彼は自分の質問に自分でうんうんとうなずいたので、わたしもいっしょにうなずいた。

　ウエストのゴムを引きあげた瞬間、フィリップがわたしの手からジャックをさらうように抱きあげ、飛行機のエンジン音の口真似をしながら高い高いをした。ジャックが金切り声をあげたが、喜んでいる声ではなかった。フィリップは咳こんで、すぐに彼をおむつ台に戻した。

「見た目よりもずっと重いんだな」わたしの腰の上におさまると、ジャックは髭面の老人をしげしげ眺めた。

「フィリップよ」とわたしは言った。

　フィリップはジャックの柔らかな手をにぎり、腕をくにゃくにゃ振った。

「やあ、若いの。きみのジジババの古い友だちだよ」

　一瞬、誰のことを言っているのかわからなかった。

「あの人たちはそんなふうに思ってないみたいだけど」

「まあ無理もない。最後に聞いたときは養子に出すつもりだと言っていたしな。それに父親が誰かわからないとも」

　その言い方には疑念がにじんでいた——九十八パーセントそうだろうけれど、まだどこかで信じていないような。もしかしたらいろんな男と寝ていたかもしれないし。

「そのつもりだったんだけど、予定が変わったの」わたしは言った。

「彼女、たくさん相手がいたみたいだね」

わたしは返事をしなかった。


わたしたちは庭に出て座り、ジャックはつぶしたバナナを食べた。フィリップは芝の上に寝ころがり、あたたかな空気を深々と吸って、ああ、いいなあ、と言った。ジャックがためしに石を口の中に入れ、わたしがそれを出した。それからみんなで日陰に移動した。わたしは日除け用にパーゴラを作ろうと思っていると話した。

「それならぴったりの人間を知ってる」とフィリップが言った。「来週ここに来るように言っておこう。月曜は？」

わたしが笑うと、彼は言った。「お、笑った！ きみを笑わせることに成功したぞ！」わたしはしかめ面を作ろうとした。

「もし気に入らなければそいつに言ってくれ、『なんであんたなんかをよこしたのかしら。フィリップは頭がおかしいのね』」

「フィリップは頭がおかしいのね」

「そうそう」


もう帰るだろうと何度も思ったけれど、彼はいっこうに帰らなかった。わたしが夕食を作るあいだ、彼はリビングでジャックと遊んだ。わたしは二人の声を聞きたくて音を立てないように動いたが、リビングからは何も聞こえてこなかった。そっとのぞくと、ゴムのハンバーガーをかじっているジャックから少し離れたところで、フィリップは膝をきゅうくつそうに曲げて床の上に座っていた。わたしの顔を見ると、親指を立ててみせた。

「ごはんができたけど、まずこの子を寝かせないと」

わたしはジャックに離乳食を食べさせ、お風呂に入れ、ミルクを飲ませた。

わたしが彼にねんねの歌をうたって聞かせ、それからベッドに寝かしつけるのを、フィリップは横でずっと見ていた。二人でほほえみながら赤ん坊を見おろし、それからふと目が合って、わたしが先に目をそらした。

夕食を食べながらわたしは言い訳をした。「ごめんなさい、残り物しかなくて」

「いや、そこがいいんだ。すごくふだん着の感じがして。ふつうの人はみんなこういうものを食べてるんだよな。うん、うまいよ」

食事が済むと、いっしょに新しい液晶テレビで『60ミニッツ』を観た。

「もうまともな番組はこれしか残ってないね」彼はわたしの肩をすれすれにかすめてカウチの背もたれに腕をまわした。わたしはなんとかリラックスして番組に集中しようとした。対ゲリラ戦略はギャング対策にも有効であるという話だった。コマーシャルになると、フィリップが音を消した。女の人が無音で髪を洗うのを、わたしたちは見つめた。

「ふしぎだな」と彼は言った。「なんだか僕ら、長年連れ添った夫婦みたいじゃないか」彼はわたしの肩をぽんと叩いた。「ここに来る途中、車の中でずっと考えてたんだ。僕らが今までいっしょに生きた、いくつもの前世のことを」彼はわたしをちらりと横目で見た。「その考えは、まだ変わらない？」

「そうね」わたしは言った。だがわたしが考えていたのはクリーのことだった。わたしはさいしょ彼女の敵で、それから母親になり、それから恋人になった。それだけでもう三つぶんの人生だった。フィリップがミュートを解除した。テレビの中では警官が地域社会に溶けこむために、家を一軒一軒訪ねていた。次のコマーシャルで、フィリップは自分の肺について話しはじめた。肺がだんだん硬くなっていること。肺線維症という病気であること。「健康を失ってみると、こういうことがいかに大切かが身にしみてわかるよ」

「どういうこと？」

「これだよ」彼はわたしとリビング全体を手で指し示した。「安らぎ。そして信頼できる、古くからの友」わたしが黙っていると、彼が心配そうにわたしの顔をうかがった。「ちょっと先走りすぎたかな？」

わたしは自分の腿にじっと目を落とした。こんなふうに彼がすぐ横にいてわたしの返事を待っていると、頭がうまく回らなかった。

「もちろん、わたしはあなたの側にいるわ」わたしは言った。言ってから、ほっとした。彼に腹を立てるなんて、できなかった。彼はわたしの手を取り、ギャングみたいにぎゅっぎゅっぎゅっと三回すばやく握りかえした。ついさっきテレビで男どうしがやっていたやつだ。

「そう言ってくれると思ってた。誰とは言わないが、やっぱり若い人たちと僕らの世代とじゃ、価値観がまるで合わないんだ」

わたしは口を開いて、わたしまだ四十三よと言おうとしたが、考えたらもう四十四だった。ほとんど四十五だ。もうちがうと言いきれる歳でもなかった。

『60ミニッツ』が終わると、彼は自分の車から電動歯ブラシを取ってきた。「いつも車に一本入れてるんだ」いわゆる鳥目というわけではないが、最近だんだんと夜に運転するのがつらくなってきたのだと彼は言った。

「迷惑じゃないかな?」ポーチで靴を脱ぎながら、彼が言った。

「ううん、全然いいの」

わたしたちは並んで歯をみがいた。彼がぺっとやり、わたしがぺっとやり、彼がまたぺっとやった。洗面台の上のコンセントに彼が充電器を差した。プラグは溝や縁に茶色っぽいカルキがびっしりこびりついていた。

「だいじょうぶ」と彼が言った。「きみにも同じものをあげるよ」彼が便器に座って高らかに放尿するあいだ、わたしはわざとぐずぐずタオルで手を拭いた。

トランクス一丁で寝るけど、かまわないかな? ええどうぞ。わたしはクローゼットの中でネグリジェに着替えながら、どちらがカウチで寝るんだろうと考えた。出てくると、彼がわたしのベッドに入っていた。そして自分の隣をぽんぽんと叩いた。一瞬舞い上がったけれど、すぐに思い出した。わたしたちは長年連れ添った夫婦なんだ。もうそういうことはとっくに卒業のはず、彼の肺だって硬くなりかけてるし。わたしはキッチンでコップ二つに水をくみ、ベッドの両脇のサイドテーブルにそれぞれ置いた。

「僕ら、セックスのことを考えちゃいけないんだろうか」と彼が言った。

「え?」

「だって男と女が一つベッドにいて……。言うのも野暮だろう」

心臓が早鐘のように打った。ずっと心に思い描いていたのとはまるでちがうけれど、でもこれはこれで素敵かもしれないと思った。素敵というか、単刀直入。というか、とにかくわたしたちはこれからセックスをするのだ。

「そうね」わたしは言った。

「なんだかあんまり乗り気じゃなさそうだね」

「ううん、乗り気！」

「よかった。待ってて」

彼は小走りにリビングまで行き、自分のスマホとピンク色のローションの小さなチューブを持って戻ってくると、枕元のビタミン剤の瓶にスマホを立てかけた。わたしは息がどうしようもなく荒くなって、武者ぶるいで顎が小さくふるえた。フィリップはわたしの花柄のネグリジェをじっと見て、あご髭を何度か掻いた。そしてぱんと手を合わせた。

「さてと。こうしよう。もし見てたいんなら見てもかまわないが、見なくてもいい。見られても特に興奮はしないからね。きみにはとにかくそこに寝て、僕が『今だ』と言ったらすぐにできるように準備しててもらいたい」彼はわたしにクッションを一つ渡した。「これを腰の下に当てといてくれると助かる」彼は息を吸って頬をふくらませ、また吐いた。「了解？」

「了解！」わたしは明るく言った。彼のことが気の毒になったけれど、本人は特に恥じている様子もなかった。彼はスマホを操作した。いきなり叫び声とうめき声が始まったのをすぐにミュートにして、背を丸めた。静まりかえったなか、ベッドが揺れた。彼が長いことスマホを見なくちゃならないとキアステンが言っていたのは、このことだったのだ。長いことって、どれくらいだろう？

わたしはそっとネグリジェを腰の上までたくしあげた。いつ「今だ」と言われてもいいように、腰の下にクッションを当てた。背中をさすってあげようか。彼の背中は一面に小さなくぼみや、ひとにぎりの灰色の毛や、そばかすや、赤い点々があった。肩甲骨のあいだに手のひらを当てると、手が彼の体といっしょに揺れた。すぐに引っこめた。しばらくして彼はスマホを手に取り、スクロールとタップをくりかえし、また同じことを始めた。わたしはベビーモニターに目をやった。ジャックは無邪気に両手をばんざいさせていた。これが終わったらわたしはすぐに眠れるだろうか、それとも目が冴えてしまうだろうか。こっそりホメオパシー系の睡眠薬を飲まなくちゃならない気がする。わたしは目を閉じ、眠りまでの距離をはかった。

「今だ」

目がしゃきんと開いた。わたしが急いで脚を開いて腰のクッションの位置を直すと、彼が振り向いてわたしの上に覆いかぶさった。ペニスがバラの香りのローションで赤くてかてかしていた。彼は何度かつついて、穴を探しあてた。そしてすごい速さで出し入れをしてから、スローダウンした。最初は少し痛かったけれども、ひりひりはしだいにやわらいだ。彼は規則正しいゆっくりとしたリズムで息を吸っては吐いた。

「よし、準備完了」しばらくして彼が言った。彼は頭を下げ、分厚い唇をわたしの口に押しあてた。髭があるので、うまくいかなかった。彼は顔を離し、ごわつく髭を自分の口からどけた。歯と歯がぶつかった。

「年寄りメンドリと年寄りオンドリの民謡を思い出すな」彼は突きながらささやいた。「どういう歌詞だっけな？」

「知らない」わたしは口をぬぐった。

「〝コッコ、コッコ、コケコッコ、二羽がくちばしつつきあい……〟とか、そんなやつ。そっちが上になりたい？」

彼の目はわたしの胸に注がれていた。たしかに上から垂れ下がっているほうが、平たくつぶれているよりもましかもしれない。でもわたしは首を振った。自分が上だと〝いつものやつ〟を想像しづらいからだ。

わたしは脚を閉じ、目をつぶった。簡単かと思いきや、彼が自分の上に乗っているところを想像するには、逆にすさまじい集中力を要した。まず本物の彼を完璧に消去してから、想像上の彼をあらたに作りなおし、彼の体の実際の重みのかわりに想像上の重みを感じなければならない。彼はいつもどおり、優しくはげますように、〝いつものやつ〟を想像してごらんと何度も何度もわたしに言った。集中力が限界に達する直前、現実の彼が割って入った。

「目をあけて」

申しわけ程度にちょっと目を開けると、口を小さな輪っか形にすぼめて息を吸ったり吐いたりしている彼が見えた。わたしは急いでまた目を閉じた。

何もかも散りぢりになってしまったので、わたしは〝いつものやつ〟をやるのをあきらめて、いま自分の中に入っているペニスが、かつて何度も想像でなり代わったフィリップのもので、それで自分がクリーを突いているのだと想像してみた。とっかかりをつかんでしまえば、すごくリアルに場面を体感できた。まるで昔を思い出すように。

「彼女とどこで出会ったの?」わたしはあえぎながら言った。

「だれ?」彼は一瞬だけ動きを止め、すぐにまた再開した。「医者のところだ。待合室」

「ブロイヤード先生」

「そう。イェンズ」

彼女が雑誌をめくっていると、彼が来て座る。彼は医者の妻についてちょっとした知識を披露する。奥さんは有名な画家なんだよ、とか。名前を聞くまで、彼は彼女が誰だか気づかない。

「クリー」

頭の中でいろいろなことに思い当たりながら、彼は笑みを浮かべて彼女を上から下まで眺めまわす。二人がそんなふうにして出会う可能性はどれくらいあるだろう。かなり高い。この待合室であれば、確率は平均よりもずっと高くなる。だからこそわたしは彼女をそこに行かせたのだ。きみのご両親を知ってると思うな、と彼が言う。

「いまシェリル・グリックマンのところにいるんだろう？　ご両親の会社の？」

わたしの名前に、クリーは身を固くする。わたしに足が臭いと言われたばかりなのだ。彼女の満面の笑顔が一瞬で消えたあの時を、今もはっきり思い出す。彼女はわたしを求めていたのに、わたしは医者を紹介したのだ。怒りで片方の脚がかたかた揺れだす。フィリップの大きな手がそれをそっと押さえる。彼女が顔を上げ、灰色のあご髭ともじゃもじゃの眉を見る。「名前、もういちど聞いていい？」

受付に座っているルース＝アンの目にも、そこから先に何が起こるか手に取るようにわかる。精子が子宮に入り、卵子が受精し、受精卵になり、胚になり……。ジャックの意識はまさにこの日に誕生した。

わたしは彼を作りはしなかった、でも彼が作り出されるために、一つひとつ正しい行動をとったのだ。

**あなたにどうしても会いたかったからよ。**

ベビーモニターを見ているうちに、幾重にもからみあった人々の網の目が彼をこの世につむぎ出したことの奇跡に、うれし涙がこみ上げた。わたしの、息子。

「だいじょうぶ？」

わたしはうなずき、喜びを顔の下にしまいこんだ。フィリップはわたしの体から離れ、ごろりと横になった。

「いいんだ」彼はあえぎあえぎ言った。「どうせもう最後まで行けないから。無理をすると体に毒だし——それにしても、まさかこんな終わり方になるとはな」彼はわたしの汗に濡れた腿を二、三度さすった。「べつに怖がってるわけじゃないんだ。ただ……」彼はぐっと喉を鳴らした。「いや、嘘だな。ほんとはすごく怖い。でも怖がることを怖がってはいない」

わたしは黙ってうなずいた。何の話をしているんだろう？　ジャックが横向きに寝返りをうち、またあおむけになった。

「若いころからずっとそれを見張ってきた。不意打ちを食わないようにね。そいつが来るのをちゃんと予測して、こっちから出迎えてやりたいんだ」

死だ。彼は死の話をしているのだ。

「『やあ、来たかい』、そう言ってやるんだ。『まあ入れよ。ちょっと荷物をまとめるから待っててくれ』でも荷物をまとめるどころか、何もかも手放すことになるんだろう。家ともさよなら、金ともさよなら、立派な善人のふりをするのともさよなら。シェリルともさよなら」

「さよなら」

「そしてドアから出ていく。言うなればね」

わたしにはそのドアが見えるようだった。彼が出ていったあと、それを閉める自分の姿も。寝室は奇妙に寒かった。まるで地下の霊廟のように。ジャックがうつぶせになった。

「遺言も作ってあるし、葬式も何かも決めてある。だができればきみに——」

とつぜんジャックが甲高い泣き声をあげた。声はモニターから大音量で響きわたり、夜を引き裂いた。

「――できればきみに」フィリップが泣き声に負けまいと声を張りあげた。「詳しいことを聞いてもらいたい。〈エコ・ポッド〉って、聞いたことあるかな。あれに入れて埋葬してほしいんだ」

「ちょっと――」わたしはモニターを指さした。フィリップは指を一本立てた。

「じつは合法じゃない、だがもしきみが――」

ジャックはしゃくり上げていた。わたしは膝をついて起きあがった。フィリップが眉間にしわを寄せてわたしを見あげた。「これを人に言うのはまだ二度めなんだがな」

ジャックは絶望と抗議の泣き声をあげていた。今まで彼が泣いてわたしが来なかったことなど、一度もなかったのだから。わたしはベッドから跳ね起き、部屋を飛び出した。


ジャックは歯が生えかけていた。ミルクをあげても泣きやまないので、抱っこしたまま家の中を歩きまわった。それでもだめだったので、ネグリジェの上からキャリアーを着け、彼を入れてストラップをとめた。その上から上着をはおり、そっとポーチに出た。わたしの靴は、きちんと並んでわたしを待っていた。

歩くうちに空が明るくなったような気がした。でも夜明けはまだ何時間も先だった。月あかりか、目が慣れたのかもしれない。いつものようにぐるっと大きく一まわりするかわりに、わたしたちは未踏の土地を一ブロックまた一ブロックと開拓していった。月曜にはパーゴラの人がやって来るだろう。フィリップとわたしはおそろいの電動歯ブラシを使うようになるだろう。彼のスマホも「今だ」も、じきに何でもないことになるだろう。『60ミニッツ』を観ることも。ジャックがふいに泣きやみ、顔を真上に向けた。見あげた先には二つのまたたく光があった。

「飛行機よ」わたしは彼の背中をさすった。「あなたもいつかきっと乗る日がくるわ」光はやがて見えなくなった。まるで途方もなく大きな部屋の中にいるみたいに、世界はぬくぬくとわたしたちを包みこんでいた。ジャックは首を伸ばしてあっちこっちに向けた。わたしはその頭をなでた。

「世界じゅうの赤ちゃんは、もうみんなねんねよ」そう耳元でささやいた。

脚はもっともっとと進みたがり、一歩一歩はほとんど跳ねるようだった。この世でたった一つの大切なものを腕に抱いて、このままどこまでも歩いていけそうだった。片方のポケットには満タンの哺乳瓶、もう片方にはお財布。必要なものは全部ある。どこまで歩いていこう？　あの遠くの山の連なりまで行けるだろうか？　あんなに大きくて高いのに、今までほとんど気づいてもいなかった。それはまるでたったいま地面から生えて、街の明かりに浮かんでいるように見えた。わたしは頭を空っぽにして、一時間ただひたすら歩いた。ジャックはわたしの胸でとっくに眠っていた。どの家の窓も真っ暗か、テレビの明かりがついているだけだった。どこかの家の人がスプリンクラーを庭に出した。あとは猫、いたるところに猫がいた。まるでわたしが一歩進むごとに向こうに押しやっているみたいに、山々の大きさは何時間もずっと変わらなかった。そして突然、それは目の前にあった。気づくとわたしは山のふもとに着いていた。いつかわたしも、これを登らずにいられなくなる日が来るんだろうか。もう頂上はよく見えなかった。ジャックのあたたかなお尻に手を当てて、体をのけぞらせて上を見たけれど、近すぎて見えなかった。わたしは回れ右をし、家に向かって歩きだした。

朝の五時、フィリップが眠りから覚めた。わたしが服を着て髪をとかしているのを見て、あわてて起きあがった。

「カフェインがいいかどうかわからなかったの。だからウーロン茶にした」とわたしは言った。

ベッドサイドテーブルのカップから立ちのぼる湯気の上で、彼の頭が左右に揺れ動いた。カップの横には彼の服がきちんとたたんで置かれ、その上に電動歯ブラシがのっていた。コードはきっちり巻きつけておいた。彼がすべてを理解するのに、しばらくかかった。それからのろのろと立ちあがり、暗がりの中で服を着はじめた。わたしは反対側の壁にもたれて立ち、お茶をすすりながらそれを見た。

「タイの気候は肺にいいんでしょうね。もしかして、移住するの？」

「どうかな、まだわからない。選択肢はいろいろとある」

「ちょっと思っただけ」

彼はシャツのボタンを留めて裾をたくしこみ、黒い靴下をはいた。

「靴はポーチよね」

「ああ」

わたしたちはリビングに出た。ゆうべのマグが二つ、コーヒーテーブルの上にのったままなのが暗がりの中に見えた。

「まだぐっすり眠っているけど、もし最後にもう一度見たければ……」わたしはモニターを差し出した。フィリップは受け取ったが、すぐには画面を見なかった。

「彼は僕によそよそしかったと思わないか？」

「よそよそしい？　ジャックが？」

「僕は思いちがいをしていたのかもしれないな。すごく冷やかなものを感じたよ」彼は画面の中の寝姿を食い入るように見た。それから急に頭をぐいともたげ、わたしにモニターを返した。

「やはり僕の子じゃないな。なぜそう思うかわかるか？　ここ、、が何も感じないからだ」彼は自分の胸を指でつついた。虚ろな音がした。

　わたしは戸口に立って、彼が靴をはくのを見守った。彼はポーチで小さく敬礼してみせると、階段をよろよろと降りていった。わたしは音を立てないようにそっとドアを閉め、カウチに横になった。今は少し眠ろう。また一日が始まる。

# エピローグ

中国からの便は家族連れで満員で、飛行機を降りるのに長い時間がかかった。税関は長蛇の列で、おまけに二人の前にいたティーンエイジャーの男の子がパスポートを探すのに手間取った。それも済んで、やっと到着ロビーに続く長い通路を歩きだした。通路の向こうの出口では、おおぜいのお母さんやお父さんや夫や妻たちが歓声をあげ、抱きあっていた。歩きながら、彼は手で顔をぬぐい、髪をなでつけた。彼女が心配そうに彼を見た。

「わたしたち、遅れちゃった?」

「ちょっとね。でも心配ないよ」

「嫌われたらどうしよう?」

「あり得ないって」

「なんて呼べばいいの? ミズ・グリックマン?」

「シェリルでいいよ」

「あの人じゃない? あそこで手を振ってる?」

「どこ?」

「ほら、いちばん向こう。ブロンドの女の人といっしょにいる。見える？」

「ああ、ほんとだ。年とったなあ。クリーもいっしょなんだ。あれがクリーだよ」

「あなたを見てすごく喜んでる――あ、走りだした」

「ほんとだ」

「こんなに遠いのに」

「じゃあちょうど真ん中で会おうか。走れる？」

「ほんとに？　でも荷物が――じゃあ、あなたが走って、わたしが後から追いかけるのは？」

「だめだめ、そんなら歩こう」

「この荷物さえなけりゃ――ああ見て、彼女ずっと走ってくるつもりよ」

「ほんとだ」

「行って」

「いいの？」

「うん。荷物、こっちに貸して。すぐに追いつくから。さあ」

彼は彼女に向かって走り、彼女も彼に向かって走り、どんどん近づきながら二人とも笑いだした。笑って笑って、走って走って走って、そこに音楽が流れはじめる。金管楽器のテーマ曲がうねるように高まり、満場の観客は一人のこらず涙を流し、クレジットロールが始まる。雨のような拍手喝采。

## 謝辞

この本の草稿を何バージョンも読み、率直な意見を寄せてくれたメリッサ・ジョーン・ウォーカー、レイチェル・コン、シーラ・ヘティ、ジェイソン・カーダー、ルーシー・レイネル、レナ・ダナム、マーゴ・ウィリアムソンに感謝します。わけても大量の草稿に目を通し、すばらしく有益な助言をくれたエリ・ホロヴィッツに感謝を捧げます。クリーという家族の名前を使わせてくれたメガンとマーク・エース、ボウイの曲『クークス』を届けてくれたカエラ・マリシック、そして著書『胚発生《エンブリヨ・ジェネシス》』から引用することを許可してくれた私の父、リチャード・グロシンガーに感謝します。養子縁組について話してくれたミシェル・ラブキン、胎便吸引についての質問に答えてくれたアローク・ブトダに。私がこれを書いているあいだ息子の面倒を完璧に見てくれたジェシカ・グレアム、エリン・シーハン、サラ・クレーマーにも。「あなたはいずれきっと子供を産み、しかも長編小説を書く」という予言をはじめ、はっとするような、道しるべとなるような真実を数多くもたらしてくれた私のエージェント、サラ・シャルファントに。曲がりくねった私の旅路を力強く支えてくれ、手際よくフィードバックをくれたナン・グレアムにも感謝を捧げます。そして最後に、ありがとうマイク・ミルズ、あなたにこの本を捧げます。あなたの愛と、勇気と、面倒なことに進んで巻きこまれてくれる優しさは、私の一日一日を引っぱる力です。

# 訳者あとがき

短編集『いちばんここに似合う人』、ノンフィクション『あなたを選んでくれるもの』につぐミランダ・ジュライの最新作は、自身初となる長編小説である。

四十三歳で独身のシェリル・グリックマンは、護身術エクササイズのＤＶＤを販売するＮＰＯ団体の古株職員だ。理事をつとめる年上男のフィリップに密かに想いを寄せ、九歳のときに出会って生き別れになった運命の赤ん坊クベルコ・ボンディを我が手に取り戻す日を夢見ているが、どちらの想いも空回りするばかりだ。

彼女の日々の生活は、自ら考案した「システム」によって無駄なく滑らかに運営されている。物はなるべく動かさず、動かすときは同じ方向のものを複数まとめて運ぶ。本は本棚の前で立ったまま読む、あるいはいっそ読まない。食事は皿を省略してフライパンから直接食べる、等々。もはや体が自動で動いてくれるから、どんなに気分が落ち込んでも家の中は常に整理整頓、まるで家に召使が一人いるかのような快適生活だ。

そんなシェリルの孤独だが平穏な箱庭的小宇宙は、上司夫妻の一人娘が転がりこんできたことで木っ端みじんになる。金髪で巨乳で美人、傍若無人で衛生観念ゼロ、自堕落で無教養で粗暴で足の臭い、ビッチを絵に描いたような二十歳のクリーだ。まったく相いれない二人の女が一つ屋根の下で暮らすうちに、両者の関係は思いも寄らない方向に転がっていき、シェリルを取り巻く世界は決定的に、どうしようもなく変わってしまう。

これより四年前に書かれた前作『あなたを選んでくれるもの』の中に、印象的な一節がある。映画の脚本執筆が一向に進まず、日々ネットの世界に逃避していたジュライは、地元フリーペーパーの「売ります」コーナーに出品している人々に興味を引かれ、彼らにインタビューを試みる。何人かの強烈なインタビューイに会い、安易な物語に回収されない生身の人間のリアリティを思い知らされた彼女は、こう述懐する。

わたしは目を閉じて、そう気づかされるたびにいつもやって来る、ズシンという静かな衝撃波を全身で受け止めた。それはわたしがボンネットみたいに頭にかぶって顎の下でぎゅっと結わえつけているちんまりしたニセの現実が、巨大で不可解な本物の現実世界に取って代わられる音だった。

『最初の悪い男』の主人公シェリルは、まさにそんな〝ボンネット〟をしっかりと頭のまわりにくくりつけて、現実を生きることを用意周到に回避している人物だ。件《くだん》の「システム」について得々と述べたあと、彼女は言う――〈わたしの生活は尖った部分を取り除かれ、生きることに付きもののささくれもごたごたもなくなって、毎日が夢のように快適になった。長年そうやって独りで暮らしているうちに、毎日の手触りはつるつるになって、もはや自分で自分を感じられないような、自分が存在していないような気にさえなってきた〉。自分自身の感情から切り離された彼女は泣き方を忘れ、行き場を失った怒りはヒステリー球となって喉を圧迫する。性行為ですら、相手の存在をいったん頭の中で消し、妄想で幾重にも上書きしてからでなければ成立しない。彼女はいろんな意味で、本当には〝生きて〟いないのだ。

そこに黒船のごとく現れたクリーは、まさに〈巨大で不可解な本物の現実〉の権化、〈ズシン〉という衝撃波だ。クリー登場のシーンで壁に貼ってあった世界地図がはがれて落ちるのは暗示的だ。かくしてニセ現実のボンネットをむしり取られたシェリルは、否応なしに現実世界に押し出されることとなる。これは彼女が自分の脳内世界の城から出て、現実世界に、そして自分の肉体と心に到達するための冒険物語、大人の成長譚なのだ。

だが冒険の道は長く曲がりくねっていて、思いも寄らない場所にシェリルを連れていく。二人の関係は敵同士からゲームの共犯者、疑似家族……と二転、三転、四転していき、そこには激しい肉体的な暴力すらも含まれる。だが彼女の妄想力もまた手ごわい。クリーとの肉体的な距離が縮まるにつれ、シェリルはせっかくバディになりかけたクリーを、心のあるヒトとしてでなくモノとして扱ってしまうという過ちを犯す。現実はそれへのしっぺ返しのように、ついに最終兵器を送りこむ——ニセの現実など問答無用で吹っ飛ばす、現実の最強の体現者を。

ミランダ・ジュライ作品の主人公の多くがそうであるように、シェリルもまたかなり〝痛い〟人物だ。本人は大真面目なのに、やること全部が少しずつピントはずれだし、繊細な人間を自称するわりには他人の気持ちにはまるで鈍感だったりもする（職場の新人に高価なプレゼントをする、というのも、やられたほうにしてみればけっこう不気味だろう）。だが自分の殻の中から一歩一歩現実世界に出ていくにつれ、シェリルは変わりはじめる。幼児が物の名前を一つずつ覚えていくように、自分を取り巻く世界や人と新たな絆を結びなおし、薄紙をはぐように少しずつたくましくなっていく。読み進むうちに、そんな彼女がいつの間にか愛しく思えてくる。知らず知らず彼女を応援している自分に気づく。なぜならこれは私たちみんなの冒険物語でもあるからだ。自分を取り巻く現実に向き合えずに、空想の中に逃げ込んだことのある人は誰でもみんな少しずつシェリルだ。そして他人からモノのように扱われ、理解されない寂しさを味わったことのある人は、誰でも少しずつクリーだ。

物語の最初と最後で、シェリルの見る景色はまったく変わっている。世界を手に入れるということは、苦しみや寂しさもいっしょに手に入れるということだ。それでも彼女にとっても、誰にとっても、世界は生きるに値する良いところなのだ——そう、この物語は語りかけているようだ。

『最初の悪い男』のストーリーが浮かんだのは車の中でだった、とミランダ・ジュライはあるインタビューで語っている。夫（映画監督のマイク・ミルズ）と七時間の長いドライブをしていて、そろそろ退屈しかかったころ、ふいに「孤独な中年女のところに金髪でグラマラスな若い女が居候としてやってくる。二人の関係は最初のうち最悪だが、やがて変化し、また変化し、さらに変化する」というストーリーが〝瞬時に、完璧な形で〟降りてきたのだという。じつはその前から長編小説を書く計画があり、すでにまったく違うあらすじのものを八十ページほど書いていたが、そのアイデアを棄て、シェリルとクリーの物語を書きはじめた。

すでに短編小説の書き手として高い評価を受け、デビュー作『いちばんここに似合う人』でフランク・オコナー国際短編賞という大きな賞を受賞しているジュライだが、今回長編という形を選んだのは、つねに今まで通ったことのない道を選ぶのが自分だからだ、と別の場所で語っている。短編はたいていあっと言う間に書き上げてほとんど手直しもしないが、本作は長い時間をかけて推敲に推敲を重ねたという。苦しかったが、同時に「今まで経験した創作活動のなかでも最も楽しいものだった」と言う（*The Believer*）。ことに楽しかったのはクリーを書いているときで、「もし私が女優だとしても彼女の役を演じることはまずあり得ない。だからこそ書くという行為を通して彼女になるのは面白かった」（longreads.com）。

じっさい彼女が楽しみながら書いたであろうことは作品の端々から伝わってくる。たとえばシェリルがクベルコと交わす脳内会話や、映画の『ファイト・クラブ』さながらの女どうしのハードな格闘シーン、シェリルの数々の妄想の暴走や鬼気せまる出産シーンなどなど、グロテスクで荒唐無稽でありながらユーモラスな筆致はいつも以上にドライブがかかっていて、読んでいるこちらも笑ったり、恐れたり、泣いたりと、感情を忙しく揺さぶられっぱなしになる。

ミランダ・ジュライの最近の活動について。

前作『あなたを選んでくれるもの』の中でも触れられているとおり、ジュライは二〇〇九年にマイク・ミルズと結婚し、翌年に映画『ザ・フューチャー』を公開した。第一子妊娠中から本作を書きはじめ、長男出産の三年後に本作を完成させた。

二〇一三年には"We Think Alone（私たちは一人で考える）"というメーリングリスト形式のアート・プロジェクトを立ち上げた。リストに登録すると、作家のシェイラ・ヘティやエトガル・ケレット、映画監督のレナ・ダナム、女優のキルステン・ダンストら著名人が実際に誰かに送ったメールが、テーマ別に毎週一回届く（たとえば「お金」というテーマの週には、レナ・ダナムがマネージャーにあてて「あの二万四千ドルのソファは高すぎるからやっぱりあきらめる」と書いたメールが届いた）。このプロジェクトは二十週にわたって続き、最終的には百七十か国、十万人以上がリストに登録した。

二〇一七年にはロンドンの高級デパート「セルフリッジ」内に、四つの宗教（イスラム教、ユダヤ教、仏教、キリスト教）合同のチャリティ・ショップを開くという店舗型アートを展開した。困難な時代に宗教のちがいを超えて信者が交わるということ（折しもISなどによるテロ事件によりイスラム教徒への偏見が強まっている時だった）、さらには高価なハイブランドのショップの隣で数百円の古着が売られるということを通じて新しい価値観を築く試みとして、話題を呼んだ。

ロンドンのヴィクトリア&アルバート博物館では "I'm The President, Baby（俺が大統領さ、ベイビー）" というインスタレーションが展示されている。ナイジェリアからの移民で、ロサンジェルスでUber運転手をしているイドリッサという男性（ジュライはリアーナにインタビューをしに行く時にたまたま彼の車に乗って知り合いになった）のベッドのマットレスやスマホなどにセンサーをつけ、彼の実際の行動と連動して四つのカーテンが開いたり閉じたりする。たとえば彼が目覚めていれば青いカーテンが開き、ナイジェリアに住む家族と電話をしていれば茶色のカーテンが開く、というように。こうして遠く離れたロサンジェルスとロンドンを結び、アメリカの市民権を得るまで長らく不法滞在者として不眠の夜を過ごしたイドリッサの日常を可視化することで、現在アメリカの全人口の三・四パーセントにものぼるという不法滞在の移民たちの置かれている状況を体感してもらう、というのがこの展示の狙いだ（二〇一八年十一月まで)。
次の映画の監督作品も決定している。タイトルは未定だが、詐欺師の両親(リチャード・ジェンキンスとデブラ・ウィンガー)が企てた強盗計画に加担したことで人生が変わってしまう女性(エバン・レイチェルウッド)の話であるという。
ちなみに、アメリカで本書が刊行されたのに合わせ、ウェブ上でチャリティ・オークションも開かれた。ストーリーにちなんださまざまな品物(重いビーズのネックレス、金髪がからまったブラシ、梨型の絵とバツいち男の電話番号が書かれた古封筒、芝生を突き刺す特殊な靴、一ドル札とヘアピンのセットなどなど)が出品された。オークションはすでに終了しているが、thefirstbadman.com で品物の一覧を見ることができる。

最後になったが、本書を翻訳するにあたっては多くのみなさんにお世話になった。訳出上の疑問に丁寧に答えてくださった満谷マーガレットさん、ジェームズ・ファーナーさん。「波」での連載および書籍化に際して貴重な助言を下さった新潮社の佐々木一彦さん、加藤木礼さん、須貝利恵子さん。本当にありがとうございました。

二〇一八年七月

岸本佐知子

The First Bad Man

Miranda July

---


最初《さいしょ》の悪《わる》い男《おとこ》

著 者

ミランダ・ジュライ

訳 者

岸本 佐知子

発 行

2018年8月25日

4 刷

2025年5月15日

発行者 佐藤隆信

発行所 株式会社新潮社

〒162-8711 東京都新宿区矢来町71

電話 編集部 03-3266-5411

読者係 03-3266-5111

http://www.shinchosha.co.jp

印刷所

株式会社精興社

製本所

大口製本印刷株式会社




ISBN978-4-10-590150-9 C0397

# いちばんここに似合う人

No one belongs here more than you.
Miranda July

ミランダ・ジュライ
岸本佐知子訳

孤独で不器用な魂たちが束の間放つ、生の火花。
カンヌ映画祭新人賞受賞の女性映画監督による、
とてつもなく奇妙で、どこまでも優しい、16の物語。
フランク・オコナー国際短篇賞受賞。

CREST BOOKS

# あなたを選んでくれるもの

It Chooses You
Miranda July

ミランダ・ジュライ
岸本佐知子訳

アメリカの片隅で同じ時代を生きる、
ひとりひとりの声と、忘れがたい輝き。
『いちばんここに似合う人』の著者による、
心を揺さぶる異色のフォト・ドキュメンタリー。

CREST BOOKS

# 美しい子ども

The Best Short Stories
from Shincho Crest Books

松家仁之編

〈新潮クレスト・ブックス短篇小説ベスト・コレクション〉

創刊十五周年特別企画。フランク・オコナー国際短篇賞受賞作三作を含む、シリーズの短篇集十一作から厳選した現代最高のアンソロジー。ミランダ・ジュライ、ジュンパ・ラヒリ、ネイサン・イングランダー、アリス・マンローほか。

CREST BOOKS